Elisabeth Hering
*Sagen und Märchen
von der Nordsee*

ELISABETH HERING

Sagen und Märchen von der Nordsee

ALTBERLINER
Berlin · München

Illustrationen von
Christa Unzner-Fischer

Galoppeisen und Flugeisen

Eines Tages ritt ein Bauer seines Weges von Lox-
stedt nach Bremerhaven, und er merkte nicht, daß
er sein Pferd ein Hufeisen verloren hatte. Da begegnete ihm ein kleines Kerlchen, das ein rotes Röck-
lein trug und struppiges Haar und listige Augen
hatte, das rief ihm zu: »Dein Gaul hat drei Eisen – wo
ist das vierte?« Der Bauer stieg ab und besah sich den
Schaden. »Ja, du hast recht, Kleiner. Und ich danke
dir schön. Doch kannst du mir auch noch sagen, wo
hier in der Nähe eine Schmiede ist?« – »So nimm
dein Pferd am Zügel, und komm mit!«

Sie waren gar nicht weit gegangen, da hörten sie
schon das lustige »Dipink diripank!« und sahen hinter einem Hügel auch bereits den Rauch aufsteigen.
Und als sie um den Hügel herumbogen, standen
dort drei ebensolche Kerlchen am Amboß, die hatten gerade ein Hufeisen in der Zange. »Oh, da
komme ich ja recht!« rief der Bauer freudig aus.
»Könnt das Eisen gleich meinem Pferd aufschlagen.
Es hat eins am Weg verloren.« Sein Begleiter aber –
wie sich herausstellte der Meister dieser Schmiede –
fragte ihn: »Und was für Eisen willst du haben? Trab-
eisen ... oder Galoppeisen?« – »Dann schon lieber
Galoppeisen!« Als das eine Bein des Pferdes beschlagen war, meinte der Kleine: »Und die drei andern alten Eisen, sollen die nicht auch gleich mit erneuert

werden?« – »Was fällt dir ein? Die sind doch noch gut. Die werden noch manchen Ritt mitmachen.«

Damit nahm der Bauer den Zügel aus des kleinen Meisters Hand und fragte: »Was bin ich schuldig?« – »Den Trunk aus deiner Flasche!« war die Antwort. Der Mann freute sich, daß er so billig davonkommen sollte, und nahm aus der Satteltasche eine Flasche Wein. Der Meister nahm zwei Schlucke, die Gesellen einen – die Flasche war leer!

»Ihr habt einen guten Zug!« lachte der Bauer. »Euer Durst ist wohl größer, als ihr selber seid?« Doch da sie so tüchtige Arbeit geleistet hatten, gönnte er ihnen gerne den Lohn – um so mehr, als ihm ja für den eigenen Durst noch eine zweite Flasche in der Satteltasche steckte. Und er schwang sich aufs Pferd und gab ihm die Sporen, um die verlorene Zeit wieder einzuholen.

Doch kam er nicht weit. Denn das neu beschlagene Bein des Tieres griff mächtig aus, während die drei andern gar nicht recht nachkommen konnten. So machte denn der Gaul die wunderlichsten Sprünge, und der Reiter vermochte sich kaum im Sattel zu halten. Was blieb ihm anderes übrig: Er mußte absteigen und sein Tier zur Schmiede zurückführen.

»Hab's mir gedacht!« lachte ihm der Kleine entgegen. Hab die drei andern Eisen schon fertig gemacht!« – »So schlag sie nur schnell auf! Und was sollen sie kosten?«

»Einen Trunk aus deiner Flasche!«

›Soll mir recht sein!‹ dachte der Bauer. ›Ist zwar meine letzte, aber der Weg zur Schenke ist ja nicht weit!‹ Und er ließ die Zwerge sein Pferd beschlagen.

Dann griff er in die Satteltasche, nahm die ihm noch verbliebene andere Flasche heraus – wieder tat der Meister zwei Schlucke, die Gesellen einen – die Flasche war leer. Der Bauer schwang sich in den Sattel, und das Pferd griff aus.

»Guten Heimweg!« riefen die Kleinen ihm noch nach. Aber er hörte es schon nicht mehr.

Das war ein Ritt!

Dem Bauern schien es, als berührten die Hufe kaum den Boden.

Im Nu war er vor der Schenke.

Der Wirt stand gerade in der Tür – er hatte den Reiter schon von weitem kommen sehn. Er half ihm vom Pferde, führte das Tier in den Stall, geleitete den Gast in die Stube und holte aus dem Keller die verlangten zwei Flaschen Wein. Aber es war ihm nicht entgangen, daß die Hufeisen des Pferdes leuchteten wie Silber.

»Ihr habt ein gutes Tier!« sagte der Wirt zum Gast, mit dem er sich unterhielt, während der die erste und dann auch gleich noch die zweite Flasche austrank. »Ja, das Tier ist gut«, meinte der Bauer, »aber die Eisen sind noch besser. Und dabei haben sie mich nur zwei Flaschen Wein gekostet. Doch ich will zahlen, Wirt, damit ich heimkomme! Was bin ich schuldig?«

»Eure vier Hufeisen!«

»Aber Wirt, Ihr seid wohl nicht recht bei Troste?«

»Wieso denn? Habt Ihr denn nicht eben selbst gesagt, daß Ihr für die Eisen haargenau zwei Flaschen Wein bezahlt habt?«

Der Bauer wollte auf diesen Handel nicht eingehen. Da drohte der Wirt mit dem Gericht, und der Bauer, weil er das lächerlich fand, war ohne weiteres bereit, sofort mit nach Wulsdorf zum Richter zu reiten. Der entschied jedoch zugunsten des Wirtes, da der Bauer ja zugeben mußte, daß er die Hufeisen tatsächlich um zwei Flaschen Wein erhalten hatte.

Als der Wirt die Eisen von des Bauern Pferde riß, sagte sich dieser: »Na wart nur! Das letzte Wort ist in dieser Sache noch nicht gesprochen.« Und er schwang sich in den Sattel und ritt langsam den Weg zurück, den er gekommen war.

»Dipink diripank!« klang es vom Hügel her.

»Nanu!« sagte der Meister Schmied, »wo hat denn das Pferd seine Eisen gelassen? Ist doch nicht gut möglich, daß sie so schlecht gehalten haben?«

»Gehalten hätten die wohl bis zum Jüngsten Tag«, erwiderte der Bauer, »aber ...« Und er erzählte dem Kleinen seine Geschichte.

»Mach dir nichts draus«, sagte der Zwerg. »Sollst andre haben. – Willst du Galoppeisen ... oder Flugeisen?«

»Dann am liebsten schon Flugeisen«, antwortete der Bauer. »Aber Wein habe ich keinen mehr.«

»Macht nichts. Bringst ihn später.«

Die Gesellen traten den Blasbalg, daß die Kohlen weiß aufglühten, der Meister nahm das erste Eisen in die Zange, hell hallten die Schläge, und im Handumdrehn waren die vier Eisen fertig und das Tier beschlagen.

Als der Bauer den Zwergen dankgesagt und sich verabschiedet hatte, schwang er sich aufs Pferd, und kaum spürte es den Reiter, da stob es auch schon davon. Keine Funken sprühten unter seinen Hufen, kein Stampfen war auf der Erde zu hören – nicht hart und nicht weich.

So kamen sie in sausendem Ritt zur Schenke.

Der Wirt stand schon in der Tür und half dem Gast aus dem Sattel, und er schielte dem Pferd gleich nach den Hufen. Blitzten die Eisen nicht wie Gold?

»Zwei Flaschen Wein!« sagte der Gast, trank sie jedoch nicht, sondern steckte sie in die Satteltasche. »Und was bin ich schuldig?«

»Wieder Eure vier Eisen«, forderte der Wirt.

»So haben wir nicht gewettet«, rief der Bauer.

»Gut, dann mag nochmals der Richter entscheiden«, erwiderte der Wirt, holte auch gleich seinen Gaul aus dem Stall, der die vier neuen Eisen schon an den Hufen hatte, und kletterte hinauf. Da gab der Bauer seinem Pferde die Sporen, und es lief wie der Wind, kaum konnte das Tier des Gastwirts ihm folgen.

So ritten sie eine Meile und zwei – der Gast voran, der Wirt hinterher. Und wie sie ans Moor kamen, flog des Bauern Pferd nur so darüber hin, als sei es fester Boden. Als aber der Klepper des Wirtes seine Füße hineinsetzte, sanken sie ein, und das Moor verschlang Roß und Reiter.

Der Bauer kehrte darauf um, und er wollte wieder zur Schmiede reiten, um den kleinen Leuten den ausbedungenen Lohn zu bringen. Doch er ritt den Weg umsonst entlang – suchte auch noch ein zweites Mal hin und zurück nach Hügel und Schmiede – er konnte sie nirgends finden.

»Nun«, rief er aus, »so holt euch, was euer ist!« und er warf die beiden Flaschen hoch in die Luft. Wo sie aber niederfielen, das konnte er nicht sehen, und aufschlagen hörte er sie auch nicht. Nur war ihm, als vernähme er ganz von fern ein leises »Dipink diripank!« – es klang wie »Ichdankdir ich dank!« Da ritt er fröhlich nach Hause.

Nach mehr als hundert Jahren waren in dem Moore Arbeiter beim Torfstechen. Da sah einer von ihnen tief im Grund einen Pferdeschweif liegen. »Wat is dat for'n Steert?« rief er den andern zu. Und die kamen auch gleich herbei und gruben nach, und sie holten die Gebeine des Wirtes heraus und die des Kleppers – nur die Hufeisen fand keiner von ihnen.

Drei Töpfe am Meeresgrund

In einem kleinen Fischerdorf an der Nordsee lebte einst ein Fischer, dem alles, was er anpackte, mißlang. Warf er sein Netz ins Wasser, so holte er es in neun von zehn Fällen fast leer wieder heraus, und fühlte es sich doch einmal schwer an, rissen todsicher die Maschen, und der ganze Fang sauste in die Tiefe. War morgens das Wetter unsicher und blieb er deshalb zu Hause, so klärte es sich über Tag auf, und seine Kameraden kamen mit reicher Beute zurück. Wagte er aber bei klarem Himmel die Fahrt, kam gewiß bald ein Unwetter auf, so daß er seine Netze im Stich lassen mußte und nur mit knapper Not den Stürmen entrann.

Nicht einmal in der Liebe hatte er Glück. War seine Kathrin einst nicht das sanfteste und freundlichste Mädchen gewesen? Nun aber, da sie seine Frau geworden war, machte er ihr nichts mehr recht. Sie schalt, weil er zu spät aufstand, schalt über den schlechten Fang, daß er das Boot nicht teerte, die Segel nicht flickte, die Netze vernachlässigte – kurz, sie schien ihm ein rechter Drachen geworden zu sein. Nun, dann sollte sie sich auch nicht wundern, wenn er im »Goldenen Hecht« vor Anker ging und lieber Branntwein schluckte als das salzige Wasser, das ihm die Sturzseen ins Gesicht warfen.

Bald lungerte er von früh bis spät im Wirtshaus

herum, und wenn Kathrin einen Fisch in die Pfanne haben wollte, so mußte sie sich selber aufmachen, um ihn zu fangen.

Das tat sie denn auch. Sie war ein starkes, tüchtiges Frauenzimmer, und sie lernte das Fischerhandwerk auszuüben wie ein Mann. – Und sonderbar, ihr füllten sich die Netze, und keines riß, und sie fuhr auch bei unsicherem Wetter hinaus, ohne daß ihr ein Schaden geschah.

Wenn sie aber heimkehrte, fand sie den Mann entweder in der Schenke oder betrunken auf seinem Lager. Das gab kein frohes Wiedersehen!

Wenn er dann nüchtern wurde, redete sie ihm ins Gewissen: »Kannst du denn nicht endlich ein anderes Leben beginnen? Sieh dir den Jens an, unsern Nachbarn. Er hat ein schönes Haus, seine Frau muß sich nicht auf dem Meere abplagen – sie sitzt in der Stube und spinnt und webt und näht. Und zieht die Kinder groß, von denen eines hübscher ist als das andre. Doch was für ein Leben habe ich?«

Da fuhr der Mann auf. »Du redest, wie du es verstehst. Weißt du denn nicht, woher es kommt, daß der Nachbar immer Geld hat? Meinst du, er habe es durch Arbeit erworben? Weit gefehlt! Man erzählt sich, daß er auf ganz andere Weise dazu gelangt ist!

Er war genau so arm wie wir, wenn nicht ärmer, weil er doch die vielen Kinder hat. Und eines Abends, als er wieder nur mit kärglichem Fang heimgekommen war, ging er noch einmal zum Strand hinunter in der Hoffnung, das Meer werde vielleicht etwas anspülen, was seiner Not mit einem Schlag ein Ende machen könne.

Wie er so in Gedanken versunken dahinschritt, stand plötzlich vor ihm ein ihm unbekannter Mann, mit wirren, nassen Haaren, groß aufgerissenen Augen und einem totenfahlen Gesicht. ›Willst du mir einen Gefallen tun?‹ fragte der unseren Nachbarn. ›Es soll dein Schade nicht sein. Ich werde dir's reichlich lohnen!‹

›Und was willst du von mir?‹ fragte ihn Jens.

›Sieh diesen Ring. Steck ihn an deinen linken Goldfinger und spring in die See. Das Wasser kann dir nichts anhaben, und du wirst in den Palast der Ran gelangen, der Meerfrau. Sie wird dich freundlich empfangen, schön mit dir tun und dir allerhand Speisen auftischen. Du aber laß dich auf nichts ein, sondern sieh nur zu, daß du von den drei Töpfen, die umgestülpt im Zimmer stehen, rasch den mittleren umstößt. Wenn dir das gelingt, so hast du getan, was ich von dir verlange, und ich werde dir's reichlich lohnen!‹ Damit legte er dem Jens einen schmalen Goldreif vor die Füße und verschwand.

Der betrachtete lange das funkelnde Ding, das im Sande lag, und wollte nicht recht an die Sache heran. Doch schließlich dachte er an die hungrigen Kinder und an die verzweifelte Frau, steckte den Ring an den Finger und sprang in die See.

Je tiefer er sank, desto weniger spürte er die Nässe des Wassers, und als er am Meeresgrund war, erschien es ihm, als wandle er im Sonnenschein auf einer schönen grünen Wiese. Männer sah er, die mit Sensen das Gras mähten, andere, die auf weiter Ebene Kühe weideten, und von fern hörte er die Herdenglocken klingen und dazu den Gesang der

Schnitter und die Flötenlieder der Hirten. Und es kam ihm vor, als erkenne er manchen wieder, der früher mit ihm zur See gefahren und dann ertrunken war.

Es sprach ihn aber keiner an, und er ging weiter, bis er an ein großes Schloß kam, das aus klarem Kristall und schimmernden Muscheln prächtig erbaut war. Die hohen Türen taten sich von selbst vor ihm auf, und eine wunderschöne Frau trat ihm entgegen und sagte: ›Kommst du endlich? So lange schon hab ich auf dich gewartet!‹ Sie nahm ihn bei der Hand und führte ihn in einen Saal, der von tausend Kerzen erhellt war. Und die Tafeln waren gedeckt mit den herrlichsten Speisen, so daß dem hungrigen Mann das Wasser im Mund zusammenlief. Schon wollte er sich niedersetzen, da sah er auf dem Estrich zu seinem Glück die drei umgestülpten Töpfe stehen, und die Worte des bleichen Mannes klangen ihm in den Ohren: ›Stoß rasch den mittleren um!‹

So machte er eine schnelle Wendung und stieß heftig mit dem Fuß an den Topf in der Mitte, daß er umfiel. Da hörte er ein Zischen, und ein feiner Nebelfaden hob sich vom Boden und entschwand.

Die Meerfrau aber sah ihn mit ihren grünen Augen zornfunkelnd an. ›Was hast du getan?‹ rief sie und wollte ihn packen, doch als sie den Ring an seinem Finger erblickte, bebte sie erschrocken zurück.

Und ein Brausen erhob sich, es dröhnte ihm in den Ohren, und er fühlte sich von unwiderstehlichen Gewalten emporgehoben. So stieg er und stieg und verlor die Besinnung. Als er wieder zu sich kam, lag er am Strand, und der Fremde stand vor ihm, aber nun war sein Gesicht nicht mehr fahl, sondern es war gebräunt wie das eines Seemanns, und er sagte: ›Du hast meine Seele vom Grunde des Meeres befreit! Zum Dank dafür schenke ich dir diesen Topf! Er ist mit Goldstücken gefüllt bis zum Rand. Und wieviel du auch davon ausgibst, er wird niemals leer!‹

Siehst du, Kathrin, so ist es also gekommen, daß es unserm Nachbarn so gut geht, und zum Fischen fährt er nur aus, weil er verbergen will, daß er sein Geld nicht durch die ehrliche Arbeit seiner Hände erworben hat.«

»Nun, Geschichten erzählen kannst du ganz gut«, meinte die Frau. Doch es war recht deutlich der Widerwille zu spüren, mit dem sie dieses Lob aussprach. »Ach, wenn nur dein Handwerk ebenso flott ginge wie dein Mundwerk!« – »Du glaubst wohl nicht, was ich sage? So frag doch die Muhme, die hat's mir erzählt, und die weiß es von ihrer Nichte, die wieder von ihrer Schwiegermutter, und die Schwiegermutter der Nichte ist das rechte Geschwisterkind von unseres Nachbarn Frau!«

Aber auch nach diesem Gespräch blieb alles beim alten. Der Mann faulenzte und trank, und die Frau arbeitete und schimpfte, ja, schließlich schlug sie ihren Mann sogar – und je ärger er's trieb, desto ärger trieb sie's, und je ärger sie's trieb, um so ärger trieb's auch er.

Eines Tages nun, als alle Boote auf See waren, erhob sich plötzlich ein heftiger Sturm, und als die Fischer mit knapper Not den Hafen erreichten, bemerkten sie, daß die Frau fehlte. Und sie kam auch nicht den nächsten Tag zurück und nicht den übernächsten, und bald zweifelte niemand daran, daß sie ertrunken sei.

Da freute sich der Mann, daß er seine böse Frau endlich losgeworden war und nun nach Herzenslust tun und lassen konnte, was er wollte.

Man kann sich leicht vorstellen, wie es mit ihm weiterging. Er trug sein ganzes Geld in die Schenke, und als es alle war, verkaufte er Möbel und Gerät, und als er schließlich außer einem alten Strohsack gar nichts mehr besaß, warf ihn der Wirt zur Tür hinaus.

Da war er nun zum erstenmal seit vielen Wochen nüchtern, und es war ihm hundeelend zumute. Etwas mußte geschehen, das war klar! Aber was? Zum Fischfang hinaus konnte er nicht, denn mit der Frau war ja auch das Boot draußen geblieben, und sich bei einem andern Fischer verdingen konnte er auch nicht – denn wer hätte ihn genommen?

Plötzlich kam ihm ein rettender Gedanke. War nicht der Nachbar am Strand entlanggegangen – und war ihm da nicht Glück und Reichtum geworden? Warum sollte er's nicht auch einmal damit versuchen?

Gedacht, getan. Und wirklich, kaum war er um die erste Dünenecke herumgekommen, da stand ein Mann vor ihm mit nassen Haaren, großen, weit aufgerissenen Augen und einer Gesichtsfarbe so bleich wie ein Leichentuch, und der fragte ihn: »Willst du mir einen Gefallen tun?«

»Soll ich einen der drei Töpfe umwerfen, die in Rans Palast auf dem Estrich stehen?« fiel ihm der Fischer fast ins Wort, glücklich, so schnell ans Ziel seiner Wünsche zu kommen. »So gib mir nur gleich den Ring, dann will ich's gerne tun!«

Da nickte der Bleiche mit dem Kopf, warf ihm einen Goldreif zu und verschwand. Der Fischer aber fing den Ring auf, steckte ihn sich an und sprang ins Wasser.

Er sank und sank, und je tiefer er kam, desto weniger spürte er die Nässe, und als er am Meeresgrund angelangt war, meinte er, auf einer schönen grünen Wiese zu stehen. Er schritt tüchtig aus und begegnete bald den Männern, die mit großen Sensen das Gras in Schwaden hinlegten, und in manchem von ihnen vermeinte er einen der Fischer wiederzuerkennen, die in den letzten Jahren ertrunken waren. Als er aber an ihnen vorübergegangen war, fingen sie an zu schreien, drohten ihm mit ihren Sensen und liefen gar hinter ihm her, so daß er, weil er eine Heidenangst ausstand, rannte, so schnell sein Füße ihn trugen.

Darauf kam er an den Hirten vorbei, die ihre Herden weideten. Kaum hatten sie ihn erblickt, als sie auch schon ihre Hunde auf ihn hetzten, und er jagte dahin wie einer, der um sein Leben läuft, und entrann ihnen und ihren Hunden mit knapper Not.

Endlich erblickte er in der Ferne ein großes Gebäude, und er ging darauf zu. Aber es war kein Palast aus Muscheln und klarem Kristall, sondern ein klobiges Haus, aus rohen Steinblöcken zusammengefügt. Und aus seinem Tor trat nicht eine schöne Frau heraus, sondern ein unförmiges Weib, dick wie eine Tonne, mit roten Glotzaugen und alt wie das Meer selbst. »Das also ist Ran?« schoß es ihm durch den Kopf.

Als sie des Mannes ansichtig wurde, rief sie mit dröhnender Stimme: »Kommst du endlich? Das Hochzeitsbier ist schon lange gebraut!« Und sie packte ihn mit ihren starken Fäusten und zerrte ihn ins Haus hinein, obwohl er sich mit Händen und Füßen sträubte.

Hier stand nun der arme Kerl, und der Angstschweiß rann ihm aus allen Poren. Da sah er mit einem Mal die drei umgestülpten Töpfe auf dem Estrich stehen, und so kam ihm auch wieder in den Sinn, weshalb er sich eigentlich in dieses Abenteuer gestürzt hatte. Ja, einen davon mußte er umwerfen, dann würde alles gut werden! Aber welchen? O Gott, das hatte er ja zu fragen vergessen!

Und doch, es galt keine Zeit zu verlieren. Ran hatte ihn zwar losgelassen, aber sie sah ihn mit ihren Augen so sonderbar an, daß ihm ein Schauder den Rücken hinunterlief. Und so nahm er seinen letzten Mut zusammen, sprang mit einem Satz in die Mitte des Raumes, und ehe das dicke Meerweib ihn hindern konnte, stieß er mit dem Fuß gegen den ersten besten der Töpfe. Und es zischte, wie wenn ein Seehund prustet, und Ran brüllte auf wie ein wildgewordener Stier und wollte sich auf den Fischer stürzen. Dem aber brauste es in den Ohren, und er fühlte sich von unsichtbaren Gewalten ergriffen und mit großer Kraft emporgehoben. Er stieg und stieg und stieg, und alles versank hinter ihm: die Schnitter, die Hirten, das steinerne Haus, das alte Riesenweib, ja das Meer selber. Als er aber seinen

Fuß wieder auf festen Boden stellte, verlor er die Besinnung.

Wie lange er in dieser Ohnmacht gelegen hatte,
wußte er nicht. Doch wachte er auf von einer
Stimme, die laut und herrisch seinen Namen rief.
›Donnerwetter!‹ dachte er, ›wenn ich nicht wüßte,
daß Kathrin ertrunken ist, so sollt ich doch meinen ...‹

Und sie war's wirklich! Breitbeinig stand sie vor
ihm, stemmte die Arme in die Seite und schrie ihn
an: »Du alte besoffene Ratte, schämst du dich nicht,
am hellichten Tag schon auf dem Strohsack zu liegen?«

Es dauerte eine Weile, bis er zu sich kam. Ja, wie
war er denn in seine Stube und auf seinen Strohsack
gekommen? Und war es am Ende ausgerechnet
Kathrins Seele gewesen, die er befreit hatte?

Man erzählt sich, daß der Fischer nach diesem Erlebnis in sich gegangen und noch ein tüchtiger und
brauchbarer Mensch geworden sei, daß seine Frau
sich das Keifen abgewöhnt habe und beide freundlich und friedlich miteinander ihre Tage zu Ende gebracht hätten, und das ist wohl das Allerseltsamste
an dieser seltsamen Geschichte!

Der Mantel der Meerjungfrau

In einem kleinen Dorf an der Nordsee wohnte der Fischer Dirk mit Antje, seiner Frau. In der Fülle ihres tiefschwarzen Haares war sie von einer eigenartigen, fremd wirkenden Schönheit. Dirk hatte sie in sein Heimatdorf mitgebracht, als er einmal – nach einem überraschend reichen Fang – weit, weit stromauf gefahren war, um seine Fische in einer großen Stadt günstig zu verkaufen. Dort war ihm Anna auf dem Marktplatz begegnet, wo sie, eine geschickte und fleißige Weberin, ihr blendend weißes und mit schönen Mustern verziertes Leinen feilbot. Aber so glücklich die beiden miteinander lebten und so gut die Frau mit frohem Sinn Haus und Garten instandhielt – in eines konnte sich die Binnenländerin nur schwer finden: daß der Beruf ihn zwang, sich immer wieder mit seinem Boot dem ihr unheimlichen Meer anzuvertrauen. Und sie sollte leider recht haben mit dieser Besorgnis.

Denn eines Tages, als die Männer wieder alle zum Fang ausgefahren waren, zog plötzlich ein schweres Gewitter auf, und nur die wenigen, die in der Nähe der Küste gefischt hatten, konnten noch zeitig genug in die kleine Hafenbucht zurückkehren und sich und ihre Boote in Sicherheit bringen – die anderen aber, die das Unwetter auf hoher See überraschte, kamen im Sturme um. Doch während in den nächsten Tagen alle Ertrunkenen an Land gespült wurden, so daß man sie auf dem Kirchhof des Dorfes beerdigen konnte, fehlte von Dirk jede Spur. Er war am weitesten aufs Meer hinausgefahren, und keiner hatte gesehen, wo er mit den Wellen gekämpft und den Tod gefunden hatte.

Lange Zeit hoffte die Frau, vielleicht habe ein Segler den Schiffbrüchigen retten können, und sie ging täglich an den Strand, um nach ihm Ausschau zu halten. Als aber Woche um Woche vergangen und er immer noch nicht zurückgekehrt war, faßte sie einen tiefen Groll gegen das Meer.

Antje hatte ein einziges Kind, ein flachshaariges fünfjähriges Mädchen, Susanne. Die Kleine kannte nichts Schöneres, als an Sommertagen am Strand zu spielen und sich aus Sand und bunten Muschelschalen Gärten und Burgen und Schlösser zu bauen. Doch nun verbot es die Mutter ihr streng.

»Die See ist falsch und tückisch«, sagte sie. »Sie hat dir den Vater geraubt. Versprich mir, daß du nicht mehr an den Strand gehst, daß du niemals den Fuß ins Wasser setzt. Sonst bleibst du dort, wo dein Vater blieb, und ich sehe dich niemals wieder.«

Die Mutter hatte es nicht leicht, für sich und Susanne das tägliche Brot zu verdienen. Sie spann und webte und nähte für Fremde und hatte von früh morgens bis abends spät zu tun. Aber sie hielt das Kind immer unter ihrer Aufsicht, denn eine tiefe Bangigkeit erfüllte ihr Herz.

Eines Abends hatte sie Susanne ganz früh schlafen gelegt, weil sie noch ein großes Stück Leinwand bis zum nächsten Tag fertigweben wollte. Doch gegen

Mitternacht wurde sie von Müdigkeit ergriffen, und sie nahm ein Licht und ging in die Schlafkammer. Als sie aber an das Bett ihres Kindes trat, schrie sie laut auf vor Schrecken: Das Lager war leer! Sie suchte das Haus ab, den Garten, rief den Namen des Kindes – umsonst. Da lief sie zum Strand hinab.

Die See lag ruhig, denn es war windstill. Der Mond stand rund und voll am Himmel. In der Ferne klagte ein Nachtvogel.

Die Mutter suchte nach Spuren, die die kleinen Füße im Sand hätten hinterlassen können. Aber trotz des hellen Mondlichts konnte sie nichts erspähen, und auch im Dorf, wo sie von Haus zu Haus ging, hatte niemand das Mädchen gesehen.

Die arme Frau hörte nicht auf, nach ihrem Kinde zu suchen, und als sie eines Abends wieder verzweifelt am Strande hin und her ging, vernahm sie plötzlich aus der Ferne einen zauberisch schönen Gesang. Er schien vom Meer her ans Ufer zu dringen.

Antje trat ganz nahe an das ihr so unheimliche Wasser, und da erblickte sie nicht weit vom Ufer eine Frauengestalt, die bis zum Gürtel aus der Flut emporragte. Sie trug einen Kranz von Seerosen im offenen Haar und sang mit leiser Stimme, aber doch so deutlich, daß die Frau jedes Wort verstehen konnte:

>>Mein Schloß ist aus blankem Kristall.
Die Fische müssen mir dienen.
Und meine Lieblinge all,
sie tanzen und spielen mit ihnen.
Sie werfen den goldenen Ball
und reiten auf stolzen Delphinen.<<

Der Frau verschlug es den Atem. Wie, wenn auch Susanne unter diesen Lieblingen wäre, von denen die Nixe sang? Und alle Furcht bezwingend, rief sie so laut, daß es über das Meer drang: »Mein Kind! Wo ist mein Kind?«

Die Meerfrau vernahm den Schrei, schwamm nahe an das Ufer heran und setzte sich auf einen aus dem Wasser ragenden Felsen. »Dein Kind wird nicht wiederkommen«, sagte sie, »denn ich habe es zu mir geholt, und nie gibt die See etwas Lebendiges zurück. Aber tröste dich, die Kleine hat es gut. Alle Kinder, die ich bei mir habe, tanzen und spielen den ganzen Tag und wollen gar nicht wieder von mir fortgehen.«

»Sehnen sie sich denn nicht nach Hause? Weinen sie nicht nach ihren Müttern?«

»Sie sehnen sich nicht, und sie weinen nicht – sie haben alles vergessen.«

Da bat und flehte die Mutter so lange, bis die Nixe sich ihrer erbarmte. »Wenn du dein Kind einmal sehen willst«, sagte sie, »mußt du mir tausend Meilen weit folgen durch Fluten und Wellen und dann mit mir niedersteigen, dort wo die See am tiefsten ist, tausend Klafter tief unter dem Wasserspiegel.«

»Ja«, sagte die Mutter nur, der vor banger Erwartung das Herz erzitterte.

Da schwamm die Meerjungfrau an den Strand, und Antje mußte sich auf ihren breiten, schuppigen Schwanz setzen. Dann glitten sie schneller als das schnellste Schiff durch die Wogen. Und der Mond ging unter, und nichts war um sie als Wasser und Finsternis.

Endlich sahen sie aus der Tiefe einen Lichtschimmer aufstrahlen. »Hier ist es«, sagte die Meerjung-

frau. »Hole noch einmal tief Atem, dann müssen wir hinunter.«

Die Wellen schlugen über Antjes Kopf zusammen, und sie schloß die Augen. Und als sie sie wieder öffnete, stand sie in einem kristallenen Palast. Das Licht, das von ihm ausging, erleuchtete das Wasser meilenweit.

Antje wurde in ein kleines Gemach geführt, und von da konnte sie durch eine glasklare Wand in einen Saal blicken, in dem sich eine Schar Kinder vergnügte. Sie sah, wie einige von ihnen mit den Fischen um die Wette schwammen, andere in einem Reigen tanzten, einige Mädchen sich Kränze aus Seerosen wanden und die verwegensten Knaben auf großen Delphinen ritten. Und mitten in dieser fröhlichen Schar entdeckte sie Susanne, die einen Kranz weißer Blumen im Haar trug und mit einem schönen, blau und silbern geschuppten Fisch Haschen spielte. Und jedesmal, wenn es ihr gelang, den stummen Spielkameraden zu berühren, jauchzte sie. Aber der Mutter ging dieses Jauchzen durch Mark und Bein. »Susanne!« rief sie schmerzlich, »Susanne!« Doch das Kind konnte sie nicht hören.

Nach einer Weile kam die Meerjungfrau wieder. »Du hast nun genug gesehen!« sagte sie. »Du hast jetzt gesehen, daß die Kleine es gut bei mir hat. Gib dich zufrieden!«

Und plötzlich rauschte das Wasser in den Ohren der Frau wie ein ferner Glockenton, und ein Schwindel befiel sie. In Todesangst griff sie nach dem Leib der Meerjungfrau und klammerte sich an ihm fest, und so, halb ohnmächtig, wurde sie an Land gebracht.

Als sie am Ufer angelangt war und die frische Luft sie zu sich brachte, schrie sie: »Mach mit mir, was du willst! Aber ich lasse dich nicht von mir, ehe ich nicht mein Kind wiederhabe!«

Die Meerjungfrau schüttelte sich und schlug mit ihrem schuppigen Schweif heftig nach allen Seiten, doch Antje ließ nicht los, bis die Nixe sagte: »Gut, dein Wunsch soll erfüllt werden. Aber nur unter einer Bedingung: Webe mir aus deinen Haaren einen Mantel, der meinen ganzen Leib bedeckt – dann sollst du dein Kind wiederhaben.«

Sie gab ihr auch eine kleine Büchse mit einer wohlriechenden Salbe. »Reibe dir damit die Kopfhaut ein«, sagte sie, »und du wirst sehen, wie schnell dir das abgeschnittene Haar wieder nachwächst.«

Da eilte die Unglückliche nach Hause, schnitt sich die langen, nachtdunklen Zöpfe ab und spann und webte Tag und Nacht. Und beim nächsten Vollmond ging sie mit dem fertigen Umhang zum Strand. Die Meerjungfrau saß auch schon auf dem Felsen und ließ sich den Mantel um die weißen Schultern legen. Aber er reichte ihr nur bis zum Gürtel.

»Er ist zu kurz!« fuhr sie Antje an. »Er muß länger werden, viel länger!« Und sie gab ihn der Mutter zurück.

Als die Meerjungfrau an diesem Abend in ihr Schloß trat, ging sie auf Susanne zu und nahm sie bei der Hand. »Gefällt es dir bei mir, mein Kind?« fragte sie. »Aber freilich«, gab das Mädchen zur Antwort, und dabei schlang es die Ärmchen um den Hals der schönen Jungfrau. Aber ein Haar des Mantels, das sich aus dem Gewebe gelöst und in dem Seerosenkranz verfangen hatte, war dabei in Susannes kleine Finger geraten, und wie sie wieder spielen ging, bemerkte sie den langen schwarzen Faden und betrachtete ihn nachdenklich. Woher nur mochte er kommen? Und als sie sich das Haar langsam und bedächtig um den Finger wickelte, fühlte sie, wie es ihr weh ums Herz wurde. Aber sie wußte nicht, warum.

Nach ein paar Tagen bemerkte die Meerjungfrau, daß Susanne nicht mehr lachte und scherzte wie sonst, und sie ging auf das Mädchen zu und sagte: »Du bist so still geworden, mein Kind, hast du einen Kummer?« – »Kummer? Was ist das?« gab Susanne zurück. Aber, nach einer Weile: »Seht, was ich gefunden habe.« Und sie wickelte das schwarze Haar vom Finger und hielt es der Meerjungfrau hin. Doch die riß es ihr aus der Hand. »Das ist nichts Besonderes!« sagte sie unwirsch. »Nur ein wenig Zwirn aus dem Gewand einer Ertrunkenen.«

Die Kleine griff danach, wollte es wiederhaben, aber die Nixe wehrte es ihr.

»Laß das!« sagte sie. »Es taugt nicht für dich. Komm, wir singen lieber ein schönes Lied.« Und sie nahm das Kind in den Arm und fing an:

> »So fern das Land, so tief die See,
> Hier unten gibt's nicht Leid und Weh.
> ei ei lei ei lei lu lu
> Geh und sing und tanz und spiel auch du.
>
> So reich mein Schloß, so klar die Flut.
> Hier unten geht es allen gut.
> ei ei lei ei lei lo lo
> Sei wieder heiter, wieder froh.«

Das Kind schlief ein in ihrem Arm, und am nächsten Morgen spielte es fröhlich wie immer.

Antjes Geduld wurde auf eine harte Probe gestellt. Denn trotz der Salbe, die sie eifrig benutzte, wuchs ihr Haar nicht von einem Tag zum andern nach, sondern es verging eine Woche und eine zweite, und erst in der dritten hatte es seine alte Länge wieder. Aber schwarz war es nicht mehr, sondern es war weiß geworden, schlohweiß.

Doch das war der armen Mutter gleichgültig. Sie schnitt es ab bis zur Kopfhaut und spann und webte Tag und Nacht, denn bis zum Vollmond mußte der Mantel fertig sein.

Aber als ihn Antje der Meerjungfrau, die auch diesmal schon auf dem Felsen wartete, um die Schultern legte, war diese wieder nicht zufrieden. »Jetzt reicht er mir wohl bis zur Mitte des Schwanzes – aber das ist immer noch nicht genug. Bis zu seiner Spitze muß er gehen. Einhüllen muß er mich ganz und gar! Und dann – wie in aller Welt sieht er denn aus? Oben schwarz und unten weiß? Du denkst wohl, ich soll mich von den Fischen im Meer auslachen lassen?«

Ärgerlich warf sie das Gewebe von sich. »Wenn du mir nicht in vier Wochen einen Mantel bringst, der so schön ist, daß mich meine Schwestern darum beneiden, bekommst du dein Kind nie und nimmermehr.«

Als die Nixe an diesem Abend in ihr Schloß zurückkehrte, trug sie, ohne es zu wissen, ein weißes Haar mit sich, das sich aus dem Gewebe des Mantels gelöst und an einer ihrer Schwanzflossen verfangen hatte. Und wieder war es Susanne, die es auf einmal in den Händen hielt.

Als das Kind das Haar berührte, zuckte ein plötzlicher Schmerz durch seine Brust. »Mutter!« rief es aus, »Mutter, wo bist du?« Und das Kind irrte von einem Saal in den andern, aus einem Gemach in das nächste – aber hinaus aus dem Schloß konnte es nicht, die Pforte war versperrt.

Endlich begegnete es einer riesigen Schildkröte. Die war wohl schon an die hundert Jahre alt, und Moos wuchs auf ihrem Rücken, und vieles hatte sie gesehen, vieles erlebt, Gutes und Böses. Und als sie den Jammer des Kindes vernahm, streckte sie langsam den Kopf unter ihrem Rückenpanzer hervor und sprach: »Deine Mutter, mein Kind, sitzt in großem Kummer in ihrem Haus am Meer. Sie wob für unsere Herrin einen Mantel aus ihren Haaren, erst schwarz und dann weiß – aber er war der Nixe nicht lang genug und auch nicht schön genug. Zweimal hat sie ihre Zöpfe abgeschnitten, und nun muß sie warten, bis sie zum drittenmal gewachsen sind. Doch sie wartet umsonst. Denn die Salbe, die die Nixe ihr gegeben hat, ist aufgebraucht.«

»Ich will zu meiner Mutter! Bring mich zu meiner Mutter«, flehte das Kind. Und es rüttelte an der verschlossenen Pforte.

»Das geht nicht«, antwortete die Schildkröte, »tausend Klafter hoch steht das Wasser über uns, und wenn du aus dem schützenden Haus der Nixe hinausgehst, mußt du ertrinken. Aber hör gut zu, was ich dir sage, denn ich will dir helfen. Schneide deine schönen blonden Haare ab, ich werde sie deiner Mutter bringen, und die wird den Mantel damit fertigweben. Dann wird die Nixe ihr Versprechen, dich deiner Mutter zurückzugeben, halten müssen. Aber nimm dich in acht und verrate dich nicht. Sei lustig und munter wie sonst.

Und steck dir so viel Seerosen und Tang um den Kopf, daß niemand sieht, daß dein Haar nicht mehr da ist.

Leider konnte die Schildkröte dem Kind keine Schere geben. So blieb denn dem armen Mädchen nichts anderes übrig, als sich die Haare einzeln vom Kopfe zu reißen. O tat das weh! Doch verbiß Susanne tapfer den Schmerz, und stolz übergab sie der Schildkröte das dicke Bündel ihrer Haare.

Die Mutter aber ging wie schon in den letzten Tagen so auch an diesem Abend zu dem großen Felsen am Ufer, auf dem die Meerjungfrau in den Vollmondnächten saß und sang. Denn der Salbentiegel war völlig leer, und das Haar war nicht nachgewachsen, so daß sie fürchten mußte, kahl zu bleiben und den Mantel nie im Leben fertigstellen zu können. Deshalb hoffte sie, die Meerjungfrau wenigstens zu überreden, ihr den Tiegel aufzufüllen. Aber sie wartete vergebens, die schöne Nixe kam nicht wieder.

Doch an diesem Abend war der Felsen nicht leer. Antje sah deutlich, wie sich darauf etwas bewegte. Und als sie näher kam, plumpste eben ein mächtiges Tier ins Wasser.

Die Frau trat hinzu und traute kaum ihren Augen: Haar lag auf dem Felsen, zu einer dicken Strähne zusammengebundenes Haar – blond wie das ihres Kindes.

In dieser Nacht konnte Antje keinen Schlaf finden. Am liebsten hätte sie sich gleich ans Spinnrad gesetzt, um den Mantel so schnell wie möglich fertigzustellen, aber sie wußte nicht wie. Denn wenn sie zu dem schwarzen und dem weißen Streifen noch einen blonden hinzufügte, würde die Meerjungfrau den Mantel dann nicht erst recht zurückweisen und ihr Kind in alle Ewigkeit behalten? So lag die arme Frau schlaflos und zermarterte sich das Hirn, und kein rettender Gedanke wollte ihr kommen, bis ihr der Kopf brannte von all dem schweren und trostlosen Nachdenken.

Um ihn zu kühlen, stand sie auf, trat ans Fenster, öffnete es und ließ sich die Nachtluft um Stirn und Schläfen wehen. Und wie sie zum Sternenhimmel emporblickte, sah sie es plötzlich vor sich, wie sie den Mantel weben müsse, damit die eitle Jungfrau endlich Gefallen an ihm fände.

Da konnte sie es kaum erwarten, bis es Tag wurde. Schon bei der ersten Morgenröte fing sie an, mit unendlicher Geduld das schon fertige Gewebe auseinanderzutrennen. Und sie wob ein neues mit tausend silbernen und goldenen Sternen auf dunklem Grund.

Als der neue Vollmond aus dem Meer stieg, tat sie den letzten Stich an dem Gewand, das nun lang und schleppend war wie der Krönungsmantel einer Königin. Und mit eiligen Schritten lief sie hinab zum Strand. Würde die Meerjungfrau heute endlich ihr Wort halten und das Kind zurückgeben?

Wie sie zum Felsen kam, war die schöne Nixe schon da. Sie griff nach dem Mantel, den Antje ihr darbot, hielt ihn gegen das helle Mondlicht und lächelte. Dann legte sie ihn sich um die Schultern, und er hüllte ihre ganze Gestalt ein bis zur letzten Spitze ihres Schwanzes.

»Jetzt ist er gut!« sagte sie. »Nun sollst du dein Kind wiederhaben. Setz dich auf meinen Schwanz. Ich bringe dich zu ihm. Mach ein Boot los vom Strand. Darin ruderst du mit deinem Kind zurück.«

Wieder ging es in sausender Fahrt durch die Wellen bis an den Ort, wo tief unter ihnen das Schloß der Meerjungfrau lag. »Bleib hier und warte, dein Kind wird bald bei dir sein«, sagte die Nixe und verschwand in den Wogen. Und es dauerte auch gar nicht lange, da tauchte vor Antjes Augen Susannes Köpfchen aus der Flut, und die Mutter zog das Kind in ihre Arme. Es atmete, und es lebte!

Sofort nachdem die Meerjungfrau den Befehl gegeben hatte, das Kind hinaufzubringen, hüllte sie sich in den Mantel und eilte durch die Säle des Palastes, bis sie an ein verschlossenes Gemach kam, zu dem nur sie ganz allein den Schlüssel hatte. Und sie sperrte die Tür auf und trat ein.

Auf einem Lager von Tang und Algen schlief ein großer, blonder Mann. Die Nixe rüttelte ihn wach: »Willst du nicht endlich zu mir kommen?«

Der Mann richtete sich auf. »Deine Augen sind heute nicht so kalt wie sonst. Wenn ich dich anschaue, empfinde ich kein Grauen mehr. Hast du vielleicht etwas Gutes getan?«

»Wenn ich ein Kind, das am Grunde des Meeres vor allem Leid und aller Bosheit der Menschen geborgen war, zurückführe in die Arme seiner Mutter, die es doch weder vor Leid noch vor bösen Gelüsten bewahren kann, ist das dann etwas Gutes? Und wenn ich aus Sturm und Not einen Mann vor Tod und Verderben errette und in meiner Kammer berge, ist das böse?«

Sie schwieg und sah ihn an, und er erhob sich und trat einen Schritt auf sie zu. Hatte er ihr Unrecht getan? Jedesmal bisher, wenn sie ihm genaht war, hatte er sich abgewandt, weil trotz ihrer Schönheit ihr Blick ihm in die Seele schnitt und weil ihn graute vor ihrem schuppigen Schwanz.

Aber heute? Was für ein Glanz lag in ihren Augen? Und wo war der Fischschwanz geblieben?

Der lange Mantel, der ihre ganze Gestalt einhüllte, verbarg ihn vor seinen Blicken, und er breitete die Arme aus und zog sie an sich. Doch kaum berührte er ihr Gewand, als ihn ein Zittern überfiel. »Wo hast du den Mantel her?« fragte er bebend. Ihre Augen funkelten wie Irrlichter, und sie begann zu singen und wiegte ihren Körper im Rhythmus des Liedes:

>»Die See ist so wild, die See ist so weit,
>doch du bist vor allem Verderben gefeit,
>und was du zuvor besessen,
>das hast du vergessen.«

»Heut singst du umsonst«, stöhnte der Mann. »Dein Mantel ... ist gewebt ... aus den Haaren ... einer Frau ...!«

»Die Männer kämpften im sinkenden Boot
und mußten ertrinken«,

sang die Meerjungfrau,

»doch dir droht kein Tod!
Und alles, was du besessen,
das wirst du vergessen!«

»Hör auf mit dem Lied! Alles hatte ich vergessen,
wußte nicht mehr, wer ich bin, wie ich hierherkam.
Jetzt aber weiß ich, das Haar meiner Frau war dunkel
wie der Nachthimmel und ist nun bleich wie das
Sternenlicht.

»Du wohnst in einem kristallnen Gemach,
die Fliesen Korallen, Perlmutter das Dach,
und alles, was du besessen ...«

»... hab ich nicht vergessen! Ein Kind hatten wir,
mein Weib und ich, blond wie ich selbst es bin – und
es sind ihre Haare, die du dir zum Mantel hast weben lassen, um deinen häßlichen Schweif vor mir zu
verbergen!«

Als die Meerjungfrau das hörte, schrie sie auf, und
mit einer jähen Bewegung zerschlug sie das Fenster
und stieß den Mann hinaus in die finstere Flut. Im
selben Augenblick überzog sich der Himmel mit
schweren Wolken, und es erhob sich ein Sturm, der
das kleine Boot, in dem sich die Frau und das Kind
angstvoll aneinanderschmiegten, wie eine Nuß-
schale auf den Wogen tanzen ließ. Als der Mann aus
den Wellen auftauchte und die verzweifelten Rufe
hörte, da nahm er alle Kraft zusammen und erreichte das fast schon kenternde Boot. Und seinen

starken Armen gelang es, sich und die Seinen vor dem Untergang zu retten. Als das erste Morgenlicht durch die Wolken brach, steuerte er das Boot in die heimatliche Bucht.

Die sieben Faulen

In alten Zeiten, als Bremen noch nicht so groß war wie heute, waren in der Gegend der jetzigen Stefansstadt nur Äcker und Kohlgärten. Aber das Land dort gab wenig Ertrag, denn der Boden bestand fast durchweg aus Sand, und die Weser, die damals noch nicht eingedeicht war, machte durch ihre jährlichen Überschwemmungen oft selbst das wenige zunichte, das darauf gedieh.

So war es auch nur armes Volk, das sich hier niederließ: Menschen, die einen kleinen Acker besaßen und denen die Wohnungen innerhalb der Stadt zu teuer waren.

Einer der Ärmsten unter ihnen war ein Mann, dessen Wiesen in der tiefsten Niederung lagen. Dort blieb das Wasser der Weser oft bis in den Sommer hinein stehen. Die Dünen aber, die sich oberhalb und unterhalb seiner Wiese neben dem Strom dahinzogen – und auf deren einer er seinen Kohlacker hatte –, waren sandig und wenig fruchtbar. Nur in sehr trockenen Jahren durfte er auf eine kleine Heuernte hoffen; dann aber verdorrte ihm wiederum sein bißchen Gemüse. Er konnte deshalb auch kein Großvieh halten und begnügte sich damit, ein paar Hühner und eine Ziege zu füttern.

Wie seine Frau es fertigbrachte, mit den kargen Erträgnissen der Wirtschaft Tag für Tag ihre Familie satt zu machen, das blieb ihr Geheimnis. Denn die Familie war nicht klein. Einen Sohn nach dem andern brachte die Frau zur Welt, und schließlich waren es sieben, die jeden Morgen und Mittag und Abend ihre Füße unter den Tisch streckten.

Je älter sie wurden, desto mehr brauchten sie. Aber sie waren dankbare Esser, die sich mit Kohlsuppe oder sauren Bohnen zufriedengaben, und Hafergrütze mit süßer Milch war ihnen ein Festgericht.

Sieben Söhne! Welch ein Reichtum für einen Bauern, wenn sie mit Hand anlegen können in den Viehställen und auf den Feldern! Hier aber waren sie für den Vater kein Reichtum und keine Hilfe, denn die wenige Arbeit, die es in der kleinen Wirtschaft zu tun gab, bewältigte er mit Leichtigkeit allein, und die Burschen wußten nicht, was sie mit sich und all der vielen Zeit, die sie hatten, anfangen sollten. Darum schliefen sie in den Tag hinein, kamen spät zum Frühstück, schlenderten dann zum Strom hinab, sahen den Schiffen nach, die auf der Weser segelten, standen neben den Fischern, die ihre Angeln ins Wasser warfen, und warteten geduldig, ob ein Lachs anbisse oder ein Stör. Und tüchtig waren sie nur darin, einzuhauen, wenn die Mutter die dampfende Schüssel auf den Tisch trug. Und so kam es, daß sie in der ganzen Nachbarschaft nicht anders genannt wurden als die »sieben Faulen«.

Aber eines Tages wurde es dem Ältesten zu dumm. »Vater«, sagte er, »ich sehe, daß unser Hof zu arm ist, um Arbeit für uns alle zu haben, darum bitte ich dich, erlaube mir, daß ich mir anderwärts einen Dienst suche.«

Als die Brüder hörten, was der Älteste sprach, wollten sie auch nicht zurückstehen; ja nicht einmal der Jüngste, der noch ein halbes Kind war, ließ sich bewegen, zu Hause zu bleiben. Umsonst sagte der Vater, daß er sein Alter zu spüren beginne und daß die Arbeit ihm immer saurer werde. Seine Söhne aber antworteten, daß er sie bis jetzt nicht zur Arbeit angestellt habe. Er könne sicher auch weiterhin ohne sie fertig werden, zumal es, wenn sie alle vom Hofe seien, nicht mehr soviel zu tun gäbe.

Am nächsten Morgen zogen sie also aus, sich als Knechte zu verdingen: sieben junge Männer, groß und stark wie Riesen, mit kräftigen Fäusten, die zupacken konnten und wollten. Und sie meinten, man habe überall gerade nur auf sie gewartet.

Aber sie erlebten eine Enttäuschung nach der andern. Denn als man in der Nachbarschaft von ihrem Vorhaben hörte, spottete man nur und sagte: »Seht die sieben Faulen! Ihren Vater haben sie arm gegessen, jetzt wollen sie sich auf Kosten anderer mästen. Wehe dem Bauern, der einen von ihnen auf den Hof nimmt, er wird es bald erfahren, was es heißt, einen Knecht zu haben, der faul ist bei der Arbeit und fleißig beim Essen.«

So fanden sie in der Umgebung keinen Dienst. Und selbst als sie nach Bremen gingen, um sich bei einem der reichen Kaufleute als Pferdeknechte oder Lastenträger zu verdingen, war ihnen ihr schlechter Ruf schon vorausgeeilt und verschloß ihnen alle Türen.

Müde und niedergeschlagen kamen sie des Abends in die Hütte ihres Vaters zurück. Zum erstenmal in ihrem Leben schmeckte ihnen das Essen nicht, das die Mutter auf den Tisch setzte. Auch gingen sie nach dem Abendbrot nicht gleich schlafen, wie es sonst ihre Gewohnheit war, sondern sie blieben stumm und verdrossen auf der Bank sitzen und stierten vor sich hin.

Der Vater hatte Mitleid mit seinen Söhnen und überlegte, wie er ihnen helfen könne. Darum bot er ihnen an, ihnen die Wirtschaft zu überlassen und sich aufs Altenteil zurückzuziehen, wenn sie nur daheimbleiben wollten. Doch der Älteste schüttelte trotzig den Kopf. »Hier auf diesen mageren Äckern«, sagte er, »wo du allein kaum Arbeit und Auskommen findest, sollen wir uns weiterhin im Wege stehn? Nein, Vater, du brauchst uns nicht, um das bißchen Erbsen und Bohnen zu pflanzen – und um dein spärliches Heu zum Trocknen auf die Düne zu tragen, damit es dir nicht in der Lache ersäuft. Wir aber wollen etwas schaffen, und da wir hier nirgends Arbeit finden, so gehen wir eben morgen hinaus in die weite Welt.«

Als die Mutter das hörte, begann sie zu weinen. Und auch der Vater, der Angst hatte, seine Söhne für immer zu verlieren, drang in sie, von ihrem Vorhaben abzulassen. Sie aber hatten es sich nun einmal in den Kopf gesetzt, dorthin zu wandern, wo man ihren Spottnamen nicht kannte – und wo nichts ihnen im Wege stand, ihr Glück zu machen. Und noch ehe sich die Sonne am Himmel zeigte, schnürten sie ihre Bündel, sagten Vater und Mutter Lebewohl und gingen hinaus in die weite Welt.

Mit Tränen in den Augen sahen die beiden Alten

ihren Kindern nach, und ihre einzige Hoffnung war, daß der Hunger die Söhne doch bald wieder zu den Kochtöpfen der Mutter zurückführen werde.

Doch sie warteten vergebens. Ein Tag um den andern verstrich, ein Monat um den andern, aber die Burschen kamen nicht wieder.

Die Jahre gingen ins Land. Die armen Eltern begannen sich an den Gedanken zu gewöhnen, daß sie ihre Söhne wohl niemals mehr wiedersehen würden. Es fiel ihnen schwer genug. Die Leute aber hatten die Burschen schon fast vergessen.

Doch da lief eines Tages ein Geraune von Hütte zu Hütte: »Die sieben Faulen kommen!« Alles stürzte zur Tür, und richtig, da konnte man sie schon von weitem erkennen, denn so groß und stattlich waren nicht viele. Sie gingen aber stumm und grußlos an den neugierigen Gaffern vorüber, und auch diese riefen ihnen kein Wort des Willkommens zu, sondern tuschelten nur hämisch hinter ihnen her, daß sie mit ihrer Faulheit wohl auch in der Fremde kein Glück gehabt hätten. Am meisten aber wunderte man sich über die seltsamen Geräte, die die Burschen auf ihren Schultern trugen.

Um so größer war die Freude der Eltern. Bis spät in die Nacht hinein saßen sie mit ihren Söhnen am Tisch und konnten nicht genug hören von all dem, was diese von ihrem Leben in der Fremde erzählten.

Die Burschen hatten sich den Wind vieler Länder um die Ohren wehen lassen und ihre Augen weit aufgesperrt. So hatten sie manches erfahren und manches gelernt. Aber schließlich hatten sie erkannt, daß man es wirklich nicht nötig habe, in die

Fremde zu gehen, und daß jeder, der ernstlich arbeiten wolle, eine Aufgabe überall finde – auch zu Hause. Mit dieser Erkenntnis aber sei das Heimweh über sie gekommen, und die Sehnsucht nach den Eltern habe sie zurückgeführt. Und nun legten sie dem Vater dar, was sie zu tun beabsichtigten, und der hörte ihnen glücklich zu und schüttelte nur manchmal vor Staunen den Kopf.

Am nächsten Morgen schon sah man die sieben Faulen mit Hacken und Schaufeln zur Wiese ihres Vaters ziehn. Hier hoben sie Gräben aus, in denen das Grundwasser sich sammeln und zur Weser ablaufen konnte, und in kurzer Zeit war die sumpfige Wiese trockengelegt. Damit nicht genug, errichteten sie mit der Erde, die sie aus den Gräben herausgeschaufelt hatten, einen hohen Damm gegen die Weser. Und da das Grundstück an der anderen Seite durch Dünen geschützt war, konnte ihm in Zukunft der Strom durch seine Überschwemmungen nichts mehr anhaben.

So gedieh denn im nächsten Sommer auf der fetten schlammgedüngten Erde das schönste Gras, und es wuchs der herrlichste Klee so hoch und dick und duftend, wie man ihn in dieser Gegend noch nie gesehen hatte. Die Nachbarn aber blickten nur hämisch auf die Brüder und sagten: »Der alte Vater, ja, der war ein fleißiger Mann sein Leben lang. Er scheute sich nicht, ins Wasser zu steigen, selbst wenn es ihm bis über die Knie ging, und das Gras, das ihm gewachsen war, zum Trocknen auf die Düne zu schleppen. Seine Söhne aber, die sind zu faul dazu! Die haben die Gräben nur gezogen und den Damm nur gebaut, um ein bequemes Leben führen zu können!«

Als die Ernte geborgen war, machten sich die Brüder an eine weitere Arbeit. Sie bereiteten Kalk, schafften Holz herbei, brannten Ziegel – und es dauerte nicht lange, da stand neben der Hütte des Vaters ein schönes neues Haus, das unter seinem riesigen Dach nach Brauch und Gewohnheit des Landes alles vereinigte; denn neben Stuben und Kammern für die Menschen war zugleich Raum nicht nur für eine Ziege und ihr bißchen Heu, sondern auch noch für Kühe und Pferde und für sämtliches Gerät sowie für alle Vorräte, die Mensch und Tier im Winter brauchten. Und es dauerte auch gar nicht mehr lange, da machte der Älteste Hochzeit und hielt Einzug in das stattliche Haus.

»Nun seht einmal diese Faulheit«, sagten die Nachbarn, »sind zu bequem, sich einzuschränken und sich mit wenigem zu behelfen. Hausen wir nicht unter einem Dach mit allen unsern Kindern und Schwiegerkindern? Die aber müssen womöglich jeder ein Haus für sich haben.«

Die Nachbarn hatten richtig prophezeit. Denn im nächsten Jahr wurden noch weitere fünf Häuser gebaut, und nur der Jüngste blieb bei seinen Eltern wohnen. Aber auch deren alte Hütte wurde instandgesetzt und erweitert, so daß man sie kaum wiedererkannte.

Bald holten die sechs anderen Brüder sich ebenfalls Frauen in ihre schmucken Häuser, und sie feierten alle auf einmal Hochzeit, und der Jubel und die Musik drangen weit über den Strom und über Wiesen und Felder.

Die sieben Häuser standen in Reih und Glied nebeneinander inmitten gut gepflegter Obst- und Gemüsegärten. Und da jeder der sieben Brüder Gebälk und Türen in einer andern der sieben Regenbogenfarben angestrichen hatte, leuchteten sie schon von weitem aus dem Grünen wie bunt bemalte Ostereier. Die Gärten selbst aber erhielten als Einfassung dichte Dornenhecken.

»Nun seht einmal diese Faulen«, riefen die Nachbarn, »können die nicht im Winter aus dem Bett steigen wie wir, wenn die Hasen den Kohl anknabbern? Oder auf der Lauer liegen, um die Diebe zu verscheuchen? Nein, sie setzen Dornhecken, damit sie ruhig und bequem in ihren Stuben bleiben können.«

Nur eines wollte den »fleißigen« Nachbarn nicht in den Kopf: daß bei all dieser »Faulheit« der Brüder alles so prächtig gedieh, ja, daß sie selbst sich immer mehr von ihnen überflügelt sahen. Denn mit der Zeit vermehrte sich auch der Viehbestand der Brüder so sehr, daß er unter ihrem Dach keinen Platz mehr fand. Da bauten sie gegenüber von ihren Häusern noch Stallungen und Scheunen. Und so entstand eine Straße. Sie holten Feldsteine und pflasterten sie.

»Nein so etwas«, sagten die Nachbarn, nun sind auch ihre Frauen schon so von der Trägheit angesteckt, daß sie zu bequem sind, ihre und ihrer Männer Schuhe zu putzen. Darum machen sich die Faulen lieber die Mühe, diesen Steinweg anzulegen, den man auch bei schlechtestem Wetter leicht sauberhalten kann.«

Die Straße der Faulen war breit und schön, und zu beiden Seiten pflanzten sie Lindenbäume, die über die Dächer der Häuser hinauswuchsen.

»Nun sind sie gar noch zu faul, am Sonntag ins Olslebhauser Holz zu gehn, wie es hier seit undenklicher Zeit Brauch ist«, meinten die Nachbarn, sie müssen sich Laubengänge machen und sich Bäume vor die Türen setzen, um an den heißen Sommertagen Schatten und Kühlung zu haben.«

Viele Jahre lebten die Brüder in größter Eintracht beisammen, und obwohl sie nicht halb so geschäftig waren wie ihre fleißigen Nachbarn, brachten sie es doch zu großem Wohlstand, während sich jene auch weiter in ihrer Armut abplagen mußten.

Nein, die Faulen trugen ihr Heu nicht auf die Dünen zum Trocknen, sie legten sich nicht bei Nacht auf die Lauer, um die Hasen und die Diebe von ihrem Kohl fernzuhalten – nur wo es etwas gab, was ihre Faulheit noch unterstützte, da waren sie eifrig bei der Sache.

Das stärkste Stück aber leisteten sie sich auf ihre alten Tage. Da begannen sie vor ihren Häusern Brunnen zu graben.

Zwar waren der Vater und die Mutter inzwischen längst gestorben, aber es gab doch noch manchen Nachbarn, der oft genug gesehen hatte, wie jene beiden zur Weser hinuntergegangen waren und in ihren Eimern Wasser herangeschleppt hatten – und nun waren ihre Nachkommen so stolz und so träge, daß ihnen auch diese Arbeit zu schlecht und zu mühsam erschien.

Noch manches Jahr gaben die Brunnen den Brüdern gutes, reines Wasser – denn sie erreichten alle ein hohes Alter, aber schließlich mußte doch einer der sieben Faulen nach dem andern sein schönes Leben hinter sich lassen. Ihr Andenken jedoch hat sich erhalten. Zwar sind die Linden längst gefällt und die Gärten verschwunden, und auch die Häuser selbst stehen nicht mehr. Aber die Straße, die sie angelegt haben, heißt heute noch die »Faulenstraße«. Und wie sehr sie diesen Namen verdient, das beweist auch der Umstand, daß vor nicht allzu langer Zeit die Brunnen zugeschüttet worden sind. Denn die Bewohner der Faulenstraße waren sogar zu faul, mit den Eimern zum Brunnen zu gehen, und sie haben sich deshalb Wasserleitungen in ihre Häuser legen lassen.

Eemt Fräs

Das ist nun schon lange, lange her, da wohnte oben an der Wasserkante ein Riese, der hieß Eemt Fräs. Ihm gehörte das ganze Gebiet, das zwischen Oldenburg und den Niederlanden lag. Mut und Kraft hatte er genug, und wenn er auch nicht der Allerklügste war, eines stand fest: Er war ein wahrer Guthals.

Einmal kam ein schönes, stattliches Weib zu ihm. Das war Frau Emse. Sie erzählte ihm, daß sie schon eine weite Reise hinter sich habe und noch weiter wolle.

Frau Emse hatte viele Kinder – sie wußte selbst nicht wie viele –, und die wollte sie alle zu der Fürstin bringen, deren Reich hinter des Riesen Land begann: zu der allmächtigen Königin Nordsee. Und damit sie nun nicht einen großen Umweg machen mußte, bat sie den Riesen, mit ihren Kindern ihren Weg durch sein Land nehmen zu dürfen.

Als sie ihn mit ihren blitzenden Augen so liebenswürdig ansah und ihre langen silbernen Haare in der Sonne glitzern ließ, konnte und mochte Eemt Fräs ihr das nicht abschlagen. Und nun zog Frau Emse mit allen ihren Kinderchen, die vor Lust und Freude hüpften, durch sein Land. Nach kurzer Zeit kamen sie frühmorgens an die Stelle, wo das Reich der Königin Nordsee begann.

Ach, was sahen sie dort für Herrlichkeiten! Königin Nordsee legte gerade ihren Schleier ab, den ihr die Nacht an jedem Abend darüberlegen mußte, und setzte sich eine Krone von reinem Gold aufs Haar; die war mit wunderbar geschliffenen Steinen besetzt, so daß es aussah, als schössen daraus Flammen hervor. Und Königin Nordsee hatte wohl tausend Millionen Kinder; die spielten alle mit kleinen Fischen, und auf großen Fischen ritten sie herum. Viele saßen auf hübschen weißen Pferdchen, mit denen sie auf- und niedersprangen.

Frau Emse und ihre Kinder fingen laut an zu plätschern: Das war ihr Huldigungsgruß für die Königin. Die aber schob sich bloß ihre Krone höher auf den Kopf und sagte nichts weiter. Doch ließ sie es zu, daß die Fremden in ihr Reich kamen.

Frau Emses Kinder waren erst ein bißchen bange, als die Königskinder auf sie zu geritten kamen, und am liebsten wären sie wieder umgekehrt. Aber es dauerte nicht lange, da jauchzten und tummelten sie sich mit ihren neuen Freunden durch das Reich der Königin Nordsee.

Das ging nun eine ganze Weile so weiter. Und auch die neuen Kinder, die Frau Emse immer wieder zur Welt brachte, führte sie alle denselben Weg durch Eemt Fräsens Land. Und Königin Nordsee sagte nichts dagegen – hatte sie doch genügend Platz in ihrem großen Reich.

Aber einigen ihrer Untertanen war es gar nicht recht, daß so viele Fremde daherkamen und ihnen die Königskinder zum Spielen wegholten. Das waren die Butte. Und die guckten böse auf die Emsekinder und machten ganz schiefe Augen – aber die Emsekinder achteten nicht darauf. Da fingen die Buttfische an zu schimpfen, und sie schalten wie die Kesselflicker – aber auch das half ihnen wenig. Schließlich gingen sie zu den Schollen und zu den dicken Schellfischen, zu den Dorschen und zu den Kabeljauen, und es gelang ihnen, diese alle gegen Frau Emse und ihre Kinder aufzubringen. Und die Fische sagten untereinander: »Wir müssen der Königin Nordsee die Augen öffnen, daß sie erkennt, wie das fremde Gesindel uns aus unsern Rechten vertreibt und sich aufspielt, als ob es hierhergehöre.«

Und nun fingen sie an, auf die Königin Nordsee einzureden. Die wollte erst nicht darauf eingehen und gab ihnen keine Antwort. Aber sie lagen ihr Tag und Nacht in den Ohren und hörten nicht auf zu sticheln und zu hetzen, bis sie es endlich erreichten, daß die Königin ihren Widerstand aufgab.

»Was soll ich tun?« fragte sie die Fische.

»Krieg anfangen!« riefen alle miteinander.

Als das die Königskinder hörten, wollten sie zuerst nichts davon wissen. Aber die Fische wußten ihnen alles in so schönen Farben auszumalen, daß sie schließlich zustimmten.

Die Königin hatte einen guten Freund, das war der grimmige, rauhe Nordwind. Den gewann sie zu diesem Unternehmen. Die Nacht mußte ihren Schleier tief schwarz färben, und am Himmel wurden große Schiffe voll Wasser angefahren. Und dann ging es los!

Frau Emse und ihre Kinder schliefen süß und regten sich bloß ein wenig im Traum; auch Eemt Fräs lag in festem Schlafe. Da fing es mit einem Mal an zu heulen, und wie ein wildes Tier kam der Nordwind angesprungen. Vor ihm trabten der Königin Nordsee kleine weiße Pferde, und hinter ihm stampften die dicken schwarzen und graugrünen Rosse und stellten sich steil in die Höhe und fielen über Eemt Fräsens Land und über Frau Emse und ihre Kinder her. Und die Schiffe ließen ihr Wasser vom Himmel herniederbrausen, und all die Butte und Schollen und Schellfische und Dorsche und Kabeljaue zappelten und polterten dazwischen.

Frau Emse wußte erst gar nicht, was über sie hereinbrach. Sie sprang aber so schnell sie konnte aus dem Bett, und ihre Kinder schaukelten und wankten ratlos um sie herum. Dann trommelte sie Eemt Fräs aus dem Schlaf, der über seinem eigenen Schnarchen noch gar nichts gemerkt hatte von all dem Lärmen und Toben.

Es dauerte eine geraume Zeit, bis der Riese sich den Schlaf aus den Augen rieb und zur Besinnung kam. Aber da war schon Unheil genug angerichtet. Die Rosse tummelten sich wie toll auf seinem Lande herum und hatten große Teile davon zerstampft und zertrampelt, und ein riesiger Walfisch schlug mit seinem Schwanz auf die Emsekinder los und biß große Brocken aus dem schönen Land. Die Königskinder aber schauten zu und lachten sich schief und krumm über den Spaß.

Doch da war Eemt gänzlich wach geworden. Und er reckte sich hoch auf und prustete der Königin Nordsee ins Gesicht, daß alle die Königskinder sich nach rückwärts überschlugen und wild durcheinanderpurzelten. Und die kleinen weißen Pferdchen stolperten, und selbst die dicken schwarzen und grau-

grünen Rosse kamen ins Stürzen – Junge, Junge, wie ging das dort zu!

Als Frau Emse das sah, fing sie aus vollem Halse zu lachen an, und ihre Kinder lachten ebenfalls. Da drehte sich der rauhe Nordwind um und heulte nach rückwärts.

»So«, sagte Eemt Fräs, »das hätten wir fürs erste geschafft.«

Aber ach, sein schönes Land! Das hatte was abgekriegt! Wie lange würde es dauern, bis dort, wo es zerstampft und zertrampelt war, wieder Gras wuchs. Was aber das Wasser weggefressen hatte von seinem Land, das war für immer verloren.

Und der Riese brüllte vor Wut und Schmerz ein paar Meilen in den Wind, daß Königin Nordsee vor Schreck erzitterte und sogar ihre Krone aufzusetzen vergaß, obwohl die Nacht längst abgezogen war. Und die Königskinder weinten vor Schmerzen und fanden den Krieg schrecklich.

Da erkannte die Königin, was für einen schlechten Rat ihr die Fische gegeben hatten, und zur Strafe nahm sie ihnen die Sprache, damit sie nie wieder ein solches Unheil anrichten könnten – und seitdem sind sie stumm geblieben bis auf den heutigen Tag. Und dann schickte sie Abgesandte zu Eemt Fräs und bat um Frieden.

Mit einem Nein konnte der alte Guthals nicht antworten, aber er ließ sie geloben, niemals wieder einen Überfall zu wagen und Frau Emse und ihre Kinder für alle Zeiten in Ruhe zu lassen.

So wurde Frieden geschlossen, und es kam alles nach und nach wieder in Ordnung.

Der Ring des Wettermachers

Durch die Nordsee fuhr ein Schiff, das in Hamburg mit Waren aller Art beladen worden war – mit flandrischem Tuch und russischen Pelzen, mit chinesischer Seide und Gewürzen aus dem fernen Indien – und das nun dem norwegischen Hafen Bergen zusteuerte.

An Deck hantierte ein junger Bursche – Heinrich Waadt hieß er –, und da er der jüngste Matrose auf dem Schiff war, wurde er von den andern zu allen niedrigen Diensten ausgenützt. Sein Tagewerk dauerte vom frühen Morgen bis in die späte Nacht, und die Heuer war gering, die Kost mäßig. Deshalb war sein Herz verbittert, und gar oft hing er trüben Gedanken nach.

Plötzlich hörte er Stimmen, die ihn aus seinem düsteren Grübeln rissen, und er blickte auf und erkannte zwei alte Matrosen, die nur wenige Schritte von ihm entfernt an der Reling standen und sich, ohne ihn zu bemerken, laut unterhielten.

Das Schiff segelte längs der norwegischen Küste dahin, und das Land war so nahe, daß man mit bloßem Auge sogar viele Einzelheiten erkennen konnte. Da reckte der eine der Matrosen die Hand aus und rief: »Siehst du drüben auf der Klippe den schweren Anker liegen? Dort ist Arndt Alsens Grab!«

»Arndt Alsen?« – die Stimme des andern klang sonderbar erregt – »was weißt du von Arndt Alsen?«

»Ja, hast du ihn denn gekannt?«

»Wie sollte ich nicht? War doch zehn Jahre lang Steuermann auf seinem Schiff.

War das ein Schiff! Kein Sturm konnte ihm etwas anhaben! Bei keinem Wetter zog Arndt Alsen die Segel ein. Und so machte er auch die schnellsten Fahrten, die je einem Seemann gelungen sind auf den sieben Meeren.

Die Mannschaft freilich hielt es niemals lange bei ihm aus.

Sie sagten, er sei mit dem Bösen im Bunde – aber ich weiß nicht, ob etwas daran war. Sie sagten, er habe vom Teufel einen Ring bekommen, den er nur zu drehen brauche, um den Wind aus jeder gewünschten Richtung blasen zu lassen. Und sie sagten, dafür habe ihm der Teufel die Bedingung gestellt: Wenn er länger als drei Tage und drei Nächte an Land weile, solle er ihm verfallen sein!

Zunächst legte ich diesen Geschichten keine Bedeutung bei. Wird ja so viel Seemannsgarn gesponnen! Aber dann beobachtete ich, daß der Kapitän tatsächlich niemals länger in einem Hafen blieb als drei Tage. Denn einmal, als wir eine besonders große Ladung zu übernehmen hatten und damit am dritten Abend noch nicht fertig waren, da zwang er uns, die ganze Nacht hindurch zu arbeiten – und er segelte vor Sonnenaufgang davon, obwohl die letzten Kisten noch am Strande lagen.

Da wurde es mir doch unheimlich, und so heuerte ich nach der Reise ab.

Hab seither nichts wieder von ihm gehört, und auch nicht erfahren, wann und wo und wie er gestorben ist.

Aber es ist gewesen, wie sie alle sagten! Er stand im Bund mit dem Bösen, und er besaß den Ring! Schuld an seinem Tod aber war seine Frau.«

»Seine ... Frau? Aber er war doch gar nicht verheiratet!«

»Stimmt, vierzig Jahre war er alt – und war noch nicht verheiratet. Bis ein norwegisches Fischermädchen es ihm antat.

Er war wieder einmal für drei Tage an Land gegangen. Am ersten lernte er sie kennen. Am zweiten verlobte er sich mit ihr. Am dritten heirateten sie. Und sicherlich wollte er noch in der gleichen Nacht davonsegeln.

Aber wie er schlief, verdunkelte seine Frau die Fenster, und als er aufwachte und meinte, daß es draußen noch ganz finster sei, scherzte er noch ein wenig mit ihr. Dann stand er auf und ging zur Tür, doch als er sie öffnete, schien ihm die pralle Sonne ins Gesicht. Da schrie er auf und stürzte rücklings in die Stube – und als seine Frau sich über ihn beugte, war er tot.

Du kannst dir denken, wie trostlos die arme Frau war. Ich glaube, sie hatte eine furchtbare Angst, er werde keine Ruhe finden in seinem Grabe, und darum ließ sie ihn, damit er nicht wiederkäme, auf der einsamen Klippe bestatten und ihm den schweren Anker seines Schiffes auf den Grabhügel legen. Nach einem Jahr aber heiratete sie den reichen Fischer Karsten, denn sie war immer noch die schönste Frau weit und breit.«

»Und das Schiff? Was ist aus Arndt Alsens Schiff geworden?«

»Ja, das Schiff hätte Karsten wohl gerne verkauft, denn er selbst mochte nicht darauf fahren. Aber niemand wollte es ihm abnehmen. Da ließ er es im Königshafen bei Bergen auf den Strand setzen. Den Ring aber hat niemand gefunden!«

»Das kann ich mir denken! Es wußte ja keiner, wo man ihn suchen muß!«

»Weißt du es vielleicht?«

»Genau allerdings auch nicht. Aber ich vermute es. Arndt Alsen hatte wohl in der Kajütenwand ein geheimes Fach ...«

Das Gespräch verstummte, und die Matrosen entfernten sich.

Langsam erhob sich auch Heinrich Waadt aus seinem Winkel. Jedes der Worte hatte sich in sein Gedächtnis eingegraben.

Als sie in Bergen landeten, ging Heinrich Waadt heimlich vom Schiff. Er wußte, daß der Kapitän ihm keinen Landurlaub geben würde. Doch gelang es ihm, unbemerkt zu entkommen. Den wenigen Habseligkeiten, die er an Bord lassen mußte, trauerte er nicht nach.

Er mußte sich so lange versteckt halten, bis das Schiff seine Ladung gelöscht hatte und, mit neuen Schätzen gefüllt, den Heimweg nach Hamburg antrat. Dann, als er das Segel unter der Kimmung verschwinden sah, atmete er auf.

Nun schien es ihm ein leichtes, Arndt Alsens Fahrzeug zu finden und sich den Ring anzueignen – und dann, so meinte er, könne es ihm an nichts mehr fehlen. Denn den Bund mit dem Bösen, den wollte er nicht scheuen. Wenn das die einzige Bedingung sei, niemals länger als drei Tage an Land zu bleiben ...

Doch wie groß war seine Enttäuschung, als er überall nach dem Königshafen fragte und kein Mensch in Bergen wußte, wo er zu finden sei.

Verzweiflung ergriff ihn. Manchmal fand er für kurze Zeit Arbeit, meist aber keine.

Eines Abends ging er in eine Schenke, in der Burschen wie er ihre mühsam verdienten Groschen vertranken, um im Rausch das Elend ihres Daseins zu vergessen. Mißmutig saß er in einer Ecke, ein leeres Glas vor sich, und hatte den Kopf zwischen die Fäuste gestützt. Da tippte ihm jemand auf die Schulter. Er fuhr zusammen, blickte sich um, sah in ein altes, faltiges Gesicht – und erkannte den buckligen Musikanten, der sonntags zum Tanz aufspielte.

»Sieh einmal an«, sagte kopfschüttelnd der Alte. »Sitzt hier wie einer, dem alle Felle weggeschwommen sind. Seit wann läßt so ein junges Blut wie du die Nase hängen?«

»Du hast gut reden, Niels«, antwortete Heinrich. »Aber du kannst mir auch nicht helfen. Oder weißt du vielleicht, wo der Königshafen liegt?«

»Der Königshafen?« Der kleine Bucklige sah den Burschen erstaunt an. »Meinst du damit die Bucht, in der sich König Erich der Rote mit seinen Mannen verbarg, als ihm seine Feinde auf den Fersen waren? Die liegt versteckt an einem tiefen Fjord, und man nannte sie in meiner Jugend noch den Königshafen. Aber jetzt ist sie versandet – und König Erich vergessen.«

O wie schnell wurde Heinrich nüchtern, als er diese Worte hörte. Ganz genau mußte ihm der Alte beschreiben, wie man dahin gelangte, und gleich am nächsten Morgen machte er sich auf, und er fand den Fjord schon nach wenigen Stunden.

Es war ein wolkenverhangener Tag, das Meer lag dunkel und drohend zu seinen Füßen, und der Wind peitschte ihm den Regen ins Gesicht. Wie freute er sich, als er von weitem ein rotes Dach durch die Bäume schimmern sah. »Das muß Fischer Karstens Haus sein«, dachte er, und er schritt darauf zu.

Die Fischersleute nahmen ihn gastfreundlich auf und behielten ihn gern über Nacht, und als er am nächsten Morgen dem Fischer zur Hand ging und sich in allen Arbeiten geschickt zeigte, war von Fortgehen keine Rede. So konnte Heinrich unauffällig die Boote betrachten, die im Fjord vor Anker lagen; aber so sehr er auch seine Augen umherschweifen ließ, Arndt Alsens Schiff erblickte er nirgends.

Trotzdem gab er die Hoffnung nicht auf, und er blieb einen Tag um den andern, fuhr des Morgens mit dem Fischer zum Fang und scherzte des Abends mit seiner Tochter, der schönen Birgit. Und es dauerte nicht lange, da waren sich die beiden jungen Leute einig darüber, daß sie heiraten wollten.

Als es so weit gekommen war, wagte Heinrich auch die Frage nach Arndt Alsens Schiff. – »Was willst du mit dem alten Wrack?« fragte das Mädchen zurück. »Es liegt an einem unwegsamen Ort, vom Meer aus nicht mehr erreichbar, denn die kleine Bucht ist längst versandet – und auch von Land aus kaum zugänglich, denn der Felsen fällt steil ab, und der Weg hinab ist gefährlich.«

Heinrich freilich ließ nicht locker, bis sie ihn zu einer Stelle führte, von der aus man tief unten, zwischen Schilf und Gestrüpp fast verborgen, den schweren Leib des Schiffes erblicken konnte.

»Komm«, sagte Birgit voller Angst, »mit dem Wrack ist es nicht ganz richtig! Man sagt, ein böser Geist treibe darin sein Wesen, Man sagt auch, daß Arndt Alsen durch diesen Geist den Tod gefunden habe. Ich weiß nicht, was daran wahr ist, denn die Leute weichen meinen Fragen aus, und meine Mutter weinte sogar, als ich davon zu sprechen anfing.«

Da erzählte ihr Heinrich alles, was er von dem Ring und von Arndt Alsens Tod gehört hatte.

»Die arme Mutter«, sagte Birgit mit bewegter Stimme.

Und dann, nach einer Weile: »Du wirst das Schiff nicht betreten! Du wirst den Ring nicht holen! Versprichst du mir das?«

Heinrich nickte mit dem Kopf. »Morgen rede ich mit deinem Vater«, sagte er statt einer Antwort.

Aber dann kam alles anders, als die jungen Menschen es erhofft hatten. »Meine Tochter einem Hungerleider geben? Niemals!« schrie Karsten, als Heinrich sein Anliegen vorgebracht hatte. Und er setzte ihn auf die Straße. »Wenn du mit einem eigenen Schiff wiederkommst«, rief er ihm höhnisch nach, »kannst du noch einmal anfragen!«

Mit Verzweiflung im Herzen rannte Heinrich über Stock und Stein. Ohne Ziel. Wo er die Nacht über bleiben würde, war ihm gleichgültig. Erst als sein Fuß strauchelte, merkte er, daß er schon längst vom geebneten Weg abgekommen war, blieb stehen und sah sich um. Und als er erkannte, daß er sich an jener Stelle befand, die er Tags zuvor mit Birgit aufgesucht hatte, ging er an den Felsenhang und sah tief unter sich das alte Schiff liegen. »Der Ring!« zuckte es ihm durchs Herz.

Ohne sich noch einen Augenblick zu besinnen, begann er den Abstieg. Und er gelang! Bald stand er auf den Planken des Schiffes.

Seltsam. Obgleich das Schiff schon ein Vierteljahrhundert hier auf dem Strande lag, sah es doch aus, als ob es morgen in See stechen würde. Ungebrochen reckten sich die Masten in die Höhe, selbst von den Segeln fehlte keines, wenn sie auch schlaff hingen, und sogar das Tauwerk, so morsch es sein mochte, spannte sich von den Rahen. Man sah, daß niemand von dem Schiff auch nur das geringste entfernt hatte.

Die Treppenstufen knarrten unter Heinrichs Tritten, als er in die Kajüte niederstieg.

Drinnen roch es modrig und dumpf. Doch nahm sich der Bursche nicht die Zeit, ein Fenster aufzustoßen, sondern begann gleich die Wände abzuklopfen.

Da, endlich, eine Stelle, an der es hohl klang! Doch war nirgends zu erkennen, wie und wo ein verborgenes Türchen zu öffnen sei. So schlug er denn die Wand mit einer Eisenstange ein.

Er fand vergilbte Papiere. Fand ein Kistchen mit Talern und Dublonen. Und endlich, zuhinterst, ganz in der Ecke, den Ring.

Lange sah er ihn an. Er war aus Gold mit einem blutroten Stein. Wie gebannt starrte Heinrich darauf, und das Herz schlug ihm bis zum Halse.

Da nahm er all seinen Mut zusammen. »Nun komm!« rief er laut, »komm, du Geist des Ringes, und diene mir! Ich unterschreibe den Pakt!«

Da kreischte die Tür in den Angeln. Bebend sah Heinrich sich um. Vor ihm stand Birgit – rot bis unter die Stirn.

»Ich bin hinter dir her gelaufen«, sagte sie. »Fast hätte ich dich aus den Augen verloren! Aber dann sah ich dich auf dem Felsen stehn, sah dich plötzlich verschwinden und wußte, wo ich dich finden würde.« Und, nach einer Weile, da er sie sprachlos anstarrte: »Oder glaubst du, ich lasse mich einsperren? Glaubst du, ich lasse mir einen andern aufzwingen?«

Plötzlich fuhr ein Beben durch den Körper des alten Schiffes. Ein heftiger Wind erhob sich, der die Segel blähte, und es war, als würde das Fahrzeug von einer unsichtbaren Hand aufgehoben und über Sand und Schlamm ins tiefe Wasser gesetzt. »Wir fahren!« rief Birgit, zu Tode erschrocken.

»Ja, wir fahren!« ertönte da eine Stimme. »Auf diese Stunde habe ich schon lange gewartet! Wenn du willst, Heinrich Waadt, diene ich dir, wie ich Arndt Alsen gedient habe! Und du sollst der reichste Schiffer werden, der je über die Nordsee fuhr!«

»Bis du ihn verdirbst!« schrie Birgit auf, »wie du Arndt Alsen verdorben hast!« Und sie riß dem Burschen den Ring aus der Hand, raste die Treppe hinauf und schleuderte ihn weit hinaus ins Meer. Und die Flut schäumte hoch auf. Der Sturm heulte und zerriß von oben bis unten die Segel, und in das Fahrzeug drang durch alle Fugen das Wasser.

Doch zum Glück trieb eine Strömung das Schiff dem Strande zu. Und Heinrich führte das Steuer, und Birgit schöpfte Eimer um Eimer, und ehe die Wellen Herr über das Schiff geworden waren, gelang es den beiden, mit ihm das Ufer zu erreichen und es auf den Sand zu setzen.

Mit dem gefundenen Gelde ließ Heinrich das Schiff gründlich überholen, und bald konnte er eine Mannschaft anheuern, und seine erste Fahrt ging zu Fischer Karstens Haus.

Der staunte nicht wenig, als er in dem stattlichen Schiff, das am Ufer festmachte, Arndt Alsens Brigg erkannte. Doch mehr noch staunte er, als ihr Heinrich und Birgit entstiegen – Hand in Hand.

»Willigt Ihr nun ein in unsere Heirat, Vater?« fragte das Mädchen. »Die Bedingung ist erfüllt! Heinrich kommt mit seinem eigenen Schiff zu Euch gefahren!« – »Mit ... Arndt Alsens Schiff?« sagte der Fischer. »Mit einem Schiff, das der Böse regiert?«

»Nein, Vater, jetzt nicht mehr! Denn den Ring, in dem der Böse steckte, warf ich ins Meer.«

Die Mutter war hinzugetreten und zog die Tochter an sich. »Wie bang war mir um dich, mein Kind«, sagte sie leise. »Aber nun hast du den Fluch gelöst. Nun ... wird auch Arndt Alsen Ruhe finden in seinem Grab.«

Die Brigg Heinrich Waadts fuhr noch oft über See. Und wenn Heinrich auch nicht Zaubergewalt hatte über die Winde, so zwang er sie doch, sein

Schiff zu treiben, wohin er es wollte. Denn er war ein tüchtiger Schiffer, und er hatte ein Schiff, das es mit jedem Sturm aufnahm.

Oft bangte Birgit um ihn, wenn sie ihn draußen wußte, aber immer wieder tauchte das weiße Segel im Fjord auf und brachte ihr den Mann nach Hause.

Bis seine Söhne ihm das Steuer aus der Hand nahmen und er und Birgit ihr Leben in Frieden beschlossen.

Der Klabautermann

Martin Koch war ein armer Bursche, und er hätte besser getan, sich nicht ausgerechnet in die Tochter des reichsten Lotsen aus Blankenese zu verlieben. Aber Elsbeth war eben nicht nur die Reichste, sondern auch die Schönste weit und breit, und dabei gar nicht eingebildet und stolz, und wenn sie ihm begegnete, nickte sie ihm immer so freundlich zu, daß er kein Auge von ihr lassen konnte. Darum faßte er sich denn eines Tages ein Herz und klopfte an der Tür ihres Vaters an.

»Was willst du?« fragte der alte Lotse Viet unfreundlich, als der Bursche in seinen abgerissenen Kleidern vor ihm stand. »Mich anzubetteln hat keinen Zweck! Ich gebe keine Almosen, außer am Weihnachtsabend! Und jetzt ist Sommer.«

»Ich komme auch gar nicht, um zu betteln«, entgegnete Martin, der sich schnell gefaßt hatte, »sondern um Euch zu fragen, ob Ihr keine Arbeit für mich habt.« – »Das hört sich schon besser an«, antwortete der Lotse etwas freundlicher. »Gerade sind auf meinem Ewer zwei Mann ausgefallen. Du scheinst mir ein starker Kerl zu sein. Will sehn, ob ich dich brauchen kann.«

So lebte nun Martin Koch abwechselnd auf dem Lotsenschiff und im Hause des alten Viet, und der schönen Elsbeth schien das nur recht zu sein.

Und er war ein tüchtiger Bursche! Bald hatte er alles gelernt, was ein Lotse zur Ausübung seines Berufes braucht, und in den Gewässern, in denen er tätig war, kannte er jede Untiefe und jede Strömung.

Sein Meister lobte ihn, als er sah, wie anstellig er war, und wenn viele Schiffe zugleich an der Elbemündung erschienen, so daß Mangel an Lotsen war, ließ er ihn bald auch schon selbständig arbeiten.

Der alte Viet lebte nicht mehr lange, und als er gestorben war, heiratete Martin die schöne Elsbeth. Er hätte nun, am Ziel seiner Wünsche angelangt, glücklich sein können. Und doch war er es nicht, denn es wurmte ihn, daß das ganze Vermögen – Haus und Ewer und bares Geld – seiner Frau gehörte. Und wenn sie es ihn auch niemals fühlen ließ, denn sie war ebenso gütig, wie sie schön war, setzte er dennoch seinen Ehrgeiz darein, mindestens ebensoviel hinzuzuerwerben, wie sie ihm in die Ehe eingebracht hatte.

Darum legte er ihr Geld in mancherlei gewagten Unternehmungen an, hatte damit aber kein Glück. Denn statt daß es sich vermehrt hätte, wurde es durch allerlei Fehlschläge weniger. Darüber wurde er immer verdrießlicher und mißmutiger und machte den Seinen das Leben schwer.

Die arme Frau mußte deshalb viel ausstehen, und sie hatte auch kein langes Leben, denn sie starb schon nach sieben Jahren an der Geburt ihres fünften Kindes und ließ Martin mit vier kleinen Söhnen allein.

Nun freilich hätte der Vater alles aufwenden müssen, um seinen Kindern das Vermögen zu erhalten.

Er tat es aber nicht – im Gegenteil, er verbrauchte mehr, als er als Lotse verdiente, und noch ehe die Söhne mündig wurden, war ihm auch der letzte Rest des Geldes unter den Fingern zerronnen.

Als der Tag herangekommen war, an dem er seinen Söhnen Rechenschaft ablegen mußte, sparten sie nicht mit Vorwürfen, und auch Martin Koch bereute, was er getan hatte. Darum dachte er Tag und Nacht darüber nach, wie er ihnen das verschleuderte Vermögen wieder beschaffen könnte.

Ein tüchtiger Lotse war er – das stand fest. Und auf seinem Ewer hatte er auch immer Glück. Denn ein Klabautermann trieb dort seit den Tagen des alten Viet sein Wesen. Stets war das Deck sauber gewaschen, stets das Fahrzeug geteert und kalfatert, und wenn sich der Kleine auch nicht sehen ließ, so paßte er doch auf, daß der Wind nicht die Segel zerfetzte und die Masten zerbrach und daß das Schiff niemals auf Grund geriet. So konnte sich Martin selbst bei gefährlichstem Wetter hinauswagen und hatte schon manches Fahrzeug vor dem sicheren Untergang bewahrt.

Darum war er einer der gesuchtesten Lotsen, und als gar seine Söhne kräftig genug waren, ihm an die Hand zu gehen, hätte er von seinem Verdienst manchen Batzen ersparen können, wenn er nur bescheidener gelebt hätte. Dazu aber konnte er sich nicht überwinden.

Eines Abends lag Martins Ewer auf der Cuxhavener Reede, um am nächsten Morgen in See zu gehen und einige Schiffe in Empfang zu nehmen, die schon seit längerem erwartet wurden.

Die Söhne waren in ihre Kojen schlafen gegangen, Martin aber hatte die Wache übernommen und schritt an Deck seines Schiffes auf und ab, und seine Gedanken kreisten unablässig nur um den einen Punkt: wie er zu Geld kommen könnte – zu recht viel Geld!

Da hörte er plötzlich vorn am Ewer ein verdächtiges Geräusch. Erschrocken eilte er dorthin, blieb aber schon auf halbem Wege stehen, denn er sah, daß sich bei der Ankerwinde etwas bewegte. Es war eine kleine Gestalt, wie aus schwärzlichem Nebel geformt und kaum über einen Fuß groß, und sie hatte eine solche Gelenkigkeit in den Gliedern, daß sie keinen Augenblick stillstand, sondern unablässig hin und her hüpfte.

Dem Mann wurde seltsam zumute, als er das geisterhafte Wesen erblickte. Dennoch faßte er sich ein Herz und fragte: »Wer bist du?«

»Ich bin der Klabautermann«, antwortete der Kleine. »Und ich möchte dich warnen. Der Böse hat deine Seele mit einem dicken Tau geentert. Kappe es – rette dich, eh es zu spät ist.«

Bei den letzten Worten verschwand die Gestalt vor Martins Augen, und als er an die Stelle trat, wo der Klabautermann gestanden hatte, war das Deck leer, und nur die Wellen des Meeres schlugen glucksend an den Bug seines Schiffes.

Aufgewühlt bis in die tiefste Seele stand der Mann an Deck seines Schiffes auf Wacht, sah die Sterne über sich kreisen, sah sie verblassen und konnte keine Ruhe finden. Und da erblickte er im Schein des ersten Morgenlichts ein Schiff, das sich nur noch

mit Mühe über Wasser hielt. Es hatte starken See-
schaden und war weit aus dem Fahrwasser abge-
drängt worden.

Schnell weckte Martin die Söhne, die sich wunderten, daß schon Tag war und der Vater sich in der Wache nicht hatte ablösen lassen. Sie refften die Segel
und kreuzten gegen das Schiff auf, das in Luv des
Ewers lag. Es war ein Dreimaster, der die dänische
Flagge zeigte.

Der Kapitän war hoch erfreut, als er des Lotsen
ansichtig wurde, und Martin Koch betrat das dänische Schiff, während seine Söhne auf dem Ewer blieben. Er hatte ihnen aber Anweisung gegeben, sich
stets in der Nähe des Dreimasters zu halten.

Es gelang dem Lotsen, das Schiff bis zum Abend
an eine ungefährliche Stelle zu bringen. Aber die
Nacht stand bevor, und der Wind nahm zu, so daß
er dem Kapitän riet, alle notwendigen Vorkehrun-
gen zu treffen, damit im Falle weiterer Unheils das
wertvollste Gut schnell gerettet werden könne. Denn
bei dem starken Schaden, den das Schiff schon er-
litten hatte, müsse man mit dem Schlimmsten rech-
nen.

Da sagte der Kapitän, daß er von St. Croix nach
Kopenhagen unterwegs sei und außer einer Ladung
an Zucker und Kaffee auch noch hunderttausend
spanische Taler in Gold mit an Bord habe. Er holte
darum drei große lederne Geldkatzen, schnallte die
eine sich selbst um den Leib, die zweite seinem
Sohn, die dritte aber drängte er dem Lotsen auf,
trotz dessen fast verzweifelter Weigerung, sie zu
übernehmen.

Kaum aber fühlte Martin das Gold mit schwerem Gewicht an seinem Leibe hängen, als er auch schon wußte, daß er ihm verfallen war.

Beim Dunkelwerden setzte die Ebbe ein, und der Wind aus Südost wurde immer heftiger. Martin, der das Steuer führte, hätte mit allen Mitteln der abziehenden Strömung Widerstand leisten müssen, und er hätte trachten müssen, einen Ankerplatz zu finden – und doch ließ er das Schiff weiter und weiter in die hochgehende See hinaustreiben.

Die Nacht wurde immer finsterer. Und plötzlich warfen die Wellen Grundsand aufs Deck.

»Brandung in Lee!« rief die Stimme eines Matrosen vom Bug, da stürzte der Sohn des Kapitäns herbei. »Brandung auch in Luv!« schrie er verstört und zitterte am ganzen Körper. Und schon lief das Schiff mit solcher Gewalt auf eine Sandbank auf, daß der Kiel zerbarst, die Grundplanken auseinanderfielen und von allen Seiten zugleich das Wasser ins Schiff drang.

Als der Kapitän sah, daß sein Fahrzeug verloren war, sprang er mit seinem Sohn und neun seiner Matrosen ins Rettungsboot. Der Lotse und die drei letzten Mann der Besatzung, die keinen Platz mehr darin gefunden hatten, blieben zurück. Doch die Söhne des Lotsen erspähten vom Ewer aus das hilflos treibende Wrack, und es gelang ihnen, die vier Menschenleben zu retten, während das Boot mit den elf Mann unterging.

Als Martin Koch mit seinen Söhnen wieder in seinem Hause saß, sprach er kein Wort über das, was er getan hatte, sondern schüttete stumm vor den Staunenden das Gold auf den Tisch. Und mit einemmal konnten sich die Söhne das seltsame Gebaren des Vaters erklären, dem sie in der Nacht verwundert gefolgt waren. Deshalb also war er vom richtigen Kurs abgewichen.

Ein böses Feuer kam in ihre Augen. So also war das. Es gab Möglichkeiten, in einer einzigen Nacht ein Vermögen zu erwerben, wie man es bei ehrlicher Arbeit in einem ganzen Leben nicht ersparen konnte.

Nicht lange dauerte es, bis sie wieder einmal bei Sturm auf ihrem starken Ewer hinausfuhren und gleich zwei Schiffe in Seenot erblickten: ein dänisches und ein amerikanisches.

»Ich nehme den Dänen«, sagte der Lotse, erfreut über den doppelten Fang, zu seinem ältesten Sohn, »und du den Amerikaner. Die andern bleiben auf dem Ewer und behalten beide Schiffe im Auge.«

Im selben Augenblick löste sich eine schwärzliche Nebelgestalt vom Bug des Schiffes.

»Martin Koch«, rief eine feine und doch durchdringende Stimme, »ich verlasse dein Schiff!«

»Was war das?« fragte der älteste der Söhne betreten und sah den Vater an, der plötzlich blaß geworden war bis in die Lippen. Doch der Lotse faßte sich.

»Nichts«, rief er laut in den Sturm hinein »nichts, was uns schrecken kann!«

Die Schaluppe eines Helgoländer Lotsen tauchte vor ihnen auf und näherte sich in voller Fahrt der dänischen Barke. »Nehmt die Reffe aus den Segeln, Jungs!« rief Martin, denn er wollte unter allen Umständen dem andern zuvorkommen. Doch da rollte eine haushohe Welle auf den eben wendenden, gerade seitwärts liegenden Ewer zu, so daß dessen Segel Wasser schöpften, und die Wogen rissen ihn mit sich in die Tiefe.

Sturmvögel

Schroff und steil ragt ein mächtiger Felsen aus den Wellen der Nordsee. Er wird nach den vielen Vögeln, die auf ihm nisten, die Vogelklippe genannt.

Einstmals jedoch hatten nicht nur Möwen und Seeschwalben ihre Heimat in dem wilden Gestein, sondern dort, wo der Felsen sich abplattete, floß durch ein schmales Tal ein Bach, und hier stand an windgeschützter Stelle eine Hütte. Sie war von einem Manne erbaut worden, der vor seinen Feinden an diese unwirtliche Stätte geflohen war. Hier lebte er mit seiner Frau, die ihm in die Einsamkeit gefolgt war, und sie hatten eine Tochter, die sie Cary nannten.

Lange Jahre wohnten die drei Menschen im Frieden ihres Tales, in das selbst die höchste Flut nicht zu dringen vermochte – nährten sich von den Fischen, die sie fingen, von den Vogeleiern, die sie in den Klippen fanden, von den Beeren, die in ihrem Tal wuchsen – und als sie sich mit vieler Mühe sogar einen Garten angelegt hatten, der ihnen Früchte trug, vermeinten sie fast reich zu sein.

Und so lange sie alle drei beisammen waren, waren sie glücklich. Als aber Cary, die Tochter, zwanzig Jahre alt wurde, verlor sie binnen kurzer Zeit Vater und Mutter.

Die Eltern hatten ihr immer wieder verboten, sich jemals auf der Höhe der Klippe zu zeigen, denn womöglich hätte man sie von einem vorübersegelnden Schiff aus bemerken können und auf diese Weise erkannt, daß das unwirtliche Eiland von Menschen bewohnt sei.

Doch nun, in ihrer Einsamkeit, zog eine ihr bisher unbekannte Sehnsucht sie hinauf auf den Felsen, und so stand sie dort stundenlang und schaute auf das weite Meer. Und wenn sich am Himmelsrand ein Segel zeigte, rief sie und winkte, winkte und rief. Doch Schiff auf Schiff glitt in weiter Ferne vorüber, ohne daß jemand auf die einsame Gestalt aufmerksam geworden wäre. Bis ihr das Schicksal eines Tages einen Gefährten zuführte.

Von einem der vorbeisegelnden Schiffe aus hatte ein Mann das Mädchen erspäht. Seine Augen waren schärfer als die der meisten Menschen, und auch sonst besaß er außergewöhnliche Kräfte, denn er war zauberkundig. Und so sah er dort, wo die andern nur die undeutlichen Umrisse der Felsen wahrnahmen, das Mädchen stehen und winken und erkannte ihre Schönheit, und er beschloß, sie aufzusuchen. Er wollte aber kein Aufsehen erregen, darum sprang er, als er sich unbeobachtet wußte, in die See, ließ sich von der Strömung der Klippe zutreiben und sich dann von einer starken Woge an Land setzen – dem erschrockenen Mädchen gerade vor die Füße.

Cary schrie auf und wollte davonlaufen, er aber faßte sie bei der Hand und lachte sie an. Und da er trotz seiner triefenden Kleider keine furchterregende Gestalt war und sie freundlich ansprach, verlor sie bald ihre Scheu und führte ihn in ihre Hütte.

Es konnte nicht ausbleiben, daß Cary den Fremden liebgewann. Und sie dachte, daß er immer bei ihr bleiben werde, und daß sie zusammen in dem Felsental leben würden bis an ihr Ende.

Auch Hjort, so hieß der Fremde, hatte nicht die Absicht, Cary je wieder zu verlassen, um so weniger, als sie ihm nach einiger Zeit eine Tochter schenkte, die sie Asla nannten. Und er lehrte Cary auch seine Künste: Wetter zu brauen, Sturm und Regen zu erzeugen und sich Wellen und Strömung und Brandung zu Diensten zu zwingen. Auch lernte sie bald, ohne Segel und Ruder ihres Vaters Boot zu steuern, wohin sie wollte, und oft fuhren sie zum Festland, und dort kaufte Hjort für seine junge Frau ein, was ihr Herz begehrte. Immer aber kehrten sie zu ihrem Felseneiland zurück.

Eines Tages nun machte er ihr ein Geschenk, über das sie sich ganz besonders freute: Er hatte in den Klippen einige Vögel gefangen und sie gezähmt – und er hatte sie abgerichtet, daß sie sprechen konnten.

Sie hatte viel Spaß an diesen schönen und klugen Tieren, die, wenn sie ihre Stimme hörten, jederzeit rasch herbeigeflogen kamen. Doch einmal, als sie wieder nach ihnen rief, blieben sie aus.

»Es ist ein Unwetter im Anzug«, sagte der Mann, »da habe ich sie ausgeschickt, die Schiffer zu warnen, damit sie beizeiten die Segel reffen und sich vor der Gefahr des Untergangs retten.«

Seit der Zeit flogen die Vögel vor jedem Sturm weit über das Meer, und manches Schiff, das sonst ein Raub der Wellen geworden wäre, entging so dem Verhängnis.

Darüber zürnte Ran, die Gemahlin des Meergottes Ekke Nekkepenn. Denn ihr gehörte die Beute, wenn die Schiffe zerschellten, und mit ihren Netzen fischte sie nach den Ertrunkenen und zog sie hinab auf den Grund des Meeres. Und weil sie sich gar nicht erklären konnte, weshalb – selbst bei ärgstem Unwetter – seit längerem jegliche Beute ausblieb, verließ sie ihren Wohnsitz in der Tiefe, schwamm hinauf zur Oberfläche der See und tauchte mit dem Kopf aus den Fluten, und da sah sie über ihrem Haupte die Vögel kreisen und hörte sie rufen: »Rettet euch – es kommt Sturm! Zieht die Rahen ein – es kommt Sturm!«

Rasch wie eine Windsbraut schnellte sie sich aus den Wellen empor, und es gelang ihr, einen der Vögel zu packen. »Wer hat dich die Menschen warnen gelehrt?« schrie sie außer sich vor Wut. »Wer hat dir beigebracht, daß du mich um das Meine bringst?« Und sie erfuhr alles, was sie wissen wollte.

Mit Gewalt konnte sie dem Zauberer nicht beikommen, das wußte sie. Deshalb gebrauchte sie eine List.

Sie selbst war zwar alt und häßlich, so daß sie nicht einmal mehr ihrem Manne gefiel. Aber sie hatte Töchter, die es mit den schönsten Menschenfrauen aufnehmen konnten. Und eine dieser Nixen schickte sie zu der Vogelklippe.

Eines Abends hörte Hjort einen wunderbaren Gesang vom Meere herauf dringen. Cary und Asla schliefen schon, und um sie nicht zu wecken, ging er leise aus der Hütte. Da sah er im Mondschein auf einem weit ins Meer hinausragenden Felsvorsprung eine zauberhaft schöne Meerjungfrau sitzen, die ihm zuwinkte. Als er aber die Klippe erklomm, sprang sie mit dem Rufe: »Komm mit!« in die Wellen.

Als Cary am Morgen aufwachte, lag ihr Mann nicht neben ihr. Rasch erhob sie sich, suchte ihn in der Hütte, suchte ihn im Tal, und weinend rief sie nach ihm. Doch nur das Echo hallte von den Felsen wider – von Hjort fehlte jede Spur. Und von den Vögeln erfuhr sie schließlich, er sei der Nixe gefolgt.

Da ergriff eine tiefe Bitterkeit von ihrem Herzen Besitz. Allen Männem schwor sie Feindschaft, ja, selbst die Sturmvögel sperrte sie in einen Käfig, damit sie keinen Schiffer mehr warnen könnten.

Auch zum Festland hinüber fuhr sie nicht mehr. Doch fiel es ihr nicht schwer, mit Hilfe der Zauberkünste, die sie gelernt hatte, alle Dinge heranzuschaffen, deren sie bedurfte, damit sie und ihr Kind keine Not litten.

So vergingen die Jahre, und Asla wuchs heran und wurde noch schöner als ihre Mutter gewesen war. Diese aber hatte die Bitterkeit vor der Zeit alt gemacht.

Damals beunruhigten die Wikinger alle Küsten der Nordsee. Sie segelten in ihren starken Drachenbooten bis nach England und Frankreich, fuhren, da ihre Schiffe nur geringen Tiefgang hatten, sogar weit in die Ströme und Flüsse hinauf und brandschatzten große Gebiete. Und mancher König zahlte ihnen Tribut, nur damit sein Land von ihren Verheerungen verschont bleibe. So auch Alfred, der König von England.

Eines Tages aber stellte er die Tributzahlungen ein.

Das ergrimmte Helgo, einen der Fürsten und Anführer der Wikinger, und er brachte eine Flotte zusammen, um nach England zu fahren und sich den Tribut mit Gewalt zu holen.

Als die vielen weißen Segel an der Felseninsel vorbeizogen, riefen die Sturmvögel: »Laß uns hinaus! Laß uns hinaus!«, und sie flogen gegen die Gitter des Käfigs. Aber Cary lächelte böse. Mochte der Sturm kommen, mochten die Schiffe zerschellen – was gingen sie die Männer und ihre Schiffe an?

Und der Sturm kam! Fegte von Nordost über das Wasser und trieb die kleinen Fahrzeuge wie Spielbälle vor sich her. Zerbrach ihre Masten, zerriß ihre Segel und warf die Wracks an die Klippen, daß sie zerbarsten.

Nur mit äußerster Anstrengung gelang es Helgo, auf einer Planke durch die Brandung hindurch die Klippe zu erreichen. Hier lag er am Strande, zu Tode erschöpft, und als er so weit wieder zu Kräften gekommen war, daß er den Felsen erklimmen konnte, vermochte er kein einziges seiner Schiffe zu erspähen und sah auch keinen der Männer noch mit den Wellen kämpfen. Da glaubte er, daß er allein gerettet sei und daß alle seine Gefährten in den Fluten ihr Grab gefunden hätten. Fast beneidete er sie, die nun bei Ran ihren Todesschlaf hielten. Denn was sollte aus ihm werden auf dieser öden Klippe? Hatte er eine andere Aussicht, als hier zu verschmachten?

Er schloß die Augen, um das trostlose Bild, das die schroffen Felsen ihm boten, nicht mehr zu sehen – doch als er sie wieder öffnete, beneidete er die

Toten nicht mehr. Denn ein Mädchenantlitz beugte sich über ihn, wie er nie ein schöneres gesehen hatte.

»Wer bist du?« fragte Asla, die den Schiffbrüchigen schon eine Weile betrachtet hatte. Konnte sie sich doch nicht erinnern, je eines anderen Menschen Gesicht erblickt zu haben als das ihrer Mutter.

Helgo gab der Fragenden gerne Antwort, und sie forderte ihn auf, mit ihr zu gehen, und führte ihn in ihre Hütte.

Mutter Cary machte eine abweisende, ja böse Miene, als sie die Tochter mit dem fremden Mann kommen sah. Am liebsten hätte sie Helgo gar nicht über die Schwelle gelassen und ihn erst recht nicht über Nacht behalten, sondern ihn gleich in ihrem Boot zum Festland gebracht. Doch als sie zur Bucht hinunterstieg, fand sie das Fahrzeug halb verfallen und völlig unbrauchbar. So blieb ihr nichts anderes übrig, als dem Eindringling Gastfreundschaft zu gewähren.

Und das, was sie befürchtete, trat auch nur zu bald ein. Die jungen Menschen fanden Gefallen aneinander, und nach wenigen Tagen schon überraschte die Mutter die beiden, wie sie sich küßten. Da fuhr Cary sie mit bösen Worten an. Doch Helgo ließ sie nicht aussprechen. »Ich liebe Eure Tochter«, sagte er, »und sie liebt mich. Was habt Ihr dagegen, wenn sie meine Frau wird?«

»Viel Leid und Unglück kommt uns Frauen von den Männern«, antwortete Cary ernst, wenn auch schon halb versöhnt. »Darum kann ich dir meine Tochter nur geben, wenn du einen heiligen Eid schwörst, dieses Eiland niemals zu verlassen, sondern bis ans Ende deines Lebens hier bei uns zu bleiben!«

Und Helgo schwor ohne Zaudern, denn die Liebe hatte ihn nachgiebig und blind gemacht.

Eine lange Zeit verging. Helgo zählte nicht die Tage und nicht die Wochen. Er war mit seiner schönen jungen Frau glücklich.

Eines frühen Morgens waren sie miteinander auf die höchste Spitze der Klippe gestiegen, um dem Sonnenaufgang zuzusehen. Es war eine windstille, sternklare Nacht gewesen, und spiegelglatt lag die unendliche Wasserfläche vor ihnen. Da sahen sie plötzlich im ersten Frühlicht über die Kimmung ein Segel aufsteigen.

Gar oft schon hatte Helgo so Hand in Hand mit Asla dem Erscheinen der Segel am Himmelsrand zugesehen. Manchmal waren die Schiffe näher heran gekommen, manchmal nur in großer Entfernung schweigend dahingezogen, und immer hatte er ihnen gelassen nachgeblickt, wenn sie nach einer Weile wieder entschwanden. Warum nur klopfte diesmal sein Herz plötzlich schneller? Warum erfaßte ihn eine quälende Sehnsucht?

Rasch suchte er Holz zusammen, schichtete es auf und zündete es an. »Was machst du da?« fragte Asla beunruhigt. Doch er gab ihr keine Antwort. Die Schiffer schienen das Feuerzeichen bemerkt zu haben, denn sie änderten plötzlich die Richtung und steuerten geradeswegs auf die Insel zu. Und da die See ruhig war, gelang es ihnen, in der kleinen, von Felsen eingeschlossenen Bucht vor Anker zu gehen.

Als die Männer aus dem Schiff an den Strand sprangen, schrie Helgo laut auf vor Freude und rief sie alle bei Namen. Denn er erkannte seine beiden liebsten Gefährten, Nös und Ourdal, die er schon tot geglaubt hatte. Sie hatten sich jedoch in der furchtbaren Sturmnacht gleichfalls retten können. Und auch sie trauten kaum ihren Augen. Hatten sie doch gemeint, daß Helgo längst am Grunde des Meeres seinen Todesschlaf halte.

Nun war des Fragens und Erzählens kein Ende.

»Seit wir dich verloren haben«, berichteten Nös und Ourdal, »sind unsere Feinde immer trotziger und mächtiger geworden. Nicht nur, daß König Alfred von England uns den Tribut verweigert, er wagt sogar, unsere eigenen Küsten zu bedrohen! Aber nun soll ihm das übel bekommen! Denn wenn du uns wieder anführst, werden wir ihm einen Empfang bereiten, daß ihm Hören und Sehen vergeht!«

»Ich kann aber nicht mit euch kommen, Freunde«, entgegnete Helgo. »Seht, dies ist Asla, meine Frau, und ich habe gelobt, sie niemals zu verlassen.«

Die Männer betrachteten Asla und schwiegen betreten. Endlich fand Nös das Wort wieder. »Warum denn mußt du sie verlassen, Helgo, wenn du zu uns zurückkehrst? Nimm sie mit! Wir werden sie – als deine Frau – achten und ehren, wenn sie auch keine Fürstentochter ist.«

Doch statt Helgo antwortete Asla: »Das ist unmöglich! Denn er schwur meiner Mutter einen schweren Eid, bis ans Ende seines Lebens bei uns auf dieser Insel zu bleiben.«

»So ist es!« setzte Helgo hinzu.

Während sie miteinander sprachen, hatten die Männer nicht bemerkt, daß in der Ferne viele Segel aufgetaucht waren. Nun aber blickte Ourdal aufs Meer hinaus, und als er sie sah, rief er in bitterem Ton: »Siehst du, dort kommt er schon, Alfred von England, den nur unsere eigene Schwäche so kühn gemacht hat, daß er sich bis zu unsern Küsten vorwagt. Empfange ihn also untertänig hier auf deiner Insel! Öffne ihm gastfrei Tür und Tor! Krümme den Rücken vor ihm als vor deinem Herrn!«

Und grußlos wandten sich die Freunde von ihm ab, gingen zum Schiff und lichteten die Anker.

Ourdals Worte hatten aber Helgo in tiefster Seele getroffen. Alles um ihn war vergessen: die Frau, der Schwur, das Glück. Nur die Schmach brannte in ihm. »Wartet, ich komme!« rief er, stieß Asla, die sich an ihn klammerte, zurück und sprang mit einem mächtigen Satz vom Felsen in das sich eben vom Lande lösende Schiff.

Als Asla in die Hütte trat, sah ihr Cary sofort an, daß etwas Entsetzliches vorgefallen sein müsse. Aber die junge Frau sank nur stumm auf einen Sitz, barg den Kopf in die Hände und sprach kein Wort.

»Wo ist Helgo?« fragte endlich die Mutter.

»Fort!« erwiderte Asla dumpf.

Da stieg die alte Cary auf die höchste Klippe und sah dem Schiffe nach, das sich immer weiter von der Insel entfernte, bis es langsam aus ihren Augen entschwand.

Und eine tiefe Erregung bemächtigte sich ihrer. Halblaute Worte murmelnd, ging sie in ihre Hütte zurück und sperrte sich in ihrer Kammer ein.

Asla hatte eine Zeitlang wie leblos dagesessen und vor sich hin gebrütet. Da wurde sie plötzlich aufgeschreckt von den Stimmen der im Käfig hin und her flatternden Vögel: »Laß uns hinaus! Laß uns hinaus!«

»Wie denn?« dachte sie. »Eben noch ist der Himmel ganz klar gewesen – woher sollte da mit einem Male der Sturm kommen, den die Vögel vorausfühlen?«

Sie suchte nach der Mutter und wollte in ihre Kammer treten, fand aber die Tür verschlossen. Da stieg eine furchtbare Ahnung in ihrem Herzen auf: Dort drinnen braute die Mutter ein Wetter zusammen, das ihrem Gatten den Untergang bringen sollte!

Kurz entschlossen ging sie zum Käfig, und mit dem Ruf: »Fliegt! Warnt ihn!« öffnete sie das Gitter.

Da trat die Mutter in die Stube. »Was machst du da?« schrie sie auf vor Wut, und sie versuchte die Vögel wieder einzufangen. Doch gelang es ihr nicht mehr, denn mit Windeseile waren sie durchs offene Fenster hinausgeflogen und schwebten schon über dem immer unruhiger werdenden Wasser.

»Ich liebe meinen Mann!« rief Asla. »Ob er bei mir ist, oder ob er mich verläßt – ich liebe ihn! Halte den Sturm zurück, Mutter, um meinetwillen soll keiner sterben!« – »Das kann ich nicht mehr«, antwortete die Alte mit harter Stimme.

Und ein Wetter brach aus, daß man meinte, die Welt ginge unter. Aber von den Vögeln gewarnt, hatten die Schiffer beizeiten die Segel eingezogen, so daß sie den Sturm überstanden.

Als Helgo jedoch bald darauf die Schlacht gegen seine Feinde begann, traf ihn ein schwerer Bolzen so heftig vor die Brust, daß er wie betäubt rücklings in die See stürzte und ertrank.

Auch die beiden Frauen auf der Vogelklippe lebten nicht mehr lange, und nach ihrem Tode verfiel die Hütte. Seither hat sich kein Mensch mehr auf dem einsamen Eiland niedergelassen. Nur die Sturmvögel nisten noch immer in den Felsen und kreuzen über die Meere – treue Warner den Schiffern bis auf den heutigen Tag.

Der Meermann Ekke Nekkepenn

Ein Schiffer aus Rantum auf Sylt hatte eine schöne junge Frau. Da er sie sehr liebte, brachte er es nicht übers Herz, sich von ihr zu trennen, und so nahm er sie auf alle seine Fahrten mit.

Einst segelte er als Kapitän eines großen Schiffes nach England. Anfangs hatten sie günstigen Wind, aber als sie die Hälfte des Weges hinter sich gebracht hatten, gerieten sie in einen heftigen Sturm. Verzweifelt kämpfte die Mannschaft mit den Wogen, und alle fürchteten schon den Untergang. Da sah ein Matrose, der auf dem Deck stand, plötzlich den Kopf eines riesigen Mannes aus den Fluten auftauchen.

Entsetzt lief der Matrose zum Kapitän, und dieser kam und fragte den Unhold, wer er sei und was er wolle. »Ich bin Ekke Nekkepenn, der Meermann«, erhielt er zur Antwort, »und ich komme, deine Frau zu bitten, daß sie meinem Weib in Kindesnöten beisteht.«

Der Kapitän wurde bleich vor Schrecken. Er sah seine Frau schon verloren. Daher machte er allerhand Ausflüchte, aber der Meermann antwortete: »Wenn du nicht willst, daß mein Weib die See noch mehr in Aufruhr bringt und daß dein Schiff untergeht mit allem, was darauf lebt, so erfülle meine Bitte und gib mir deine Frau zur Hilfe mit!«

Unterdessen war auch die Frau des Kapitäns auf Deck gekommen, und sie stand hinter ihm und hatte die letzten Worte gehört. Und da sie wie die meisten Sylterinnen beherzt und mutig war, trat sie vor und sagte zu dem Meermann: »An mir soll es nicht liegen! Wenn ich das Schiff retten kann, bin ich gern bereit, dir zu folgen.« Und ehe der Kapitän sie daran hindern konnte, sprang sie ins Meer, und im selben Augenblick legte sich auch schon der Sturm und glätteten sich die Wogen, so daß das Schiff außer Gefahr war.

Der Kapitän freilich war in großer Sorge. Deshalb ließ er die des Sturmes wegen eingezogenen Segel nicht wieder hissen, sondern er gab im Gegenteil Befehl, den Treibanker auszuwerfen, um so das Schiff der Stelle möglichst nahe zu halten, an der seine Frau mit dem Meermann verschwunden war. Und es dauerte auch gar nicht lange, da hörte er aus der Tiefe den alten friesischen Wiegengesang: »Heia, heia, hei«. Da war er froh und dachte, nun sei das Kind geboren, und seine Frau werde bald wieder bei ihm sein.

Und so war es auch. Das Meerweib hatte ein Kleines bekommen, das zwar aussah wie ein Meerkalb, den Vater aber so beglückte, daß er der Schiffersfrau die Schürze mit Gold und Silber und Perlen füllte. So kam sie zu ihrem Mann zurück, und sie war nicht einmal ein bißchen naß geworden.

Von der Zeit an hatte der Schiffer immer guten Wind und Glück auf jeder Fahrt. Trotzdem nahm er seine Frau nie wieder mit auf See, sondern er ließ sie zu Hause. Und es vergingen viele Jahre, ohne daß man von dem Meermann jemals wieder etwas gehört oder gesehen hätte.

Und doch hatte dieser die hübsche Frau des Rantumer Fischers nicht vergessen. Und als sein Weib immer älter und häßlicher wurde, wuchs sein Verlangen nach der schönen Menschenfrau immer mehr. Denn daß auch sie sich unterdessen verändert haben mußte, kam ihm nicht in den Sinn.

Eines Tages nun sah er das Schiff des Rantumers wieder übers Meer fahren, und da dachte er: »Ich werde einen Sturm erregen, in dem er umkommen soll, dann kann ich seine Witwe heiraten.«

Er ging daher zu seinem Weib, das am Meeresgrund saß, und sagte: »Ich will heute auf Heringsfang ausziehn. Mahle du unterdessen das Salz, das wir zur Heringslauge brauchen.«

Da setzte das Meerweib ihre riesige Handmühle in Bewegung und erzeugte damit einen solchen Mahlstrom, einen solchen Wirbel, daß das Schiff des Rantumers davon in die Tiefe gerissen wurde.

Unterdessen schwamm der Meermann nach Sylt. Hier ging er am Strande spazieren und sah sich nach der schönen Frau um. Er hatte aber die Gestalt eines Sylter Schiffers angenommen, so daß niemand vermuten konnte, wer er in Wirklichkeit war.

Er brauchte auch nicht lange zu warten, da kam ein Mädchen gegangen, und als er sie sah, wurde er sehr froh, weil er meinte, in ihr die Gesuchte wiedergefunden zu haben. Denn daß es nicht des Schiffers Frau war, sondern die der Mutter sehr ähnliche Tochter, merkte er nicht. Und er machte sich an das schöne Mädchen heran und gab ihr viele gute Worte und schenkte ihr schließlich einen Ring und eine Kette aus Gold.

Der Schifferstochter gefielen die funkelnden Schmuckstücke über alle Maßen, und sie legte sie gleich an, denn sie war nicht weniger eitel als die meisten Mädchen ihres Alters. Da rief der Meermann frohlockend: »Nun hab ich dich gebunden, nun bist du meine Braut!« Heftig erschrocken über diese Worte, wollte sie ihm Ring und Kette sogleich zurückgeben – aber sieh da, sie brachte den Ring nicht vom Finger, und auch der Verschluß der Kette ließ sich nicht öffnen. Der Meermann aber küßte die Widerstrebende und sagte:

»Mag dich sehr, muß dich haben. Magst du mich, sollst mich nehmen. Willst du nicht, kriegst mich doch. Mittwoch soll die Hochzeit sein. Doch kannst sagen, wie ich heiß, bist du frei und meiner los.«

Als das Mädchen das hörte, wurde es wieder froh. Denn sie dachte, es werde ihr gewiß nicht schwerfallen, seinen Namen herauszufinden und sich damit des Unheimlichen zu entledigen. Er aber ließ sie nicht eher aus seinen Armen, als bis sie ihm versprach, in drei Tagen an dieselbe Stelle zu kommen.

Nun ging das Mädchen auf der Insel von einem Dorf zum andern, um zu fragen, ob jemand den fremden Schiffer kenne und wisse, wie er heiße. Aber so vielen sie ihn auch beschrieb, es konnte ihr doch niemand die geringste Auskunft über ihn geben.

Traurig und niedergeschlagen machte sie sich am Abend auf den Heimweg. Da drang plötzlich ein Singen an ihr Ohr, das aus dem Innern einer hohen

Düne zu kommen schien, und sie blieb stehen und lauschte und hörte deutlich ihres Freiers Stimme:

»Heute will ich brauen, morgen will ich backen, übermorgen will ich Hochzeit machen. Niemand weiß, wie ich mich nenn. Ich bin ... Ekke Nekkepenn.«

Als das Mädchen dieses Lied hörte, wurde sie von Herzen froh, eilte nach Hause und sah nun der nochmaligen Begegnung mit dem Fremden ohne Furcht entgegen.

Am Abend des dritten Tages ging sie also wieder hinaus in die Dünen, wie sie es ihrem Freier hatte versprechen müssen, und er ließ auch nicht lange auf sich warten. Als sie ihn aber kommen sah, rief sie ihm schon von weitem zu: »Du heißt ... Ekke Nekkepenn, und ich bleibe Inge von Rantum.« Und sie lief nach Hause, so schnell ihre Füße sie trugen, und behielt sogar Ring und Kette, denn er hatte keine Gewalt mehr über sie.

Seit der Zeit aber ist der Meermann den Rantumern gram, und er schädigt sie, wo und wie er kann. Er zerstört durch Sand und Flut ihre Häuser und jagt auf See ihre Schiffe und hat schon viele von ihnen auf den Grund des Meeres gezogen, wo sein altes Weib die Schiffer in ihren Netzen fängt und sie nicht wieder freiläßt.

Ekke Nekkepenn und die Zwerge

Ekke Nekkepenn war sehr ergrimmt darüber, daß ihm die schöne Inge von Rantum so übel mitgespielt hatte. Ins Meer zurückgehen mochte er nicht, denn er hatte Angst, die böse Ran, seine alte eifersüchtige Gemahlin, könne erfahren haben, in was für ein Abenteuer er sich gestürzt hatte. Und auf den Empfang, den sie ihm dann bereiten würde, war er nicht neugierig. Von den Menschen hatte er ebenfalls genug. Darum machte er sich auf und ging von Rantum die Küste entlang immer nordwärts, bis er zu dem kleinen Volke kam, das im Heideland im Norden von Sylt hauste.

Diese kleinen Leute waren die ursprünglichen Bewohner der Insel gewesen. Als aber die Friesen auf ihrem Schiffe Mannigfuald an den Küsten der Nordsee gelandet waren, hatten sie auch von Sylt Besitz ergriffen und die Kleinen aus ihren Wohnungen verjagt. Und die Vertriebenen hatten sich Unterschlupf gesucht in den Höhlen und im Gebüsch der Heide, wo man sie in Ruhe ließ, da dieser Landstrich so unfruchtbar war, daß sich die Friesen da nicht ansiedeln mochten. Dort nährten sich die kleinen Leute kümmerlich von Beeren und Miesmuscheln, fingen auch wohl Fische und Vögel und sammelten Eier. Sie hatten steinerne Äxte, Messer und Streithämmer, die sie sich schliffen, und sie verstanden es auch, Töpfe aus Ton herzustellen. Und obgleich sie ihr Dasein recht armselig fristeten, waren sie doch allezeit fröhlich und sangen und tanzten bis spät in die Nacht hinein.

Von den Friesen wurden sie »Ondereersken« genannt, das heißt »Unterirdische«, weil sie ihre Wohnungen in Höhlen hatten. Sie sprachen auch eine eigene Sprache – nahmen aber mit der Zeit manche Wörter von ihren neuen Nachbarn an.

Zu diesen Leutchen also gesellte sich Ekke Nekkepenn. Er konnte ja seine Gestalt beliebig ändern, und so war es ihm ein leichtes, sich unter sie zu mischen. Er fand auch eine Höhle auf dem Roten Kliff, die noch unbewohnt war, siedelte sich da an und freite um ein schönes junges Zwergenfräulein. Dieses aber hatte schon einen Schatz, und deshalb fertigte es den unliebsamen Freier schnippisch ab und sang ihm obendrein ein Spottlied:

> »Einen mag ich, der ist mein,
> Akel Dakel Dummeldein.
> Ekke Nekke, scher dich fort,
> Penn an einem andern Ort!
> Willst du einen Schatz,
> Freie Bundis' Katz!«

Als Ekke das hörte, wurde er fuchsteufelswild. Er kehrte ihr sofort den Rücken und wollte auch nicht mehr in ihrer Nähe wohnen bleiben, sondern wanderte ostwärts, um sich auf dem Weißen Kliff eine Wohnung zu suchen. Und als er unterwegs an dem Hügel vorbeikam, in dem der Zwergenkönig Finn wohnte, kehrte er bei ihm ein.

Finn hatte selber vor kurzem erst Hochzeit gemacht, und zwar mit einer Friesin. Denn eines Tages war er über die Heide gewandert, fast bis nach Braderup, und war auf seinem Wege zwei jungen Mädchen begegnet. Und da hatte er im Vorübergehen gehört, wie die eine zur andern sagte: »Ach, hätten wir es doch auch so gut wie die Ondereersken! Die singen und tanzen die ganze Nacht, und wir müssen von früh bis spät für unsere Herrschaft arbeiten!«

Am andern Morgen ging dasselbe Mädchen an Finns Hügel vorbei, und als er sie kommen sah, lief er hinaus und fragte: »Ist es auch wirklich wahr, was du da gestern gesagt hast?« – »Was ich sage, ist immer wahr«, entgegnete das Mädchen. – »Nun«, meinte Finn, und seine Augen leuchteten, »wenn du es so gut bekommen willst, wie wir es haben, so bleibe bei mir und sei meine Frau.«

Mit Freuden schlug das Mädchen ein, und noch am selben Abend machten sie Hochzeit. Alle Zwerge wurden eingeladen, und sie schmückten sich zum Fest und eilten herbei von der Norderheide und der Morsumer Heide und brachten ihre Geschenke mit: einer einen Napf voll Milch, ein anderer ein Schälchen mit Beeren, ein dritter eine Handvoll Muscheln, ein vierter ein Töpfchen mit wildem Honig, ein Fünfter eine Mausefalle, ein sechster ein Fischnetz, ein siebenter einen Besen, ein achter einen hölzernen Löffel, ein neunter einen Schleifstein, ein zehnter einen krummen Nagel, ein elfter einen Türschlüssel, ein zwölfter gar ein Bettlaken. Keiner kam mit leeren Händen, und Isa, die Braut, saß neben Finn, ihrem Bräutigam, nahm alle Geschenke entgegen und strahlte über das ganze Gesicht.

Und dann wurde aufgetischt, geschmaust und gezecht, daß es eine Art hatte. Die Gäste bekamen Heringsmilch und -rogen, geröstete Sandspierlinge, gesalzene Eier, Iltisbraten und Austern. Dazu gab es Heidelbeeren und Moosbeeren, soviel sie wollten, und auch Met in Hülle und Fülle.

König Finn saß auf seinem Thron, der aus einem steinernen Block ausgehauen war wie ein Sessel. Er trug einen Umhang aus weißen Mäusefellen, und auf dem Haupt saß ihm eine Krone von Diamanten – so groß wie Seeigel.

Und die schöne junge Frau an seiner Seite hatte ein Kleid an, so fein und durchsichtig, als ob es aus lauter Libellenflügeln zusammengenäht sei, trug ebenfalls eine Krone auf dem Kopf und goldne Ringe an jedem Finger.

Nach dem Hochzeitsmahl kam der Hochzeitstanz, und die Unterirdischen wurden nicht müde, zu singen und zu springen bis in den hellen Morgen. Und sie hatten auch eigens für diese Feier ein Lied gedichtet und sangen es vor ihrem König und ihrer Königin:

>»Eine feine Sippschaft, seht,
>Die sich da im Reigen dreht.
>Finn thront nun nicht mehr allein
>Auf dem hohen Sesselstein –
>Er hat eine schöne Braut!
>Tanzt und singt und jubelt laut!«

Auf solche Weise hatte sich der Zwergenkönig seine Frau gewonnen. Und als ihm nun Ekke Nekkepenn sein Leid klagte, riet er ihm: »Geh doch nach Braderup! Sicherlich findest auch du dort ein hübsches Mädchen, das lieber das fröhliche Leben mit uns teilt, als auf einem Bauernhof schwere Arbeit zu tun.«

Am nächsten Tage sah Ekke einen jungen Burschen, der von Braderup den Weg ins Haff nahm und sich anschickte, dort zu baden. Ekke aber war so lange nicht im Wasser gewesen, daß ihn plötzlich die größte Lust ankam, ebenfalls ein Bad zu nehmen. Er lief rasch den Weg, der hoch über dem Strand entlangführte, und sprang vom Felsen ins Meer hinab.

Der Badende schrie auf, als plötzlich vor ihm aus dem Wasser ein struppiges Wesen auftauchte. Er wollte flüchten, aber Ekke griff nach ihm und hielt ihn fest. Und da bemerkte der Meermann mit Staunen und Freude, daß es gar kein Bursche war, sondern ein junges Mädchen. Denn seit Isa verschwunden war, hatten alle Braderuper Mädchen Angst, die Unterirdischen könnten sie ebenfalls entführen, und so wagten sie nicht mehr, allein übers Feld zu gehen. Deshalb hatte Dörte sich Burschenkleider angezogen. Es half ihr aber nichts, Ekke hielt sie fest, und so sehr sie auch weinte und bat, sie loszulassen, gab er sie doch nicht frei, ehe sie nicht einwilligte, seine Braut zu sein und bald mit ihm Hochzeit zu machen.

Aber wieder konnte Ekke nicht schweigen, Und einige Braderuper, die Abends an den Klippen vorbeikamen, hörten ihn singen:

»Ich will brauen,
Ich will backen,
Ich will morgen Hochzeit machen,
Dörte Bundis frein.
Doch wie ich mich selber nenn:
Ekke … Ekke Nekkepenn,
Das weiß ich allein.«

Die Braderuper freilich ärgerten sich mächtig, daß die Unterirdischen ihren schönen Mädchen nachstellten, und sie schlugen nach den kleinen Leuten, wo immer sie sich blicken ließen. Auch bewachten sie Dörte und ließen ihre Wut an Ekke Nekkepenn aus, indem sie ihm alle toten Katzen und Hunde in die Schlucht neben seiner Höhle warfen, so daß er es dort vor Gestank bald nicht mehr aushalten konnte.

In seiner Not ging er wieder zu Finn und klagte ihm, was sich zugetragen hatte. Aber der Zwergenkönig bemitleidete ihn nicht, sondern wurde bitterböse. »Du bist ja viel zu dumm für einen Unterirdischen!« schrie er Ekke an. »Als du das Mädchen erwischtest, hättest du es festhalten und in deine Höhle bringen sollen! Und außerdem mußtest du das Maul halten! Nun hast du mit deinem Singsang die großen Leute gegen uns aufgebracht und uns allen nur Ungelegenheiten bereitet! Scher dich weg von hier! Geh nach Hörnum oder ins Meer zurück! Auf der Heide und in den Hügeln taugst du zu nichts!«

Da wurde Ekke grob. »So klug wie du bin ich noch allemal!« schrie er den Zwergenkönig an. »Glaube nicht, daß ich nur auf dem Meere Macht habe, auch auf dem Lande werde ich euch zeigen, wer der Herr ist!« Und er setzte sich schnell auf den großen Sesselstein, der Finn als Thron diente, und rief: »Nun zeige, daß du stärker bist, und stoß mich von deinem Thron! Wenn dir das gelingt, so will ich meiner Wege gehn!«

»Nichts leichter als das!« sagte Finn, nahm einen Anlauf und versetzte Ekke einen so tüchtigen Faustschlag, daß der meinte, sein Schädel springe auseinander, und »Au!« brüllte. Trotzdem aber blieb er sitzen. »Ich bin König über euch alle!« schrie er, rot im Gesicht. »Wer auf dem Thron sitzt, ist König!« – »Warte nur, bis ich meine Axt hole, die ich vergraben habe«, antwortete Finn, »dann will ich dir schon zeigen, wer hier König ist!«

»Er will mich totschlagen«, dachte der Meermann. »Aber Ekke hat einen dicken Kopf und einen starken Rücken. Er soll es nur versuchen.« Und er blieb sitzen.

Finn jedoch hatte gemerkt, daß er gegen Ekke mit Gewalt nichts ausrichten konnte. Darum tat er nur so, als ob er die Axt holen gehe, in Wirklichkeit aber wollte er sich mit seiner Frau über eine List beraten.

Als er wieder zurückkam, sagte er zu Ekke Nekkepenn: »Nun hör einmal, soeben ist am Strand ein Schiff angekommen. Und lauter Affen sind darauf, die spielen heut Komödie. Meine Frau und ich wollen hingehn, und da du ja sowieso auf dem Stein sitzen bleiben mußt, kannst du derweil auf unser Kind aufpassen. Ich stelle die Wiege neben dich, dann kannst du es schaukeln, wenn es schreit.«

»Das fällt mir gerade ein!« schrie Ekke, ganz außer sich vor Zorn über die Zumutung. »Ihr wollt euch die Komödie ansehen? Und ich soll hier Kindermädchen spielen? Nein, nein, da geh ich auch mit!« Und er sprang vom Thron auf.

»Meine Axt ist noch scharf«, lachte Finn, und er wollte sich schon auf seinen Sesselstein setzen, aber im selben Augenblick besann sich Ekke, daß er eine Dummheit gemacht hatte, und kam ihm zuvor.

Da saß nun der Meermann wieder auf dem Thron, und er wollte doch unter keinen Umständen auf das Kind aufpassen, während die andern sich die Komödie ansahen. Was blieb ihm also anderes übrig – er mußte sich den schweren Stein auf den Rücken laden! Und so keuchte er denn mit seiner Last dem Strande zu.

Als er aber den Thron des Zwergenkönigs eine halbe Stunde geschleppt hatte, wurde er müde, pustete und prustete und war ganz naß vor Schweiß. Er konnte unmöglich mehr weiter, er mußte die Last fallen lassen, setzte sich aber sofort wieder auf den Stein und blieb die ganze Nacht dort sitzen.

Immer hoffte er, Finn und die Seinen würden mit den Affen zu ihm hin kommen und die Komödie beginnen. Aber der Morgen tagte bereits, und so sehr er sich auch anstrengte, konnte er doch weder ein Schiff noch sonst irgend etwas am Strande entdekken.

So saß er und saß. Die Sonne stieg höher und höher, sie brannte unbarmherzig auf ihn herunter, und doch durfte er den Sesselstein nicht im Stich lassen.

Plötzlich sah er eine Schar von Zwergen vom Strande heraufkommen, die ein wunderliches großes Ding mit sich schleppten. Es war in der Mitte so dick wie eine Tonne, hatte einen Kopf wie ein Mensch und einen Schwanz wie ein Fisch. Und es heulte und zeterte und wollte nicht mit. Plötzlich erkannte Ekke, daß es niemand anderes war als sein altes Meerweib Ran.

»Bleibt mir vom Halse mit ihr!« schrie er so laut er konnte. »Schafft die alte Hexe fort! Ich will nichts mehr von ihr wissen!« Aber die Zwerge taten, als hörten sie nicht, und kamen immer näher. »Ich bin euer König«, rief da der Meermann, außer sich vor Zorn. »Ich sitze doch auf dem Sesselstein, und deshalb müßt ihr mir gehorchen!«

Umsonst. Schon konnte er Rans Schnaufen deutlich vernehmen. Da packte ihn das Grausen. Er sprang vom Thron auf, rannte mit großen Schritten zum Strande hinunter und stürzte sich ins Meer.

Als die Zwerge sahen, daß sie den Meermann losgeworden waren, kümmerten sie sich nicht mehr um Ran. Sie ließen das plumpe, unbeholfene Geschöpf liegen und sprangen, so schnell sie konnten, zum Sesselstein hin. Und Finn schwang sich fröhlich auf seinen Thron, und die kleinen Leute sangen neue Lieder zu ihres Königs Ehren und zu Ekke Nekkepenns Spott.

Der Elbgeist

Georg, der Sohn eines armen Fischers aus Neu-
mühlen, saß eines Abends in seines Vaters Jolle, die
am Ufer der Elbe an eine Weide angebunden war,
und ließ sich von den Wellen schaukeln. Es war ein
heißer Tag gewesen, und er hatte dem Vater tüchtig geholfen. Nun aber war Feierabend, eine kühle
Brise wehte vom Meer herauf, und der Bursche
begann leise vor sich hin zu singen. Denn er hatte
eine schöne klare Stimme und freute sich seines
Lebens.

Plötzlich horchte er auf. War es nicht, als ob
jemand in seinen Gesang einfiele? Aber die Töne
schienen nicht vom Lande her zu dringen, sondern sie kamen mitten vom Strom, der hier schon
so breit war, daß man das gegenüberliegende
Ufer nur undeutlich erkennen konnte. Und doch
vermochte Georg nirgends ein Schiff oder ein
Boot zu erspähen. Nur ein leuchtend weißer
Schwan kam auf ihn zu geschwommen, und je näher
er kam, desto deutlicher drang der Gesang an des
Burschen Ohr, in Tönen, wie er sie noch nie vernommen.

Endlich hatte das Tier die Jolle erreicht, und es
verharrte so dicht vor Georg, daß er es hätte mit den
Händen greifen können. Doch eine unerklärliche
Scheu hielt ihn davon ab.

Sie steigerte sich noch, als der Schwan mit einem Male zu sprechen begann.

»Du hast eine schöne Stimme«, sagte er. »Wenn du ein ebenso reines Herz hast, kannst du heute dein Glück machen.«

»Wie meinst du das?« fragte Georg erstaunt.

»Nun, so komm mit mir, und du sollst es erfahren.«

Der Bursche hatte schon oft erzählen hören, daß allerhand Wesen die Wasser der Elbe bevölkern, und daß ihr Herr, der Elbgeist, unten am Grunde des Stromes in einem Palast aus glänzenden Perlmutter-muscheln wohne. Und als ihn der Vogel aus klugen Augen so seltsam anblickte, wurde ihm ganz wun-derlich zumute. Doch faßte er sich ein Herz, denn er war nicht zaghaft, und antwortete: »Gut, ich folge dir.«

Der Schwan breitete seine starken weißen Schwin-gen aus, und der Wind fing sich in ihnen wie in den Segeln eines Schiffes und trieb ihn in großer Eile vor sich her. Und kaum hatte Georg die Jolle vom Stamm der Weide gelöst, als sie auch schon hinter dem Vogel dahinschoß, ohne daß der Bursche auch nur ein Ruder zu bewegen brauchte.

Endlich waren sie in die Mitte des Stromes gekom-men. Da sprach der Schwan: »Nun sind wir am Ziel, und du bedarfst meiner nicht mehr. Hier an dieser Stelle, tief unter dem Wasser, befindet sich der Palast des Elbgeistes. Steig getrost hinunter, es wird dein Schade nicht sein. Und wenn du vor der Pforte stehst, dann singe dein schönstes Lied, und sie wird sich vor dir auftun.«

Nach diesen Worten neigte der Schwan seinen

schlanken Hals zum Abschied – dann schwebte er schnell und lautlos über die Wasserfläche dahin, bis er kleiner und kleiner wurde und zuletzt nur noch einer leichten weißen Schaumkrone glich, wie sie sich plötzlich auf den Kämmen der Wellen bilden, um im nächsten Augenblick wieder zu zergehen. Georgs Boot aber, das bis dahin mit Windeseile dem Schwan gefolgt war, stand trotz der starken Strömung des Wassers fest, wie von unsichtbaren Händen gehalten.

Der Bursche sah in das tiefe Wasser hinab, doch es war zu trübe, als daß seine Blicke bis zu den Zinnen und Kuppeln des perlmutternen Palastes hätten dringen können. Ein Gefühl von Bangigkeit begann in seinem Herzen hochzukommen, und schon faßte er nach den Riemen, um heimzurudern. Da tauchte plötzlich vor ihm der Kopf einer großen Robbe aus dem Wasser, und das Tier warf ihm mit seinen kurzen Pfoten etwas zu und war im nächsten Augenblick schon wieder verschwunden.

Staunend betrachtete Georg das seltsame Ding, das zu seinen Füßen lag. Es schien aus Seetang geflochten zu sein, und unter seinen Händen entwirrte es sich zu einer langen Strickleiter. Da rang der Bursche seine Verzagtheit nieder, befestigte die Leiter an einem Haken seines Bootes und stieg an ihr in die Tiefe hinab.

Anfangs fürchtete er, sie könne reißen. Auch brauste ihm das Wasser so beängstigend in den Ohren, daß ihn ein Schwindelgefühl erfaßte. Kaum aber standen seine Füße auf dem festen Grund des Strombettes, als ihm jede Bangigkeit schwand.

Wohl umströmten ihn die Wasser, doch bedräng-

ten sie ihn nicht, und ihr Rauschen erschien ihm wie leise Musik. Auch war es da unten, tief unter dem Wasserspiegel, nicht dämmrig, sondern tageshell, und Georg vermeinte auf einer großen Wiese zu stehen, die mit tausend bunten Blumen übersät war. Doch bald merkte er, daß das, was da um ihn herum in allen Farben schimmerte und glänzte, keine Blumen waren, sondern lauter Muscheln und Seesterne, die zwischen dem Grün der Wasserpflanzen lagen. Sie sahen so hübsch aus, daß er sich bückte, um einige davon aufzulesen. Da erhielt er plötzlich einen Schlag ins Gesicht, und ein frecher Stint sperrte sein breites Maul auf und fragte barsch: »Was machst du da?«

Erschrocken ließ Georg die Muscheln, die er schon in den Händen hielt, fallen und lief, so schnell er konnte, ohne sich umzusehen, davon. »Halt! Nicht weiter!« hörte er da eine Stimme hinter sich her rufen, »sonst kommst du hinaus in die Nordsee! Dort aber kann der Elbgeist dich nicht mehr beschützen, und Ekke Nekkepenn, der Herrscher der Nordsee, verschlingt dich mit Haut und Haaren!«

Georg hielt im Laufen inne und blickte sich um. Da schwamm ein freundlicher Butt heran und zeigte ihm den Weg zum Palast des Elbgeistes.

Als der Bursche zu dem hohen Tore kam, das kunstvoll aus Muschelschalen gefügt war und silbrig schimmerte, fand er es verschlossen. Er pochte, er rief, aber niemand öffnete ihm. Da erinnerte er sich der Worte des Schwans und hub mit leiser Stimme zu singen an, und die Pforte tat sich von selber auf.

Eine weite, hell erleuchtete Halle lag vor seinem Blick.

Ihr Dach wurde von vier mächtigen Säulen getragen, und jede von ihnen strömte ein andersfarbiges Licht aus: die eine ein rotes, die zweite ein gelbes, die dritte ein grünes, die vierte ein blaues. Alle Lichtkegel aber trafen sich in der Mitte des Raumes, und wo sie zusammenfielen, leuchtete es strahlend weiß – so hell, daß Georgs Augen geblendet wurden und er sie schließen mußte.

Als er sich endlich an die Fülle des Lichtes gewöhnt hatte, bemerkte er mitten darin einen goldenen Thronsessel, und darauf hockte zusammengekauert eine unscheinbare, beinahe eingeschrumpfte Gestalt, die den Burschen mit dürren Fingern heranwinkte.

Ein Schauder lief Georg den Rücken hinunter, als er das mißgebildete Wesen betrachtete, das weder einem Menschen, noch einem Fisch, noch einem Krebs glich, sondern von allen dreien etwas an sich hatte. Am liebsten hätte er dem unheimlichen Geschöpf den Rücken gekehrt, doch bewog ihn Mitleid, dem einladenden Wink Folge zu leisten und sich dem Ungeheuer zu nähern. So standen sie sich eine Weile gegenüber. Wortlos betrachtete einer den andern. Bis endlich der kleine Krumme zu sprechen begann.

»Ich danke dir«, sagte er mit krächzender Stimme, »daß du gekommen bist. Mehr als hundert Jahre schon warte ich, daß mich ein lebender Mensch besucht, doch nur Tote fanden sich bisher bei mir ein. Die kann ich aber nicht brauchen, und ich lasse sie deshalb alle wieder an den Strand legen.«

»Sage mir, ich bitte dich«, entgegnete der Bursche darauf, »wo finde ich den Elbgeist? Ich würde ihm gern meine Aufwartung machen.« – »Den ... Elbgeist suchst du?« antwortete der Krumme, und er seufzte tief. »Der ... bin ich doch selbst.« Und, als Georg betreten schwieg: »Du hast ihn dir wohl anders vorgestellt? Groß und kräftig? ... und wohlgebildet? ... und mit strahlenden Augen und schlanken Gliedern? Ja, so sah ich einst auch aus, und meine Stimme klang glockenhell und rein. Selbst die Menschen, die an den Ufern des Stromes entlanggingen, horchten auf, wenn ich sang, und die Fischer ließen ihre Arbeit ruhen. Aber das ist längst vorbei. Wenn ich heute zu singen anheben wollte, würde alles Lebendige in meiner Nähe vor Schreck erstarren.

Willst du wissen, wie es kam, daß ich meine ursprüngliche Gestalt verlor? So laß dich zu meinen Füßen nieder und höre mir zu!

Ich lebte viele tausend Jahre glücklich im Kreise meiner Brüder und Vettern – der Geister der Schelde und des Rheins, der Ems und der Weser und all der anderen Flüsse, die in die Nordsee münden. Wir besuchten einander oft, feierten Feste, und so trafen wir uns manchmal auch im Palaste Ekke Nekkepenns, unseres Herrn, des mächtigen Beherrschers der Nordsee.

Eines Tages nun brachte der Geist der Themse seine liebliche Tochter mit. Er war der Reichste unter uns und dünkte sich darum auch der Vornehmste, und man sagte, er habe im Sinn, sein Kind mit

Ekke Nekkepenn zu vermählen. Es bestand auch alle Aussicht, daß ihm das gelingen werde, denn die junge Nixe war so anmutig, daß der alte Meermann, dessen Gemahlin vor Jahren gestorben war, sich sofort in sie verliebte, als er sie zu Gesicht bekam. Und er veranstaltete ihr zu Ehren ein großes Fest und lud uns alle dazu ein.

Was soll ich viele Worte machen? Ich war ein guter Tänzer, die schöne Themse-Nixe bevorzugte mich sichtlich, ich sagte ihr viele Artigkeiten, und es dauerte nicht lange, da gab sie mir zu verstehen, daß sie den Meergeist nicht lieben könne, daß sie mich auf den ersten Blick ins Herz geschlossen habe und daß sie nur mir gehören wolle und keinem andern! Ich war überglücklich, und wir verabredeten zu fliehen. Bald wollten wir an einem Ort sein, wo Ekke Nekkepenns Macht uns nicht mehr erreichen konnte.

Aber eine grämliche alte Robbe, zu plump und zu häßlich, um am Tanz teilnehmen zu können, hatte unsere Worte belauscht, und sie hinterbrachte alles sogleich ihrem Herrn. Der schäumte vor Wut. Noch ehe wir uns in Sicherheit hatten bringen können, war er hinter uns her. Er ergriff uns, stellte mich vor Gericht und ließ mich zum Tode verurteilen.

Aber meine Brüder und Vettern setzten Ekke Nekkepenn unter Druck. Sie drohten, ihm, wenn er das Urteil nicht aufhöbe, keinen Tropfen Wasser zukommen zu lassen, bis er an seinem eigenen Salz ersticken würde. Und da schließlich auch der mächtigste und gewalttätigste Herrscher nicht gegen den Willen seiner Untertanen regieren kann, mußte

Ekke Nekkepenn sein Urteil notgedrungen rückgängig machen. Doch verwandelte er mich in die Gestalt eines Wechselbalges und gab meiner Stimme das widerliche Krächzen einer Möwe, so daß sich meine Geliebte, als er mich ihr vorführen ließ, voll Schauder von mir abwandte.

Bevor er mich aber in mein Reich entließ, rief er mir zu: »Nicht eher sollst du deine frühere Schönheit wiedererlangen, als bis der Sohn eines sterblichen Menschen freiwillig in dein Reich hinabsteigt. Er muß eine glockenreine Stimme haben, vor der alle Wellen sich teilen und alle Türen sich öffnen. Und er muß ein unverdorbenes Herz haben, so daß ihn alle Schätze der Welt nicht zu etwas Bösem verführen können. Wenn ein solcher Mensch vor dir erscheint, und wenn er allen Versuchungen widersteht, erst dann sollst du deine frühere Gestalt zurückerhalten.«

Der Elbgeist schwieg. Schwieg eine lange Zeit. Und auch Georg wagte kein Wort zu sprechen. Nur sein Atem ging schwer, denn eine tiefe Erregung hatte sich seiner bemächtigt.

Da hub der Unglückliche vor ihm wieder an: »Mehr als hundert Jahre sind seit jener Stunde vergangen. Und obgleich ich meine Diener ausschickte, überallhin, so weit meine Macht reicht, ist es mir doch bisher nicht gelungen, einen Menschen ausfindig zu machen, von dem ich erwarten durfte, daß er die Bedingungen erfüllt. Und so hatte ich die Hoffnung auf meine Erlösung schon ganz aufgegeben. Da brachte mir der Schwan die Kunde von deinem Gesang, und ich faßte wieder Zuversicht; denn ich glaube, daß so rein wie deine Stimme auch dein Herz ist.

Ich danke dir also, daß du gekommen bist!«

»Und was muß ich tun?« rief Georg bewegt aus. »Was muß ich tun, um dir zu helfen?«

»Das ... darf ich dir nicht sagen«, gab der Elbgeist zurück, »denn ganz allein aus dir selbst heraus muß das Richtige geschehen.«

Es war, als ob der Kleine nach diesen Worten noch mehr in sich zusammensänke. Er glich fast nur noch einem großen Krebs, der seine Scheren eingezogen hat. Auch wartete Georg vergeblich, ob er nicht doch noch ein Wort spräche.

Endlich aber wurde es dem Burschen unheimlich in der Stille der großen Halle. Auch tat das helle Licht seinen Augen weh. Darum schritt er langsam zur Pforte hinaus, die sich sogleich hinter ihm schloß.

Er stand nun im Garten des Palastes und sah sich darin um.

Waren das wirkliche Bäume? Hatten die Blumen Farbe und Duft? Schien auf all die Pracht die Sonne? Oder war das viele Licht nichts weiter als ein Blendwerk, das ihn täuschte?

Er mußte an den kleinen Garten seiner Mutter denken. Sie zog darin Kohl und Zwiebeln, Rettiche und Dill und Möhren und fand kaum ein Plätzchen für ein paar spärliche Blumen. Denn das Gartenland war nur schmal und diente nun einmal dazu, den kargen Tisch zu decken.

»Ach«, sagte Georg halblaut vor sich hin, »hätten wir doch einen Garten wie diesen, wie würde sich meine Mutter freuen.« Da stand plötzlich ein alter Mann vor ihm. »Bück dich«, sagte er, »und heb eine Handvoll Sand auf!«

Georg tat, wie ihm geheißen, und als er seine Hand betrachtete, gingen ihm die Augen über, denn es funkelte darin von weißen Perlen und roten Granaten.

»Füll dir alle Taschen damit«, sagte der Alte, »dann kannst du dir auf Erden jeden Wunsch erfüllen.« – »Nein«, entgegnete der Bursche, »die Schätze gehören mir nicht!« – »Ach, was braucht dich das zu stören?« raunte der Alte. »Der Elbgeist sieht's ja nicht! Hat übergenug davon.«

Doch Georg ließ, was ihm in der Hand lag, durch die Finger gleiten und ging weiter.

Bald kam er an eine Stelle, wo an einem Baumstamm ein Boot angebunden war. Es war ein schönes, festes Boot mit Steuer und Rudern aus Elfenbein, und daneben hingen silberne Netze ausgespannt. Georg mußte an die alte Jolle seines Vaters denken. Wie oft war ihnen schon während des Fanges das Netz gerissen – und die Beute entwischt! »Ach, hätten wir ein solches Boot!« sagte er vor sich hin. »Um wieviel besser könnte ich meinem Vater zur Hand gehn.«

Wieder stand der alte Mann vor ihm: »Wirf doch die Netze ins Boot, mach es los und setz dich hinein, dann trägt es dich vor deines Vaters Hütte und ist dein.« Doch Georg schüttelte nur stumm den Kopf und ging weiter.

Der alte Mann aber war niemand anderes gewesen als ein Späher Ekke Nekkepenns. Und er eilte zu seinem Herrn und meldete ihm, was geschehen war, und daß ein Sterblicher auf dem besten Wege sei, den Elbgeist zu erlösen.

Der Beherrscher der Nordsee aber war ein mächtiger Zauberer. Und er braute einen Trank zusammen aus Hochmut und Habgier, in den er noch einen Schuß Torheit und einige Tropfen Selbstgefälligkeit mischte. Er übergab ihn seinem Diener und schickte ihn damit wieder auf den Weg.

Unterdessen war Georg immer weiter gewandert, und der lange Weg hatte ihn hungrig gemacht. Doch konnte er nirgends etwas Eßbares entdecken.

Endlich kam er an ein Haus, aus dessen Türe wieder derselbe Mann heraustrat, dem er schon zweimal begegnet war, und ihn zum Essen einlud. Erfreut ging Georg diesmal auf seine Aufforderung ein, und nachdem er sich gesättigt hatte, bat er um einen Trunk Wasser. »Aber wer wird denn Wasser trinken?« sagte da der Alte. »Wasser ist gut fürs liebe Vieh – für Menschen gibt es Besseres.« Und er setzte seinem Gast ein Glas vor, das mit einer funkelnden goldgelben Flüssigkeit gefüllt war.

Als der Bursche den Becher hob, stieg ihm ein Duft entgegen, schwer und betäubend. Doch als ob er gewarnt sei, zögerte er zu trinken. Bis der Alte ihm zurief: »Nun, mein Freund, ist dir noch nie etwas Starkes durch die Kehle gerollt? Koste nur! Der Wein gibt dir Mut und Kraft und Lebenslust!«

Da überwand Georg seine Hemmung und setzte das Glas an die Lippen. Und als er die ersten Tropfen gekostet hatte, überfiel ihn eine solche Gier, daß er den Becher auf einen Zug bis zur Neige leerte.

Da – wie ward ihm mit einem Male? Er sah sich im Zimmer um und erblickte hunderterlei Dinge, die ihm bis dahin gar nicht aufgefallen waren. Auf den Tischen standen Schalen voller Perlen und edler Steine, an den Wänden hingen goldene und silberne Geräte, und auf dem Boden lagen kostbare Teppiche.

›Und ich lebe in einer armseligen Hütte‹, dachte er erbittert ›esse aus irdenen Schüsseln, liege auf einem harten Strohsack und muß barfuß über den kalten Lehmboden gehen.‹

Der Alte hatte unterdessen den leeren Becher ergriffen und war hinausgegangen, um ihn wieder zu füllen. Da blickte sich Georg scheu um, und da er niemanden erspähte, raffte er von den Herrlichkeiten zusammen, was immer er greifen konnte, und stürzte zur Tür hinaus.

Doch kaum war er draußen, als die Wasser, die bisher immer vor ihm zurückgewichen waren, mit ungeheurer Gewalt auf ihn eindrangen. Und ein Schrei gellte an sein Ohr, wie von einer übermenschlichen Klage, und ein Wirbel erfaßte ihn, und er verlor die Besinnung.

Als Georg wieder zu sich kam, lag er mit völlig durchnäßten Kleidern in der Jolle seines Vaters. Er meinte erst, er habe geschlafen und geträumt und sei von einer über Bord schlagenden Welle aufgeweckt worden. Aber dann merkte er, daß er in den Händen noch immer die geraubten goldenen Schalen hielt, und da wußte er, daß die Erlebnisse dieser Nacht Wirklichkeit waren. Und der Rausch des Zaubertranks wich von ihm, und er schleuderte das gestohlene Gut ins Wasser zurück und weinte. Doch seine Reue kam zu spät – sie konnte dem Elbgeist nicht mehr helfen.

Am Himmel bleichten schon die Sterne, als er auf die Hütte seines Vaters zuging.

Der alte Fischer war noch wach, und er wollte den Sohn schon mit einer Tracht Prügel empfangen; als er aber dessen verstörtes Gesicht und die nassen Kleider sah, ließ er es mit Schelten bewenden. Und die Mutter packte den Jungen ins Bett und gab ihm heißen Fliedertee zu trinken. Doch konnte sie nicht verhindern daß Georg in eine schwere Krankheit fiel und wochenlang mit dem Tode rang. Als er sich aber endlich wieder erholte, hatte er seine schöne Stimme verloren und blieb heiser bis an sein Lebensende.

Hof Rasenmeer

Viel fruchtbares Land hat die Nordsee den Menschen entrissen. Aber die Bewohner ihrer Küste sind ein hartes Geschlecht. Sie sagten den Fluten den Kampf an und umgaben ihre fruchtbaren Niederungen, die Marschen, zum Schutz mit hohen Deichen.

Draußen, jenseits der Deiche, dehnt sich das Wattenmeer aus – der Teil des Meeres, von dem es sich bei Ebbe jedesmal zurückzieht. Denn die Nordsee wird ebenso wie die großen Weltmeere von den Gezeiten beherrscht, die das Wasser etwa alle sechs Stunden steigen und alle sechs Stunden wieder fallen lassen. Und die Menschen stoßen mit ihren Deichen auch in dieses Wattenmeer vor und ringen ihm ein Stück verlorengegangenen Landes nach dem andern wieder ab.

So wollten auch die Budjadinger ihren Bodenbesitz erweitern und das zurückgewinnen, was ihre Vorfahren durch einen Deichbruch eingebüßt hatten. Also fuhren sie zur Zeit der Ebbe über den weichen Boden des Watts und begannen einen neuen Deich aufzuschütten; aber durch einen Priel – eine tiefe, sich immer wieder neu bildende Rinne – strömte ununterbrochen das Wasser der Nordsee ein und zerstörte jedesmal wieder, was sie in mühevoller Arbeit geschaffen hatten.

Da wollten sie schon mutlos werden und ihr Vorhaben aufgeben. Umsonst spornte der die Arbeiten beaufsichtigende Deichgraf die Männer an. Nichts anderes konnte hier helfen, als mit Steinen und Rasensoden den Priel zu verstopfen – aber wer hatte so viel Mut mit dem schon beladenen schweren Wagen über den nachgiebigen Grund bis zu der gefährdeten Stelle vorzustoßen. Mußte er doch fürchten, zu versinken und mitsamt dem Gespann ein nasses Grab zu finden!

Als der Deichgraf fragte, wer es als erster wagen wolle, erhielt er keine Antwort.

»Nun, so soll dem, der es tut«, rief er da laut, »das Land, das wir eindeichen, zu freiem Eigentum gehören«, und erwartungsvoll sah er von einem zum andern. Aber die Bauern dachten an Weib und Kind und senkten den Blick, und keiner wollte sein Leben in die Schanze schlagen.

Nur einer horchte auf bei diesen Worten. Das war ein höriger Knecht, der jahraus, jahrein um Kost und Gewand auf eines reichen Bauern Hof diente und nicht daran denken konnte, die Tochter seines Herrn, die er liebte, zu seiner Frau zu machen. Aber auch das Mädchen war dem jungen Menschen heimlich gut; nur wagten sie es beide nicht, mit dem Bauern darüber zu sprechen, weil sie wohl wußten, daß er seine Tochter nie und nimmer einem Hörigen zur Ehe geben würde.

In der betretenen Stille, die auf des Deichgrafen Worte folgte, suchten die Augen des Burschen die des Mädchens, das nicht weit von ihm stand. Und als ihre Blicke sich kreuzten, nickte sie ihm zu.

Da griff er, ohne ein Wort zu verlieren, nach den Zügeln der Pferde und sprang auf den Wagen. Und im nächsten Augenblick saß auch das Mädchen neben ihm, und die Pferde, kaum daß sie den Ruck der Zügel spürten, stürmten los, denn es waren kräftige, feurige Tiere.

So jagten sie dahin über den schwanken Grund. Aller Augen folgten ihnen. Tiefer und tiefer sank der Wagen ein, immer langsamer wurde die Fahrt, und die Rosse keuchten und schnaubten.

Aber der Bursche ließ nicht nach. Er sprang ab, nahm die Pferde am Halfter, und so kam der Wagen, manchmal schon bis zu den Achsen im zähen Schlick steckend, bis zu der gefährdeten Stelle.

Nun faßte auch das Mädchen mit zu, und gemeinsam gelang es ihnen, alles, was sie auf dem Wagen hatten, in den Priel zu packen. Und als sie auf dem leeren Wagen saßen, der nun schnell und leicht über das Watt zurückfuhr, konnten sie zwar kein Wort finden, aber ihre Hände hielten sich gefaßt, und ihre Augen leuchteten.

Da warteten die Bauern die Rückkehr der mutigen jungen Menschen gar nicht erst ab. Als wolle es jeder dem andern zuvortun, eilten sie, ihre Fuhren über das Watt zu bringen, und im Verlauf einer Stunde war der Priel fest zugeschüttet, und der Deich konnte gebaut werden.

Der Deichgraf aber hielt Wort. Als der Bursche vom Wagen sprang, trat er auf ihn zu, schlug ihm mit der Hand auf die Schulter und sagte: »Das ist der letzte Schlag einem hörigen Knecht! Dein sei das Land, das wir heute gewinnen! Bau dir einen Hof, wir alle werden dir dabei helfen, und sei frei wie die übrigen Bauern, die am Deiche wohnen!«

Auch sein bisheriger Herr hatte nichts dagegen, den tüchtigen Burschen, den er als Knecht verlor, als Schwiegersohn zu gewinnen, und so ließ denn die Hochzeit nicht lange auf sich warten. Den Hof aber, den sich die jungen Leute auf dem eingedeichten Land errichteten, nannte man »zu den rasenden Mähren«. Und obgleich viel hundert Jahre seither vergangen sind, trägt er im Anklang daran noch jetzt den Namen »Rasenmeer«.

In der Wolfskuhle

In früheren Zeiten gab es in Deutschand noch viele
Wölfe, und auch die Länder an der Nordsee waren
von dieser Plage nicht verschont. Deshalb gruben
die Bauern in der Nähe ihrer Dörfer tiefe Kuhlen,
die sie mit langen Stangen und Reisig leicht über-
deckten. Dann banden sie eine Gans an einen
Stecken und legten sie, das Ende des Steckens mit einem Stein beschwerend, mitten auf diese trügeri-
sche Fläche. Wenn nun die Gans schrie und der Wolf
auf die willkommene Beute losssprang, fiel er in die
Kuhle und war gefangen.

So machten es auch die Bauern in einem Dörf-
chen an der Eider. Und zwar mußte reihum ein Hof
nach dem andern die Gans dazu liefern.

Eines Tages nun kam die Reihe an eine Bauers-
frau, die so geizig war, daß es ihr einen Stich ins Herz
gab, als der Knecht das Tier wegbrachte. Deshalb
ging sie, kaum daß es Abend geworden war, heimlich
aus dem Hause, denn sie dachte, wenn die Gans am
nächsten Morgen nicht mehr am Stecken sei, würden die Leute annehmen, der Wolf habe sie geholt.

Als sie die Gans von weitem schreien hörte, freute
sie sich mächtig, denn sie hatte schon Angst gehabt,
der Wolf könne ihr zuvorgekommen sein. Sie lief, so
schnell sie in der Dunkelheit konnte, auf die Grube
zu, griff nach dem Stecken, an dem das Tier festge-

macht war, und wollte es über den Rand der Kuhle zu sich heranziehen. Doch das ging nicht so leicht, und wie sie sich damit abmühte, verlor sie den Halt und fiel in die Grube hinein.

Da lag sie nun. Dabei war es so finster, daß sie die Hand nicht vor den Augen sah. Und ganz still war es auch. Sogar die Gans hatte aufgehört zu schreien.

Aber plötzlich, als sich die Augen der Bäuerin an die Dunkelheit gewöhnt hatten, sah sie ganz nahe vor sich zwei kleine grün und unheimlich schimmernde Lichter. »Der Wolf!« zuckte es ihr durchs Hirn.

Und richtig, so war es auch. Ein Wolf hatte sich in der Grube gefangen und sich – als er die Frau herunterpoltern hörte – erschrocken in eine Ecke gedrückt. Und die Frau erschrak nicht minder, als sie die Augen des Untiers auf sich gerichtet sah, und drückte sich in die andere Ecke.

So hockten die beiden die ganze Nacht. Der Wolf starrt die Frau an und regt und bewegt sich nicht, und die Frau läßt kein Auge vom Wolf und regt und bewegt sich ebenfalls nicht. Und kalt ist es und dunkel, eine Nacht ohne Mond und Sterne.

Endlich dämmert der Morgen herauf, und der Knecht kommt, um zu sehen, ob sich in der Kuhle ein Wolf gefangen habe. Und wie er in der einen Ecke seine Bäuerin sitzen sieht und in der andern das wilde Tier, bleibt ihm vor Staunen der Mund offen stehen.

»Bleib ganz still sitzen, Frau!« ruft er der Bäuerin zu. »Rühr dich nicht, ich hole die Leiter.« Und so schnell er kann, bringt er die Leiter und läßt sie in die Grube hinab. »Nun mach deine Röcke los, Frau«, sagt er, »denn wenn der Wolf zuspringt, muß er die erwischen, sonst geht's nicht gut ab!«

Und die Frau nestelt am Gürtel und bindet die Röcke ab – und richtig, wie sie aufsteht und die Leiter hinaufsteigen will, springt der Wolf zu. Da läßt die Frau ihre Röcke fallen, und das Tier verbeißt sich in den roten Unterrock und reißt ihn in Stücke.

So kam die Bäuerin doch noch mit dem Schrecken davon. Und ganz gewiß hat sie nie wieder eine Gans von der Wolfskuhle weggeholt.

Der Mühlstein am Seidenfaden

Im Norden von Dithmarschen, in der Nähe der Steller Berge, arbeiteten einst an einem heißen Sommertag ein Knecht und eine Magd im Heu. Sie waren sich beide von Herzen gut und hätten gerne Hochzeit gemacht, konnten aber bei ihrer großen Armut wohl niemals daran denken, sich einen Hausstand zu gründen.

Es war Mittag, und die Sonne stach. Trotzdem durften sie sich keine Ruhe gönnen, denn ehe der Abend kam, mußte das Heu gewendet sein, und die Wiese war groß.

Als die Magd eben mit ihrem Rechen einen Schwaden umwandte, sprang daraus eine dicke Kröte hervor. Erschrocken schrie das Mädchen auf, und der Knecht kam herzu. Als er das häßliche Tier erblickte, nahm er die Heugabel und wollte es totstechen, aber das Mädchen fiel ihm in den Arm: »Laß die arme Kröte leben, Jens!« sagte sie. »Sie tut ja niemandem etwas zuleide!«

Der Knecht freute sich, daß seine Braut so gutherzig war, wollte sie aber ein bißchen necken und sagte: »Ich mag nun einmal die Häßlichen nicht leiden, Marieken«, und tat, als wolle er der Kröte mit der Heugabel nachlaufen. Das Mädchen aber hängte sich an seinen Rock, und so balgten sie sich eine Weile und bekamen rote Köpfe. Die Kröte jedoch entsprang.

119

Als sie nach getaner Arbeit nach Hause kamen, sagte der Bauer zu ihnen: »Heute Mittag haben wir eine Stimme gehört, die ganz laut gerufen hat: ›Jens und Marieken sollen kommen Gevatter stehn!‹ Und immer wieder ›Jens und Marieken sollen kommen Gevatter stehn.‹ Aber soviel wir uns auch umgesehen haben, wir konnten doch niemanden entdecken.«

Der Knecht und die Magd wunderten sich darüber sehr, denn in ihrer ganzen Bekanntschaft war in letzter Zeit kein Kind geboren worden und auch keins zu erwarten.

Am nächsten Morgen aber, als Jens aufstand, merkte er, daß von seiner Bettstatt aus eine feine Spur von Sägespänen nach der Türe führte. Er ging ihr nach, kam aus der Kammer in den Flur, aus dem Flur in den Hof, und auch dort lagen die Späne sorgfältig ausgestreut und wiesen ihm über Feld und Acker den Weg zu den Steller Bergen. Und als er dort angekommen war, hörte er aus dem Berg heraus eine Stimme, die sagte: »Komm zu Mittag hierher, komm zu Mittag hierher, und bring auch deine Braut mit, ihr beide sollt unser Kind aus der Taufe heben!«

Das kam dem Knecht gar seltsam vor. Aber als er es Marieken erzählte, hatte sie nicht die geringste Angst, es mit den Unterirdischen aufzunehmen, ja, sie verspürte geradezu Lust danach, das kleine Völkchen, von dem man sich immer soviel Geheimnisvolles erzählte, kennenzulernen. Und so zogen sie sich denn beide ihr bestes Zeug an, und als die Sonne am Himmel am höchsten stand, warteten sie

an der bezeichneten Stelle. Da tat sich der Berg auf, und ein kleines Männchen in einem grauen Rock trat auf sie zu, verbeugte sich vor ihnen und hieß sie willkommen.

Der Unterirdische führte sie, eine Laterne in der Hand, durch einen langen dunklen Gang, und als er an seinem Ende eine Tür aufstieß, konnten die beiden nicht genug staunen über das, was sich ihren Augen zeigte.

In einer großen, prächtigen Halle, deren Wände von Gold und Edelsteinen funkelten, wimmelte und grimmelte es von einer Schar kleiner Leute. In der Mitte der Halle aber stand ein zierliches Bett, aus feinstem Rosenholz geschnitzt und von einem blauen Baldachin überdacht. Darinnen lag die Wöchnerin mit ihrem Kinde, und das kleine Volk drängte sich um sie. An den Wänden der Halle jedoch waren Tische gedeckt mit silbernem und goldenem Geschirr, auf dem leckere Speisen angerichtet waren, deren Duft den Raum erfüllte.

Als die kleinen Leute die Ankunft ihrer Gäste bemerkten, nahmen sie gleich das Kind und reichten es Jens, der es mit Marieken zusammen zur Taufe über das Becken hielt.

Darauf wurden die Gäste zur Tafel genötigt, und man aß und trank, scherzte und war fröhlich und guter Dinge.

Plötzlich aber, als Jens einmal von seinem Teller in die Höhe blickte, da sah er gerade über seinem Kopfe an einem dünnen seidenen Faden einen schweren Mühlstein von der Decke herabhängen.

Tief erschrocken wollte er aufspringen, aber er

konnte mit einem Male kein Glied regen und mußte, den Kopf zur Decke gewandt, sitzen bleiben und den Mühlstein anstarren, der ihn jeden Augenblick zu zermalmen drohte. Da brach ihm der Angstschweiß aus, und er dachte, daß seine letzte Stunde geschlagen habe.

Nach kurzer Zeit aber trat das Männchen, das ihn in den Berg geleitet hatte, auf ihn zu und sagte: »Nun weißt du, Jens, wie meiner Frau zumute gewesen ist, als du mit der Heugabel nach ihr stechen wolltest!«

Da löste sich der Bann von dem Knecht, und er konnte aufstehn und den gefährlichen Platz verlassen. Hunger freilich verspürte er keinen mehr, und da sich Marieken an all den guten Speisen bereits satt gegessen hatte, verabschiedeten sie sich von ihren Gastgebern.

Die kleinen Leute bedankten sich schön, daß sie ihnen Gevatter gestanden hatten, und sagten zu Marieken, sie solle ihre Schürze hinhalten, sie wollten ihr noch etwas mitgeben auf den Weg. Das Mädchen ließ sich das nicht zweimal sagen, war aber sehr enttäuscht, als sie sah, daß ihr die Unterirdischen die Schürze nur mit Hobelspänen füllten. Und das graue Männchen führte die beiden wieder aus dem Berg hinaus.

Kaum hatte sich der Zwerg verabschiedet, da wollte Marieken die Hobelspäne ausschütten. Doch Jens meinte: »Nimm sie mit, du kannst damit immerhin Feuer anschüren!«

Unterwegs wurden die Späne immer schwerer und schwerer, so daß das Mädchen sie bald gar nicht mehr tragen konnte und die Hälfte davon wegwarf. Als sie aber zu Hause angekommen waren und Marieken die Schürze leerte, da rollten lauter blanke Goldstücke über die Diele. Nun freilich lief Jens eiligst zurück, um die weggeworfenen Hobelspäne aufzulesen – aber umsonst, denn soviel er auch suchte, er konnte sie doch nirgends finden.

Trotzdem hatten sie noch immer genug, um sich einen Bauernhof zu kaufen, und es dauerte nicht lange, da machten sie Hochzeit und lebten glücklich miteinander bis an ihr Ende.

Puck

Auf einem großen Bauernhof in Amrum gingen sonderbare Dinge vor. Man hörte es im Stroh rascheln, hörte es flöten und singen und konnte doch niemanden entdecken, von dem die Geräusche herrührten.

»Nun, es wird ein Puck sein«, sagte eine der Mägde, und sie stellte des Abends eine Schale Milch und ein Stück Brot auf den Heuboden – und am nächsten Morgen war die Schale leer und das Brot verschwunden, aber auch der Stall war ausgemistet, und die Kühe hatten frisches Futter in den Raufen.

Seitdem vergaß die Magd niemals mehr, dem kleinen Hauskobold sein Essen hinzustellen, und dafür hatten es die Menschen gut auf dem Bauernhof, denn der Puck bewahrte sie vor allem Ungemach: Keine Kuh verkalbte, kein Pferd kam zu Schaden. Ebenso sorgte er für Reinlichkeit und Ordnung und nahm dem Gesinde auch sonst noch manche Arbeit ab. Nur sehen ließ er sich niemals.

Einst in der Ernte war der Hof menschenleer, denn der Bauer war mit allen seinen Leuten draußen auf dem Feld. Sogar die Kinder hatte er mitgenommen.

Einer der Knechte aber kam etwas früher zurück, und er hörte schon von weitem, daß der Hofhund wie unsinnig jaulte und bellte. Daher beschleunigte er seine Schritte, um zu sehen, was den Hund so aus der Fassung brachte, und als er ins Tor trat, bot sich ihm ein überaus drolliger Anblick: Oben im Giebelloch des Hauses stand ein kleines Kerlchen in rotem Wams und gelben Beinkleidern. Das schnitt die wunderlichsten Grimassen, wiegte sich bald auf dem einen, bald auf dem andern Bein und sang dazu mit einer feinen, aber durchdringenden Stimme ein Loblied auf sich selber:

Roter Schopf, Flinke Hand,
Kluger Kopf, baut das Land.
Augen rund, Bein geschwind
Breiter Mund. wie der Wind.

Spitzer Zahn Dummer Hund
beißen kann. bellt sich wund,
Zunge schleckt, kriegt ihn nicht,
was gut schmeckt. diesen Wicht.

Puck, Puck, Puck,
ist zu klug!

Da schlich sich der Knecht ganz leise auf den Boden hinauf, gab dem kleinen Kerl von hinten einen Stoß, daß er zur Giebelluke hinausfiel, und rief den Leuten zu, die gerade zum Hoftor hereinkamen: »Da habt ihr ihn! Haltet ihn fest!« Sofort sprangen einige beherzte Burschen hinzu. Aber wo der Puck hingefallen war, da lag nur ein Haufen Scherben – er selbst war in seinem Schlupfloch verschwunden.

Seit dieser Zeit hatte der Kleine einen Groll auf den Knecht, und er paßte auf eine Gelegenheit, ihm

Böses mit Bösem zu vergelten. Und die kam auch bald.

Eines Nachts nämlich hatte sich der Knecht einen Rausch angetrunken, und er lag in einer Ecke des Hofes in tiefem Schlaf. Da schlich sich der Puck an ihn heran, und als er an seinem Schnarchen hörte, daß er fest schlief, lief er geschwind zum Brunnen, hob den Deckel ab und schleppte den Knecht, so schwer er war, heran und wollte ihn hineinwerfen. Doch im letzten Augenblick besann er sich eines Bessern, denn der Bursche dauerte ihn doch ein wenig, und er legte ihn behutsam so hin, daß gerade nur seine langen Beine in den Brunnenschacht hinabhingen. Als der Knecht am Morgen aufwachte und erkannte, in welcher Lage er sich befand, bekam er einen furchtbaren Schrecken. ›Das hat der Puck getan!‹ dachte er bei sich. Zugleich aber schämte er sich vor dem Kleinen, in dessen Gewalt er gewesen war und der dabei doch, obwohl er leicht Gleiches mit Gleichem hätte vergelten können, so glimpflich mit ihm verfahren war.

Seit der Zeit hielten die Leute vom Hof Frieden mit dem kleinen Wicht, und der lohnte es ihnen nicht nur mit fleißiger Arbeit, sondern er gab ganz besonders auch auf die Kinder acht, und dabei hat er das jüngste von ihnen, den kleinen Hinnerk, einmal sogar vor einer großen Gefahr bewahrt.

Da war nämlich eines Tages ein Brand ausgebrochen im Dorfe, und weil alle Erwachsenen sofort zum Helfen hin mußten, um an Vieh und Hausrat zu retten, was noch zu retten war, hatte man die Kinder beim Weggehen im Haus eingesperrt. Aber man hatte nachzusehen vergessen, ob auch die aus dem Rinderstall ins Freie führende hintere Tür zugeschlossen sei. Bei der Rückkehr spielten sämtliche Kinder im Obstgarten; der Brunnen aber war mit Brettern zugedeckt.

Da erzählte das größte der Kinder: Als sie alle um den Brunnen herumstanden und sich damit vergnügten, kleine Steine hineinzuwerfen, weil es im Wasser dann jedesmal so hübsch gluckerte, da sei plötzlich der Puck gekommen und habe den Hinnerk, gerade als er sich weit über den Brunnenrand beugte, am Kittel gefaßt und weggezogen. Dann aber habe er sie alle zum Spielen in den Obstgarten geführt, Bretter herbeigeholt und den Brunnen damit zugedeckt.

Der Bauer hat daraufhin, am selben Tage noch, einen richtigen Deckel gezimmert für den Brunnen. Und die Bäuerin hat seitdem noch gewissenhafter als bisher dafür gesorgt, daß das kleine Männchen jeden Tag sein Essen und sein Schälchen mit Milch bekam.

Die Ellernmagd

Ein hübsches junges Mädchen aus Weddehorn, nicht weit von Bremen, wollte bald Hochzeit machen. Darum war sie den ganzen Winter über fleißig gewesen, hatte Flachs gehechelt und gesponnen und gewebt und brachte nun das Linnen auf die Bleiche, breitete es aus und freute sich daran. Da stand mit einem Male eine Ellernmagd vor ihr und sagte: »Fein gesponnen! Schön gewebt! Gibst du mir ein Stück davon? Sollst dafür auch einen Brautschleier bekommen, so zart und so luftig, wie ihn noch nie ein Bauernmädchen getragen hat!«

»Für den Schleier allein«, gab die junge Braut zur Antwort, »ist mir mein Linnen nicht feil. Wenn du mir aber noch etwas dazugibst, was glänzt und glitzert, sollst du ein Stück davon haben.«

Da löste sich die Ellernmagd eine Kette vom Hals, deren Perlen glänzten wie Tautropfen, in denen sich der Sonnenschein in allen seinen Farben spiegelte. Und an der Kette hing eine kristallene Kapsel, nicht größer als eine Walnuß, und als das Mädchen sie öffnete, quoll ein Schleier daraus hervor, hauchdünn und zart wie Spinnweb und doch unzerreißbar fest. Da funkelten dem Mädchen die Augen. »Welches Stück von meinem Linnen willst du haben?« fragte sie die Ellernmagd, denn sie war augenblicklich bereit, ihr selbst das größte mitzugeben.

Die Ellernmagd wählte sich eines aus, doch gleich mitnehmen wollte sie es nicht. »Laß es noch eine Woche auf der Bleiche liegen, sagte sie, daß es so weiß wird wie Mondlicht. In der Nacht nach des siebenten Tages komme ich dann und hole es mir.«

Die Braut ging nun täglich zur Bleiche und begoß immer wieder das Leinen. Und sie hatte Glück: Jeden Tag schien die Sonne von einem wolkenlosen Himmel, immer weißer hob sich das Gewebe ab vom grünen Rasen, und am siebenten Tage war es weiß wie Schnee.

Stolz führte das Mädchen ihren Verlobten hinaus und zeigte ihm ihre Aussteuer – und auch das Stück, das sie der Ellernmagd versprochen hatte. »Aber sie soll es nicht haben«, sagte sie. »Sieben Hemden kann ich daraus machen. Deshalb werde ich der Ellernmagd ein Schnippchen schlagen und werde alles Leinen von der Bleiche nehmen, noch ehe sie kommt. Und Perlen und Schleier, die behalte ich obendrein.« – »Tu das nicht!« warnte der Bräutigam, »es könnte leicht ein Unheil daraus entstehen!«

Doch das Mädchen hörte nicht auf ihn, trug, noch ehe die Sonne unterging, all ihr Linnen nach Hause und schloß es in der Brautlade ein.

Die Zeit verging, der Hochzeitstag kam heran, und das Brautpaar und die Hochzeitsgäste fuhren mit vielen Wagen nach Bassum zur Kirche, und nach der Trauung kehrten sie wieder nach Weddehorn zurück.

Als sie aber über die Wiesen kamen, erhob sich plötzlich ein kühler Wind, der fuhr der Braut unter den Schleier, daß er hoch aufwallte und sich zu einer

Nebelwolke dehnte, und von ihr wurden Braut und Bräutigam, Pferd und Wagen, ja schließlich die ganze Hochzeitsgesellschaft so eingehüllt, daß keiner den andern mehr sehen konnte. Und die Pferde des Brautwagens scheuten und rasten über Stock und Stein davon, bis der Wagen ins Schleudern kam und umstürzte.

Zum Glück hatten die Jungvermählten sich keinen Schaden getan. Nur der Braut war die Kette zerrissen, die Perlen lagen weithin über die Wiese zerstreut, und der Schleier war zu Nebel zerflossen.

Als der Hochzeiter sah, daß seine junge Frau von dem Sturz aufstand, wenn auch ohne Schmuck und Schleier, sagte er zu ihr: »Das hätte schlimmer ausgehn können. Es ist nur gut, daß wir nun mit der Ellernmagd schier sind.« (»Schier« bedeutet in der Sprache des Landstriches soviel wie »quitt«.)

Darum nannte man den Mann seit der Zeit »Schiermann«, und der Hof, den er bewirtschaftete, heißt noch heute der »Schierhof«.

Wer aber zur Mitsommerzeit am Abend über die Weddehorner Wiesen geht, der kann die Perlen als zahllose Lichtpünktchen im Grase leuchten sehen. Und manchmal breitet die Ellernmagd auch einen weißen Schleier über den Wiesengrund. Doch wenn ihn eines Menschen Hand zu fassen versucht, zerfließt er in der Luft.

Metenfäden

Wenn in einer klaren Nacht der Vollmond am Himmel steht, kann man mit freiem Auge mitten in der hellen Scheibe einen Schatten erblicken, der der Gestalt eines Menschen nicht unähnlich ist.

An diese Erscheinung, die in Wirklichkeit von den Gebirgen des Mondes herrührt, knüpfen sich viele Sagen, und wohl die bekannteste ist die vom »Mann im Mond«, der sich am Sonntag ein Bündel Holz aus dem Walde geholt habe und zur Strafe dafür auf den Mond verbannt worden sei. Die Leute in Niedersachsen aber erzählen sich eine andere Geschichte.

Vor vielen, vielen Jahren lebte unweit des Meeres in einem Bauerndorf ein Mädchen, das über die Maßen schön war. Leider aber stand sie lieber vor dem Spiegel und kämmte sich die Haare und putzte sich, als daß sie die Hände zu nützlicher Arbeit geregt hätte. Und wenn die Mutter sie zum Spinnen anhielt, setzte sie sich zwar an den Rocken, bewegte aber kaum ihre Finger und spann nur Gedanken und Träume in die blaue Luft hinein.

In die Spinnstube ging sie trotzdem nicht ungern. Aber nicht etwa, um fleißig ihr Rädchen zu drehen, sondern nur der jungen Burschen wegen, die die Mädchen dort zu besuchen pflegten. Sie machte ihre Späße mit ihnen, während sich ihre Freundinnen nicht von der Arbeit abhalten ließen. Und so verging ein Winter um den andern, ohne daß sich ihre Truhe zur Hochzeitsaussteuer mit Leinenzeug gefüllt hatte. Darüber war die Mutter sehr ungehalten. Doch ob sie ihr nun gute Worte gab oder böse, die Tochter änderte sich nicht.

In einem Winter nun hatte sie es besonders arg getrieben, und als es Frühling ward und die Rocken der übrigen Mädchen sich schon oft geleert hatten, hing an dem ihren noch immer die erste Flachssträhne. Aber das kümmerte sie wenig.

Die letzte Spinnstube kam, bei der nun mit den Burschen getanzt und gescherzt wurde, und das Mädchen, ganz toll vor Ausgelassenheit, hatte nicht Raum genug in den engen vier Wänden, sondern tanzte auf die Straße hinaus. Die Burschen aber, hingerissen von ihrer Schönheit und ihrem Übermut, liefen ihr nach, drehten sich mit ihr im Kreise und sangen und jubelten in die Stille der Nacht hinein, daß man es weithin hören konnte.

So vernahm auch die Mutter des Mädchens in ihrer Schlafkammer den Lärm, und sie stand aus dem Bett auf und trat ans Fenster. Und als sie die Tochter allein inmitten der Burschenschar tanzen sah, rief sie in großem Zorn: »Ich wollte, du flögest in den Mond hinauf! Das wäre mir lieber, als daß du dich hier so schamlos herumtreibst!«

Da verstummte der fröhliche Lärm mit einem Male, und es wurde totenstill. Und aus der Stille erhob sich ein heftiger Wind, und aus dem Wind wurde ein Sturm. Er erfaßte das Mädchen und hob es höher und immer höher – bis in den Mond hinauf. Und dort sitzt sie nun noch heute und muß spinnen bis in alle Ewigkeit.

Im Spätsommer aber sinkt ihr Gespinst zur Erde nieder: feine weiße Fäden, die vom Wind durch die Lüfte geweht werden. Und die Kinder haschen danach und nennen sie »Metenfäden«, das heißt »Mädchenfäden«.

Das steinerne Schiff

Eine Fregatte segelte von Europa nach Mittelamerika, nach den Westindischen Inseln. Sie hatte auf der ganzen Fahrt guten Wind gehabt, so daß die Mannschaft in bester Stimmung war. Nur der alte Segelmeister des Schiffes stand mit nachdenklichem Gesicht abseits und starrte übers Meer.

»Kommt, trinkt ein Glas Wein mit uns«, rief ihm der Kapitän zu, der mit seinen Offizieren beim Becher saß. Und als sich der Angerufene nicht vom Fleck rührte, ging er zu ihm hinüber und fragte ihn: »Was sucht Ihr denn dort mit den Augen? Erst morgen werden wir unser Ziel erreichen und an Land gehen.«

»Das weiß ich«, erwiderte der Segelmeister. »Aber dort drüben in den Klippen, an denen wir bald vorüberfahren, muß das steinerne Schiff sein.«

»Das steinerne Schiff?« Der Kapitän lächelte ungläubig. »Wer hat schon je gehört, daß man Schiffe aus Stein baut?«

»Man baut sie nicht … Herr … auch dieses hat keiner gebaut, sondern …«

Die anderen Offiziere waren hinzugetreten. »Erzählt uns doch, was Ihr von dem steinernen Schiffe wißt«, rief einer der jüngeren.

»Vor etwa hundert Jahren«, begann der Segelmeister, »hatten die Spanier den bis dahin von ihnen selbst betriebenen Sklavenhandel an die Holländer verpachtet. Das war für beide Teile ein einträgliches Geschäft. Denn die Holländer segelten die Schiffe, die mit Glasperlen und anderem billigem Tand beladen waren, zunächst an die westafrikanische Küste und handelten dort Menschen ein, die ihnen Sklavenjäger aus dem Inneren des Landes zubrachten. Dann fuhren sie mit diesen Unglücklichen über den Atlantischen Ozean nach den Westindischen Inseln, wo sie die geraubten Sklaven an die Besitzer der Zuckerrohrplantagen verkauften. Von dort aber brachten sie den in Europa überall verlangten und hoch bezahlten Rohrzucker als lohnende Rückfracht in ihre Heimat.

Aber so großen Reichtum die Holländer mit diesen berüchtigten »Dreiecks-Fahrten« auch erwarben, es gab einen Schiffsbesitzer, der selbst damit nicht schnell genug reich werden konnte. Er wollte die schwarzen Sklaven billiger erwerben als durch Kauf, und er fuhr deshalb aus seinem Heimathafen an der Nordseeküste ohne Fracht ab – nur eine Anzahl Fässer süßen Schnapses an Bord.

In Afrika landete er auch nicht etwa an der sogenannten Sklavenküste, wo die großen Sklavenmärkte waren, auf denen die arabischen Händler die armen, im Inneren des Landes geraubten Menschen an die Europäer verkauften, sondern er fuhr tiefer nach Süden, bis er an ein Küstengebiet kam, wo sich noch niemals ein europäisches Schiff hatte blicken lassen.

Die Menschen, die hier wohnten, nahmen ihn sehr gastfreundlich auf. Sie schlachteten ihr Vieh, buken Fladen auf heißen Steinen und veranstalteten zu Ehren des Fremden ein großes Mahl, wobei getanzt und gesungen wurde bis in die späte Nacht. Am nächsten Tag lud der Holländer die freundlichen Schwarzen zu einem Gegenbesuch auf sein Schiff.

Die Eingeborenen, die noch niemals solch ein »schwimmendes Haus« gesehen hatten, kamen voller Neugier – Männer und auch Frauen – mit ihren Einbäumen an das Schiff herangefahren, kletterten behende die Strickleitern hinauf, die ihnen von oben zugeworfen wurden, und bestaunten wie Kinder alles, was ihnen fremd und seltsam vorkam.

Nur einer von ihnen stand schweigsam und abweisend auf Deck – das war der Schamane des Dorfes: der Priester und Medizinmann.

Er war ein großer Zauberer, und er hatte Unheil geweissagt. Aber seine Landsleute hatten ihn verlacht und waren trotz seiner Warnungen auf das Schiff der Fremden gekommen, und so war er denn schließlich, von großer Unruhe erfüllt, als letzter mit an Bord gegangen, stand aber nun in einer Ecke und beobachtete finster, was um ihn herum geschah.

Die Matrosen brachten ein Fäßchen und schenkten ihren Gästen ein. Diesen schmeckte der süße, starke Trank, der ihnen wie Öl durch die Kehlen rann und wie Feuer brannte. Mehr und mehr wollten sie davon haben, wurden lustig, sangen und lachten, wurden dann schläfrig und sanken einer nach dem andern zu Boden. Der Zauberer aber hatte kein Glas angerührt, und er sah mit steigender Besorgnis dem Treiben seiner Stammesbrüder zu.

Und diese Sorge war nur allzu berechtigt. Denn kaum war der letzte in den Schlaf gesunken, als auch schon die Matrosen des Schiffes mit starken Stricken herankamen und die Wehrlosen fesselten.

Auch den Zauberer wollten sie binden. Doch der hatte die Kräfte von drei Männern, und er wehrte jeden Angriff ab. »Ach, laßt ihn!« rief endlich der Kapitän. »Ob ihr diesen einen bindet oder nicht, darauf kommt es nicht an!« Und er gab Befehl, die Anker zu lichten und Kurs auf Westindien zu nehmen.

Das gab ein Weinen und Wehklagen, als am nächsten Tag die armen, überlisteten Menschen aus ihrem Rausch erwachten. Aber das Herz des Schiffers war schon längst verhärtet, und auch seiner Mannschaft hatte er jegliches Mitleid abgewöhnt. So kümmerte sich niemand um das Stöhnen der Gebundenen außer dem Schamanen, der ihnen aber auch nicht anders helfen konnte, als indem er mit ihnen sprach.

»Was wird aus uns?« fragten die Schwarzen.

»Man bringt uns in fremde Länder«, antwortete der Schamane, »um uns als Sklaven zu verkaufen.«

»Lieber sterben!« schrie da ein junger Bursche auf, der neben einem Mädchen lag, mit dem er in wenigen Tagen hatte Hochzeit machen wollen, und »lieber sterben!« seufzte auch sie.

»Denkt ihr alle so?« fragte der Schamane. »Wollt ihr alle lieber den Tod als die Sklaverei?« Und einer nach dem andern bejahte die Frage, der eine trotzig und todesmutig, der andere zaghaft und angstvoll. Allen aber erschien der Tod besser als die Qual, die sie erwartete.

»Dann seid getrost«, sagte der Schamane. »Euer Wunsch wird erfüllt sein, noch ehe die Sonne sich neigt.«

Die Matrosen des Schiffes waren nicht wenig erstaunt, als die Gefesselten zu jammern und zu stöhnen aufhörten und zu singen begannen. Das Lied klang erst leise und traurig, schwoll an zu einem mächtigen Chor, brach dann aber plötzlich ab, wie auf ein geheimes Kommando.

Die Stille, die folgte, wirkte unheimlich, und über den Schiffer legte sich eine schwere Beklemmung. Er trat an die Gefangenen heran, die völlig leblos nebeneinander lagen; als er aber einen nach dem andern mit dem Fuße anstieß, merkte er, daß er lauter Tote vor sich hatte.

Da sprang er auf den Schamanen zu, der noch immer mit finsterer Miene auf dem Deck stand. »Du!« schrie er außer sich vor Zorn, »du hast sie getötet!« Und er wollte sich auf ihn stürzen.

Doch der Schamane schaute ihn mit einem Blick an, daß der Schiffer innehielt und die Hand sinken ließ, und der Schamane rief ihm Worte zu, die der Holländer zwar nicht verstand, bei denen es ihm aber kalt über den Rücken lief.

Er wollte sich umdrehn, wollte zurückgehen zu seinen Leuten, konnte es aber nicht. Er wollte um Hilfe schreien, aber das Wort blieb ihm in der Kehle stecken. Und auch über die Mannschaft, als sie ihren Kapitän so stehen sah, kam ein Grausen. Einer nach dem andern fühlte, wie ihm die Glieder schwer wurden, und schließlich standen sie alle unbeweglich – zu Stein erstarrt.

Das Schiff aber trieb an die Küste und setzte sich dort am Strande fest, und so steht es da noch heute, mit aufrechten Masten und geblähten Segeln – alles zu Stein geworden!«

»Das habt Ihr gut erzählt!« meinte der Kapitän der Fregatte, und er klopfte dem alten Segelmeister auf die Schulter. Im selben Augenblick aber rief eine Stimme vom Vortopp: »Segler in Lee! Segler in Lee!« Der Kapitän hob sein Fernrohr vors Auge. »Oh« meinte er, »ein schönes Schiff! Aber wie sonderbar sich seine Segel blähen – so als ob der Wind von Osten käme – und er weht doch aus Süden. Das sieht ja ganz unheimlich aus! Was haltet Ihr davon Segelmeister?« Und er hielt dem Alten das Fernrohr hin. Der aber nahm es nicht, sondern sagte nur dumpf: »Kein Schiff, Herr! – Nur Stein!«

Eines rechten Wursters Kraft

Die Wurster haben mit den Hadelern nicht immer in so guter Nachbarschaft gelebt wie heute. Im Mittelalter ist viel Streit und Fehde zwischen ihnen gewesen, und sie haben sich gegenseitig großen Schaden angetan und sich um manchen Fußbreit Boden die Köpfe blutig geschlagen.

Schließlich aber sahen sie ein, daß Krieg nie mehrt, sondern immer nur verzehrt, und so beschlossen sie, ihr Recht auf ein strittiges Stück Land durch einen Zweikampf entscheiden zu lassen. Und so sandten denn die Hadeler ihren stärksten Mann in die Nachbarmarsch, damit er den Frers, den stärksten der Wurster, zum Kampf herausfordere.

Als der Hadeler in die Nähe von Kappeln gekommen war, führte ihn sein Weg an einem Acker vorbei, auf dem ein Pflüger hinter den Pferden her ging.

»Heda!« rief er ihn an, »kannst du mir sagen, wo der starke Frers wohnt?«

Der Angerufene blieb stehen, wandte sich um und musterte den Fragenden mit einem Blick von oben bis unten.

»Komm herüber!« rief er, »und setz dich auf meinen Pflug, dann kannst du zwischen den Bäumen hindurch seinen Hof sehn!«

Der Hadeler tut, wie ihm geheißen. Kaum aber hat er sich niedergesetzt, als der andre mit der Rechten Pflug samt Mann in die Luft hebt. »Dar wohnt he!« sagt er und zeigt mit der Linken auf ein Gehöft, »hier … steiht hel« sagt er und zeigt auf sich selbst.

Man erzählt, daß der Hadeler die Lust verloren habe, Händel mit dem Wurster anzufangen, und daß seit der Zeit nie wieder ein Streit zwischen den Bewohnern der beiden Marschen aufgekommen sei.

Von den Romöern zu den Büsumern

Die Menschen an der Waterkant können einen Spaß verstehen, und sie necken sich gegenseitig gern mit allerlei lustigen Geschichten.

So erzählt man sich von den Einwohnern der Insel Romö folgendes:

Als es einst bei ihnen Mode geworden war, rote Jacken zu tragen, hatte Paul Moders, ein armer Robbenfänger und Transchlucker, das Geld nicht, sich eine zu kaufen. Und wenn man ihn mit seiner abgeschabten grauen Joppe, die er sommers wie winters trug, hänselte, so zuckte er nur verächtlich die Mundwinkel: »Ihr mit euren roten Jacken! Ich könnte auch eine haben, aber sie gefallen mir nicht!«

Nun hatten sich die Leute auf Romö für sämtliche Dörfer nur eine einzige Kirche bauen können, die begreiflicherweise genau in der Mitte der Insel stehen sollte, und die Erbauer meinten es auch ganz richtig getroffen zu haben. Aber als man eines Tages nachmaß, fand man heraus, daß sie zwei Ellen zu weit nach Norden stand.

Da war guter Rat teuer, denn die Leute von den südlichen Dörfern fühlten sich benachteiligt, und gar leicht hätte daraus ein großer Streit entbrennen können.

Die Romöer beriefen deshalb ein Thing, auf dem

lange und heftig hin und her geredet wurde. Doch sie konnten zu keinem Ergebnis kommen, bis Paul Moders aufstand und sagte: »Ich weiß nicht, warum ihr euch so ereifert, die Sache ist doch ganz einfach. Wenn einige wenige Menschen imstande waren, unsere Kirche zu erbauen, dann kann es uns gemeinsam doch nicht schwerfallen, sie ein wenig von der Stelle zu rücken. Wenn wir uns also alle zusammen gegen die Nordwand stemmen, so wird die Kirche in kürzester Zeit zwei Ellen nach Süden gerückt sein.«

»Und wie soll man verhindern, daß sie dabei nicht etwa zu weit nach Süden zu stehen kommt?« fragten da die Leute aus den nördlichen Dörfern, denn sie fürchteten nun ihrerseits in Nachteil zu geraten.

»Oh, nichts leichter als das!« antwortete der listige Robbenfänger. »Meßt die zwei Ellen genau aus und legt an die Stelle, bis zu der die Kirche verschoben werden soll, eine rote Jacke!«

Das tat man denn auch, und dann ging es los. Mit ihren breiten Rücken stemmten sich die Männer der Insel gegen die Kirche und drückten und schoben, daß ihnen der Schweiß auf die Stirn trat.

Nach einer Weile sagte Paul Moders: »So, nun will ich mal nachsehn, wie weit wir gekommen sind«, und er lief um die Ecke.

Bald kam er auch schon wieder zurück und rief: »Halt! Es ist genug! Die rote Jacke ist nicht mehr zu sehen!«

Als Paul Moders am nächsten Sonntag zur Kirche ging, trug er eine rote Jacke.

»Nanu«, sagten die Leute, »wir dachten, die gefielen dir nicht?«

»Ach«, meinte er, »ihr habt schon recht, zuerst mochte ich sie gar nicht leiden ... aber da ich sie so oft an euch sah, hab ich mich eben daran gewöhnt!«

Aber nicht nur die Leute von den Inseln müssen es sich gefallen lassen, daß man über sie lacht, auch über die vom Festland weiß man sich manches zu erzählen.

Büsum ist unmittelbar an der Nordsee gelegen, und da ist es kein Wunder, daß seine Bewohner alle recht gute Schwimmer sind.

So schwammen eines Tages neun Büsumer Burschen hinaus in die See, und als sie schon eine ziemliche Strecke zurückgelegt hatten, sagte der vorderste: »Nun will ich doch einmal zählen, ob wir noch alle beisammen sind und keiner von uns ertrunken ist.« Und von einem zum andern blickend, begann er: »Eins, zwei, drei, vier, fünf, sechs, sieben, acht – wahrhaftig, da ist einer ertrunken!«

Als die andern das hörten, wollten sie es zuerst nicht glauben. Dann begannen auch sie zu zählen, aber auch sie kamen stets zu demselben Ergebnis, und so schwammen sie ganz bestürzt zurück und suchten alles ab, ob sie nicht wenigstens die Leiche ihres ertrunkenen Kameraden finden könnten.

Da kam ein Fremder vorbei, und der fragte sie nach dem Grund ihres Kummers. Und als sie ihm die traurige Geschichte erzählten, schüttelte er zunächst einmal verwundert lächelnd den Kopf. Dann aber gab er ihnen den guten Rat, doch einmal ihre Nasen in den Sand zu stecken und dann die Löcher zu zählen.

Gesagt, getan – und es waren richtig neun Löcher!

Man sollte es nicht für möglich halten! Wie konnte das nur zugegangen sein?

Die Büsumer waren natürlich Fischer und fuhren mit ihren Booten auf die See hinaus. Daß es aber auch Fahrzeuge gibt, mit denen man auf dem Lande fahren kann, hatten sie noch nicht gewußt.

Da kam eines Tages ein Bauer mit einem Pferdewagen in ihr Dorf, und aus allen Höfen strömten die Leute herbei, um ihn zu begaffen. Und vor allem das Pferd hatte es ihnen angetan: Der eine befaßte es am Schweif, der nächste streichelte seine Flanken, der dritte bewunderte die Mähne – und der vierte bückte sich und hob auf, was es hatte fallen lassen.

Doch der Bauer war ein Schalk, und so sagte er: »Gebt mir den Pferdesamen her! Den kann ich euch nicht lassen.«

Pferdesamen? Bei diesem Wort horchten die Büsumer auf. Potztausend, das wäre nicht ohne! In den Dünen ließe sich bestimmt ein Feld ausfindig machen, um ihn darauf auszusäen – und wenn er dann aufginge, würden sie Pferde haben, würden sich Wagen bauen und die Pferde davorspannen. Dann könnten sie ihre Fische weit über Land fahren und so einen viel besseren Preis erzielen als an der Küste.

Sie wurden also mit dem Bauern handelseinig, kauften ihm den Pferdesamen um viel Geld ab und säten ihn in den Dünen aus.

Nach einer Weile gingen sie hinaus, um nachzusehen, wie weit die Pferde wohl gediehen seien. Und da lag der Pferdesamen noch breit in der Furche, und als ihn einer mit dem Fuß berührte, kamen darunter eine Anzahl Mistkäfer hervor. »O die niedlichen Fohlen!« rief er ganz glücklich. »Kommt und seht, die sind aus den Samen ausgekrochen!«

Alle liefen herbei und freuten sich unbändig, als sie die Käfer sahen, zählten sie im stillen, überschlugen, welch guten Kauf sie gemacht hätten, und waren stolz darauf, was für kluge Leute sie doch seien.

Da kamen plötzlich ein paar Elstern angeflogen und pickten einen der Käfer nach dem andern auf. Umsonst warfen die Büsumer mit Steinen nach ihnen, sie trafen sie nicht. Und hätten ihnen die Elstern nicht ihre Pferde alle aufgefressen, als sie noch ganz klein waren, so hätten sie sicherlich aus dem Pferdesamen die schönsten Rosse großgezogen.

Solche und ähnliche Geschichten erzählt man sich von den Leuten an der Waterkant noch viele. Doch ich werde mich hüten, mehr davon zu berichten, sonst könnten sie am Ende gar noch böse auf mich werden.

Knaben sprechen Recht

Nicht weit von der Mündung der Wiedau in die Nordsee – dort, wo der Fluß sehr tief ist und seine Ufer steil sind und hoch – fiel ein Mann, der nicht schwimmen konnte, ins Wasser und rief laut um Hilfe. Zum Glück waren Menschen in der Nähe, und rasch griff einer nach einer langen Stange und lief herzu, um dem Ertrinkenden damit ans Ufer zu helfen. Er stieß dabei aber dem Verunglückten, der zu hastig nach der Stange griff, mit ihrer Spitze ein Auge aus. Dieser verklagte daraufhin seinen Retter auf Schadenersatz.

Die Klage kam vor das Thing. Doch konnte sich der Hardesvogt nicht entschließen, ein Urteil zu fällen, denn er fürchtete, in jedem Falle einem von ihnen irgendwie Unrecht zu tun. Darum schob er die Entscheidung bis zum nächstjährigen Gerichtstag auf.

Als das Jahr um war und die Sache von ihm nun unbedingt so oder so entschieden werden mußte, war sich der Hardesvogt über sie noch um kein bißchen klarer geworden. Er wußte sich durchaus keinen Rat, und er war deshalb auf seinem Ritt nach Tondern, wo das Thing stattfinden sollte, recht mißmutig und niedergeschlagen.

So kam er auch an dem kleinen Dorf Rohrkarrberg vorbei, und da sah er an einem großen Steinhaufen drei Knaben stehn, so etwa elf oder zwölf Jahre alt, die sich zu streiten schienen, denn sie sprachen laut und lebhaft aufeinander ein.

»He, he, ihr Jungen!« rief ihnen der Hardesvogt zu, »könnt ihr nicht Frieden halten miteinander?«

»Aber wir streiten uns doch gar nicht!« bekam er zur Antwort. »Wir spielen doch bloß.«

»So. Und was spielt ihr denn?«

»Thing spielen wir!« riefen alle drei wie aus einem Munde.

Begierig, zu erfahren, um was es da wohl gehe, hielt der Hardesvogt sein Pferd an, und einer der kleinen Flachsköpfe, die ihn ja nicht kannten, erklärte es ihm: »Dies hier ist der Mann, der in die Wiedau fiel. Und da steht der, der ihm mit der Stange zu Hilfe kam und ihm dabei ein Auge ausschlug, ihm aber den verlangten Schadenersatz verweigert.«

»So und da solltest du wohl Recht sprechen, du kleiner Hardesvogt?«

»Ja, das soll ich!«

»Oh, das dürfte gar nicht so leicht sein«, antwortete der Reiter.

Da lachte der Knabe ihn an. »Aber das ist doch ganz einfach, Herr! Ich lasse den Kläger genau wieder an der Stelle, an der er damals hineinfiel, in die Wiedau werfen – und kann er sich allein heraushelfen, so muß der, der ihm das Auge herausstieß, den Schaden bezahlen! Ertrinkt er aber, dann ist die Sache erledigt, denn es gibt keinen Kläger mehr!«

Als der Hardesvogt aus dem Munde eines Kindes dieses Urteil hörte, verschlug es ihm vor Staunen die Sprache.

Dann lächelte er plötzlich, nickte dem Knaben freundlich zu, ritt zum Thing und sprach dort Recht nach der Weisheit des Kindes.

Doch der Kläger bat händeringend, er möge ihm erlauben, seine Klage zurückzuziehen.

Wollte er doch um alles in der Welt nicht ein zweites Mal in die Gefahr des Ertrinkens geraten!

Der Klawenbusch

Auf den Inseln der Nordsee ist das Holz sehr rar. Bei Kampen auf Sylt aber war die ganze Talschlucht bis nach der Wuldemarsch hinunter mit kräftigem Gebüsch bedeckt. Man hieß es das Wolderholz oder auch, sogar häufiger, den Klawenbusch, weil die Bauern aus seinen krummen Hölzern eine Art Pferdegeschirr anfertigten, das man »Klawen« nannte.

Nun wachten aber die Einwohner von Kampen, auf deren Gemarkung das Gehölz stand, eifersüchtig darüber, daß sich nicht etwa die Bewohner der übrigen Dörfer an diesem kostbaren Bestand vergriffen. Ja, selbst gegenseitig gönnten sie einander nichts davon, und wenn sich einer von ihnen einen neuen Klawen schnitzte, dann meinten die andern gleich, das sei doch noch gar nicht nötig gewesen, der alte hätte wirklich noch eine Zeitlang getaugt.

Schließlich kam es so weit, daß keiner mehr dem andern traute und jeder sich heimlich überreichlich mit Holz versah, und das binnen kurzem vom ganzen Klawenbusch nur noch ein einziger Hagedorn übrig war.

Da kamen die Kampener zwar zur Besinnung und sahen ein, daß sie sich aus Neid und Habgier um ihr kostbarstes Gut gebracht hatten. Aber es war zu spät,

der Busch wuchs nicht wieder, und nur der letzte Hagedorn blieb einsam stehen: als Warnung für alle,
die nur an ihren eigenen augenblicklichen Nutzen
denken und so dem Gemeinwesen schaden.

Spatenrecht

Seit die Friesen an der Küste der Nordsee wohnen, führen sie einen unablässigen Kampf mit dem Meer, das mit seinen Fluten ihre Dörfer überschwemmt und ein Stück Land nach dem andern in seine Tiefe reißt. Eines nur kann helfen: Deiche zu bauen, die fest genug sind, um auch der wildesten Sturmflut zu trotzen.

Hart und mühselig ist diese Arbeit. Aber gar manche Fläche fruchtbaren Bodens wurde auf diese Weise der Nordsee wieder abgerungen. Und in dem Schutz ihrer Deiche bauten die Friesen ihre Höfe, bearbeiteten sie ihre Felder. Und jeder Bauer hatte einen bestimmten Teil des Deiches in Ordnung zu halten.

Alljährlich aber, ehe die Winterstürme einsetzten, gingen die Männer des Dorfes unter der Führung des von ihnen gewählten Deichgrafen hinaus und überprüften die Deiche. Fanden sie Schäden, so mußte der sie ausbessern, zu dessen Hof der Deich gehörte. Und es war ein altes, ungeschriebenes Gesetz, daß, wer diese Arbeit zu tun sich weigerte, als Zeichen dafür seinen Spaten in die Erde des Deiches stoßen mußte – und wer ihn herauszog und die Arbeit verrichtete, dem gehörten von nun an das Land und der Hof, die zum Deich gehörten.

Nun lebte einmal in einem friesischen Dorf ein

Bauer mit Namen Edo Boling. Er besaß einen stattlichen Hof und viel fruchtbares Marschland. Er war aber bekannt als ein Dickschädel ohnegleichen, der sich von keinem Menschen in seine Angelegenheiten hineinreden ließ.

Als nun der Tag der Besichtigung kam und die Männer die Deiche abschritten, fanden sie, daß Edo Bolings Deich dringend ausgebessert werden müsse. Aber Edo weigerte sich. »Der hält noch lange«, sagte er. »Und so schlimm sind die Fluten in den letzten Jahren ja auch nicht gewesen!«

»Darauf wollen wir uns lieber nicht verlassen«, hielt ihm der Deichgraf ernsthaft entgegen, und alle Deichgeschworenen stellten sich auf seine Seite.

Doch je mehr man den alten Edo zu überzeugen versuchte und ihm im guten zuredete, desto starrköpfiger wurde er, bis schließlich dem Deichgrafen die Geduld riß und er ihn zornig anschrie: »Wenn du nicht willst, so stoß deinen Spaten in die Erde!«

Das ließ sich Edo nicht zweimal sagen. Mit aller Kraft stieß er den Spaten so tief in den Deich hinein, daß das ganze Grabscheit darin steckte und nur noch der Schaft herausragte. Dann sah er sich mit blitzenden Augen im Kreise um und rief: »Wer von euch wagt es, mich um das Meine zu bringen?«

Jeder im Dorf kannte den alten Edo, kannte seine Streitsucht, seinen Jähzorn. Kannte auch seine vier starken Söhne, die dem Vater nachschlugen – zumindest was den Trotz und die Hartköpfigkeit betraf. Keiner wollte es mit ihnen zu tun bekommen.

So blieb denn der Spaten im Deiche stecken. Sein Blatt rostete, sein Schaft wurde grau.

Bis die Flut kam, ihn aus der Erde riß, und sich Hof und Land des alten Edo dazuholte – nach Spatenrecht.

Das Osetal

In Wenningstedt auf Sylt wohnte einst ein Bauer mit Namen Wilken Hahn. Der hatte die Gepflogenheit, jedes Jahr alle Nachbarn und Freunde, die ihm in der Ernte geholfen hatten, zum Schmaus einzuladen. Da ging es dann hoch her, denn Ose, seine Frau, weithin bekannt als tüchtige Wirtin, verstand die schmackhaftesten Gerichte zu bereiten und ein vorzügliches Bier zu brauen.

Eines Jahres nun war die Ernte ganz besonders gut gewesen, und so hatte Wilken Hahn diesmal auch besonders viele Gäste zum Ernteschmaus geladen. Das ganze Haus war mit Blumen geschmückt, vom Erntekranz flatterten die bunten Seidenbänder, die Musikanten stimmten ihre Instrumente, und das Festbier schäumte in den Humpen.

Frau Ose hatte alle Hände voll zu tun. Sie ging von einem Tisch zum andern, um zu sehen, ob alle Gäste zu ihrem Recht kämen – gab auch jedem ein freundliches Wort –, und da war gar mancher unter ihnen, der Wilken Hahn um seine schöne, stattliche, schaffensfrohe Frau beneidete.

Gerade ließ sie ihre Augen über die gedeckten Tische schweifen und stellte befriedigt fest, daß alles in Ordnung war (genügend Bier in den Kannen und auch vom Gebackenen und Gebratenen reichlich) und daß es den Gästen schmeckte – da kam aus dem

Raum, in dem das junge Volk tanzte, ihre Nichte gestürzt und hinter ihr her ein Bursche, hochrot im
Gesicht. »Ich tanze nicht mehr mit dir, Jens!« rief das
Mädchen und lief zu ihrer Tante. »Er dreht mich wie
toll im Kreise und will mich gar nicht wieder loslas-
sen.« – »Aber du weißt doch, Dörte, daß ich dich lieb
habe. Weißt, daß ich dich heiraten will.« – »O und
du weißt, daß ich dich nicht leiden kann!«

Frau Ose trat zwischen die Streitenden. »Geh,
such dir ein anderes Mädchen, Jens!« sagte sie be-
schwichtigend zu dem Burschen, und, zu ihrer
Nichte gewandt: »Am besten, Dörte, du gingest nach
Hause!«

Aber der Bursche, der dem Bier schon reichlich
zugesprochen hatte, ließ sich nicht abweisen, und
Frau Ose mußte ihren Mann herbeirufen, dem
Mädchen vor dem Zudringlichen Ruhe zu verschaf-
fen.

Nun war Wilken Hahn ein jähzorniger Mensch,
und als er hörte, worum es sich handelte, packte er
kurz entschlossen den Burschen am Kragen, um ihn
vor die Tür zu setzen. Der wehrte sich aber, und
seine Kameraden kamen ihm zu Hilfe, und im Hand-
umdrehen entstand eine Schlägerei. Das brachte
den Gastgeber zum äußersten, und mit einer Axt,
die zufällig zur Hand lag, schlug er den Burschen zu
Boden.

Entsetzt wichen alle zur Seite.

Frau Ose erbleichte bis in die Lippen, als sie erkannte, daß ihr Mann einen Totschlag begangen
hatte. Keiner wagte, sich ihm zu nahen. Er selbst
starrte wie von Sinnen auf sein Opfer. Ein Mann aus

des Toten Sippe aber schwang sich aufs Pferd, um den Vogt zu holen.

Als Frau Ose das sah, trat sie an Wilken heran, griff nach seiner Hand, sagte »Komm!« und zog ihn, ohne daß jemand sie gehindert hatte, fast wider Willen mit.

Als der Vogt mit seinen Knechten erschien, war Wilken Hahn verschwunden. »Wo hast du ihn versteckt?« herrschte der Vogt Frau Ose an. Doch sie beteuerte, er wäre geflohen – nur wüßte sie nicht, wohin. Bis in die Nacht hinein suchte man nach ihm. In jedem Haus, in jedem Stall, in jedem Strohschober – aber es war vergebens. Und als die Leute zum Strand hinunterkamen und bemerkten, daß sein Boot fehlte, zweifelte niemand mehr daran, daß es ihm gelungen sei, von der Insel zu entkommen und sich seinen Richtern zu entziehen.

Also mußte nun Frau Ose schwere Buße zahlen für den Erschlagenen. Und weil sie soviel Geld nicht hatte, war sie gezwungen, ihre besten Äcker zu verkaufen. Was ihr aber an Land übrigblieb, bewirtschaftete sie allein, und sie arbeitete unentwegt von morgens bis abends, um sich mitsamt ihren drei kleinen Kindern durchs Leben zu schlagen. Und überall achtete und ehrte man sie, denn sie griff tapfer auch die schwerste Männerarbeit an und klagte niemals.

So waren mehrere Jahre ins Land gegangen, und von dem flüchtigen Mann fehlte jede Spur.

Da Frau Ose aber trotz ihres Kummers und all der harten Arbeit immer noch eine schöne, stattliche Frau war, beschloß ein reicher Witwer, der in einem benachbarten Hof wohnte, um sie zu werben; denn ihr Mann, sagte er sich, war ja verschollen und ganz gewiß tot. Und um herauszubekommen, wie sich Frau Ose zu seinem Ansinnen stelle, schickte er ihr seine Muhme ins Haus.

Die brauchte nicht erst lange um die Sache herumzureden. Denn kaum hatte Frau Ose verstanden, wovon die Besucherin sprach, als sie ihr klipp und klar sagte, daß sie niemals auch nur im entferntesten daran denke, eine zweite Ehe einzugehen. Sie sei und bleibe Wilken Hahns Frau, und im übrigen könne doch gar niemand wissen, ob ihr Mann gestorben sei. Er könne also jederzeit wiederkommen.

Als die Muhme diese abschlägigen Worte vernahm, faßte sie Frau Ose scharf ins Auge, und plötzlich lächelte sie hinterhältig und sagte höhnisch: »Es wird schon einen Grund haben, weshalb Ihr meinen Vetter nicht heiraten wollt. Wer weiß, was für einen heimlichen Liebhaber Ihr habt.«

Bald munkelten die Leute im Dorf, daß etwas nicht stimme mit Frau Ose. Und es dauerte tatsächlich nicht lange, da brachte die arme Frau ein Kind zur Welt. Das hielt man damals für eine große Schande, und die Menschen, die bisher nur das Beste von ihr gedacht hatten, gingen ihr nun aus dem Wege; denn mit einer Ehebrecherin wollten sie nichts zu tun haben.

Als Frau Ose den Vater ihres Kindes angeben sollte, schwieg sie. Man drang in sie, versuchte sie mit allen Mitteln zur Aussage zu bewegen, drohte ihr sogar mit peinlichem Verhör – umsonst, es war kein Wort aus ihr herauszubringen. Da ließ man sie gehen, doch grüßte kein Nachbar sie mehr, und auch die, die ihr bisher gern geholfen hatten, zogen sich nun von ihr zurück, so daß die arme Frau es schwerer hatte als je zuvor.

Der Muhme allerdings ließ die Neugierde keine Ruhe, und sie trachtete mit allen Mitteln danach, Frau Oses Geheimnis zu ergründen. Von früh bis spät beobachtete sie von ihrem Fenster aus den Nachbarhof, und vor allem nachts lag sie auf der Lauer – wollte sie doch unbedingt herausbekommen, wer da wohl heimlich aus- und eingehe.

Und endlich, nach langem vergeblichem Bemühen, hatte sie Glück. Denn da hörte sie in tiefdunkler Nacht drüben das Tor in den Angeln kreischen, und als sie aus dem Fenster spähte, sah sie eine schattenhafte Gestalt sich entfernen. Da eilte sie aus dem Hause und schlich ihr nach.

Die Gestalt war so vermummt, daß man nicht erkennen konnte, ob Mann oder Frau, und schritt so schnell aus, daß die Verfolgerin Mühe hatte, sie nicht aus den Augen zu verlieren.

In den Dünen aber verschwand sie plötzlich, wie vom Erdboden verschluckt.

Zwar war der Muhme dabei nicht ganz geheuer, doch sprach sie sich selber Mut zu, denn sie wollte nicht unverrichteterdinge heimkehren. Sie ging also auf die Stelle zu, wo sie die Gestalt zum letzten Male gesehen hatte, und da bemerkte sie etwas weiter weg einen schwachen Lichtschein. Leise schlich sie sich näher, bis sie mitten im dichten Gestrüpp vor dem Eingang einer Höhle stand und tief drinnen im flackernden Licht eines Kienspans Frau Ose erkannte … und ihren Mann.

Da lief die Frau ins Dorf zurück und rief eilends Leute herbei, und es stellte sich heraus, daß der, nach dem man so lange vergeblich gesucht, die Insel gar nicht verlassen hatte, sondern in der Höhle all die Jahre hindurch von seiner treuen Gattin mit allem, was er brauchte, versorgt worden war.

So konnte man erst jetzt den Schuldigen seinen Richtern zuführen. Die aber hatten Mitleid mit der Frau. Wie tapfer hatte sie ihr schweres Schicksal getragen – und wie standhaft war sie geblieben, ihren Mann selbst in tiefster eigener Not nicht zu verraten! Und deshalb bezeichneten sie die Schuld als verjährt und ließen Wilken Hahn zu seiner Familie zurückkehren. Zum Andenken an Frau Oses aufopfernde Liebe aber nannten die Leute das Tal in den Wenningstedter Dünen das »Osetal«; und diesen Namen trägt es auch heute noch.

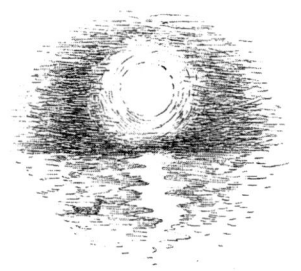

Der Brautzug

Sylt ist die größte unter den nordfriesischen Inseln. Langgestreckt und wie ein Schild gewölbt, stemmt sie sich den Wogen der Nordsee entgegen.

Einst war sie noch wesentlich größer als heute, und ihre Bewohner, die ein freies Leben führten, verstanden es, dem Meer und dem Lande seine Schätze abzugewinnen. Und doch gab es auch unter ihnen Arme und Reiche.

So befand sich in der Nähe des Westdeiches ein stattliches Bauerngut, auf dem eine schöne Tochter heranwuchs, und die Eltern wollten sie, damit Reichtum zu Reichtum käme, einem entfernten Verwandten zur Frau geben, der ebenfalls ein großes Vermögen besaß.

Das Mädchen aber wollte von dem Manne nichts wissen, denn es hatte sich heimlich schon einem andern versprochen. Dieser Bursche war ein armer Fischer, und das Mädchen traute sich deshalb nicht, den Eltern seine Liebe zu gestehen. So trafen sich die beiden nur heimlich nachts in den Dünen.

Eines Abends nun, als sich die Liebenden wieder zueinandergeschlichen hatten, sagte der Jüngling: »So kann es mit uns nicht weitergehn. Ich weiß, daß dein Vater nie und nimmer seine Tochter einem Habenichts zur Frau geben wird. Darum bleibt mir nur eines: Ich muß zur See gehen und zusehn, ob ich nicht da mein Glück machen kann. Schon mancher, der, als er auszog, nicht mehr besaß, als was er auf dem Leibe trug, ist als reicher Mann heimgekehrt. Darum habe ich mich heute auf einem Kauffahrteischiff anheuern lassen.«

Bestürzt erwiderte das Mädchen: »Und wenn du nun ganz fortbleibst? Wenn du überhaupt nicht wiederkehrst?« Und sie begann zu weinen.

»Aber ich komme doch wieder!« versicherte der Bursche. »Spätestens heute übers Jahr werde ich vor deinem Vater stehn und dich zur Frau verlangen. Wirst du auf mich warten?«

Und als sie unter Tränen nickte, schnitt er ihr eine Locke aus dem blonden Haar und steckte ihr einen schmalen silbernen Ring an den Finger, und sie versprachen einander Treue bis in den Tod.

Als das Mädchen nach Hause ging, war ihr das Herz schwer, und ehe sie durch die Türe trat, streifte sie den Ring ab, damit niemand sie danach fragen sollte, und hielt nach wie vor alles geheim, weil sie Angst hatte vor dem Zorn des Vaters. Ihre Eltern aber und die Anverwandten drangen immer weiter in sie, doch dem reichen Freier ihr Jawort zu geben, und auch er kam immer häufiger zu Besuch und brachte jedesmal noch schönere Geschenke für sie mit.

Erst weigerte sie sich standhaft. Als aber ein Monat um den andern ins Land zog und sie von ihrem Liebsten auch nicht ein einziges Mal eine Nachricht erhielt, dachte sie: ›Wer weiß, ob er überhaupt zu mir zurückkommen will? Ob es ihm nicht besser gefällt in den fernen Ländern? Ja, ob er nicht gar eine andere gefunden hat, mit der er sich noch lustig macht über mich?‹

Diese bitteren Gedanken drückten ihr das Herz ab. Und so kam es, daß sie dem Drängen ihrer Mutter, doch wenigstens einmal einen Besuch zu machen auf dem Gut des reichen Verwandten, endlich nachgab.

Dort gingen ihr die Augen über von dem, was sie zu sehen bekam. Denn lebten sie schon auf dem Hofe ihres Vaters nicht ärmlich, so war hier alles in Hülle und Fülle vorhanden, und Kammern und Scheunen, Truhen und Kästen waren voll bis oben hin, so daß der Reichtum, der vor ihr ausgebreitet lag, schließlich ihr Herz übermannte.

»Es ist gut«, sagte sie zu ihrer Mutter, »ich will tun, was Ihr von mir verlangt.«

Wie freute sich der reiche Freier, als er die Einwilligung des Mädchens vernahm. Und als er auf eine rasche Heirat drängte, sträubte sie sich auch dagegen nicht mehr. Wollte sie doch die Stimme ihres Herzens zum Schweigen bringen.

So wurden denn die Vorbereitungen zur Hochzeit getroffen, und von überallher strömten die Gäste herbei. Nicht nur aus allen Dörfern von Sylt kamen sie, sondern auch von den Nachbarinseln – von Amrum und Föhr und Romö – ja sogar vom Festland.

Selten hatte man eine so schöne Braut gesehen. Das Hochzeitsgewand aus schwarzem und rotem Tuch, auf das zahlreiche goldene Münzen aufgenäht waren, stand ihr gut zu dem schmalen Gesicht und den blonden Flechten. Die schwere Brautkrone, die

sie auf dem Kopfe trug, zwang sie zu gemessenem Schreiten, und ihre Augen hatten einen seltsamen Glanz.

So bewegte sich der lange Zug zum Kirchdorf hin, an der Spitze die Bläser, darauf der Hochzeitsbitter mit seinem von bunten Bändern umwehten Stab, und ihnen folgten das Brautpaar und die endlose Schar der Gäste.

Auf der Heide zwischen Tinnum und Keitum begegnete ihnen ein altes Weib. Alle nahmen an, sie werde dem Hochzeitszug bescheiden ausweichen, doch sie pflanzte sich mitten im Wege auf, erhob den Krückstock und gebot Halt.

Hatten ihre Augen zwingende Gewalt? Wagte es niemand, sie zur Seite zu drängen?

Betreten stockte der ganze Zug.

Da rief die Alte mit schriller Stimme: »Ihr Leute, reißt der Braut die Krone vom Kopf! Sie ist eine Ungetreue!« Untreue aber gilt unter den Friesen als die größte Schande, und der Bräutigam konnte eine solche Schmähung seiner Braut nicht hingehen lassen. Darauf antwortete er, rot vor Zorn: »Das lügst du, Alte, und wenn wahr ist, was du sagst, will ich hier an dieser Stelle zu Stein erstarren mit meiner ganzen Sippe! Ist es aber nicht wahr, so sollst du deine Worte teuer bezahlen!« Und er wollte auf das Weib zuspringen.

Die Alte jedoch ließ sich nicht einschüchtern. Wieder erhob sie ihren Krückstock, und ein furchtbarer Donnerschlag ließ den ganzen zu Tode erschrockenen Hochzeitszug zu Boden sinken.

Als sich die Gäste, noch am ganzen Leibe zitternd,

endlich wieder erhoben, war die Alte verschwunden, aber auch das Brautpaar und dessen Anverwandte sah man nicht mehr. Nur eine Gruppe hoch aufragender schlanker Granitsteine stand dort, wo vorher Menschen gewesen waren. Und an dem einen von ihnen war ganz deutlich ein auseinandergesprungener silberner Ring zu erkennen.

Wenige Wochen später kehrte der Verlobte des Mädchens heim. Es war ihm geglückt, Reichtum zu erwerben, und er wähnte sich schon am Ziel aller seiner Wünsche. Als er jedoch erfuhr, was sich zugetragen hatte, hielt ihn nichts mehr in seiner Heimat. Er verließ sie zur selben Stunde auf immer, und kein Sylter hat ihn je wieder gesehen.

Noch heute aber steht auf der Heide zwischen Tinnum und Keitum der steinerne Brautzug – allen Mädchen zur Warnung, ihr Wort nicht leichtsinnig zu geben und ein einmal gegebenes niemals zu brechen.

Hake Betkens Tauben

Es war im Herbst des Jahres 1618. Der Krieg, der dreißig Jahre lang die deutschen Lande verwüsten und soviel Not und Elend über die Menschen bringen sollte, hatte eben begonnen.

In einer Herberge zu Bremen saßen drei Burschen. Ihre Kleider sahen heruntergekommen aus, und ihre Gesichter, so jung sie noch waren, trugen bereits deutliche Spuren eines unsteten Lebens. Sie tuschelten miteinander und ließen ihre Augen im Raume umherschweifen, aber die Bürger an den anderen Tischen taten, als bemerkten sie die zudringlichen Blicke nicht. Denn in den unruhigen Zeiten machte viel übles Gesindel die Straßen unsicher, und niemand mochte sich mit Unbekannten einlassen.

Da tat sich die Tür auf, und ein Bauer trat ein.

»Den kenne ich«, sagte der eine der drei Burschen zu seinen Gesellen. »Es ist Hake Betken aus Büttel im Wührener Land. Der hat mit meinem Vater manchen Handel abgeschlossen, und er wird sich gewiß auch meiner noch erinnern!« Und damit stand er auf, um den Angekommenen zu begrüßen.

Hake Betken erkannte ihn auch sofort als den Sohn des Vogtes Frese aus Wremen, auf dessen Hof er oft eingekehrt war – sei es, um ein Geschäft abzuschließen, oder auch nur aus Freundschaft. Denn

168

die Leute aus Büttel und die aus Wremen hielten gute Nachbarschaft miteinander. Daß aber Willem Frese von daheim fortgelaufen war, sich im Lande herumtrieb und seinem Vater Kummer und Schande machte, das wußte der Bauer freilich noch nicht, und so hatte er auch kein Arg, der Einladung des Vogtssohnes Folge zu leisten und mit an den Tisch zu kommen, an dem die drei ihr Bier tranken. Willem stellte seine beiden Gesellen dem Bauern vor als Johann Hilliken aus Bulkau an der Elbe und als Frerich Rinsel aus Berlin in der Mark Brandenburg.

Sie begannen auch gleich mit Hake Betken ein Gespräch. Es gab ja genug zu reden über den Krieg, der jüngst in Böhmen ausgebrochen war, und über all die Befürchtungen, die man an ihn knüpfte.

Dann brachte Willem Frese das Gespräch von den allgemeinen Dingen auf die persönlichen. Er erzählte, daß seinem Vater vor kurzem ein Pferd zu Schaden gekommen sei, und fragte, was Hake Betken in die Stadt geführt habe. »Da werdet Ihr sicherlich nicht ohne einen schönen Batzen Geld nach Büttel zurückkehren. Denn soviel ich weiß, habt Ihr das beste Vieh weit und breit. Und zumal Eure Pferde kennt man weithin auf allen Märkten.«

»Das will ich meinen!« sagte der Bauer und lachte, denn er freute sich der guten Meinung. »Reite da eben einen jungen Hengst, der nicht so bald seinesgleichen hat! Bin zwar schon den ganzen Tag unterwegs, aber es würde ihm nichts ausmachen, ohne Rast die Nacht hindurch auch gleich noch bis nach Hause zu traben.«

»Wäre eigentlich gar nicht schlecht«, gab Willem zurück. »Ihr könntet dann das Geld für die Herberge sparen.« – Ach, das Geld für die Herberge, auf das kommt mir's wahrlich nicht an, erwiderte ihm Hake Betken. »Und meine nicht mehr ganz jungen Knochen freuen sich schon aufs Bett.«

Da mischte sich Johann Hilliken ins Gespräch. »Na Bauer«, sagte er, »so ist es leicht, große Worte zu machen. Ich wette aber, daß mein Gaul, der draußen steht, es mit dem Euren gut und gerne aufnehmen kann.« Und Frerich Rinsel fügte hinzu: »Auch ich habe ein tüchtiges Pferd. Und die Nacht ist mondhell und so still, daß es eine Lust wäre zu reiten.«

»Laßt sein, Freunde!« fiel Willem ein. »Der Bauer muß seinen Hengst eben doch schonen nach dem langen Ritt, und die eigene Müdigkeit schützt er nur vor.«

Das war gerade das richtige Mittel, an Hake Betken heranzukommen. Denn was ein rechter Bauer ist, der nimmt lieber selber einen Spott hin, als daß er etwas auf seine Tiere kommen ließe.

»Nun denn«, sagte er. »Reiten wir!«

Die Burschen hatten, so heruntergekommen sie aussahen, alle drei doch recht gute Gäule im Hof der Herberge stehen. Man frage nur nicht, aus wessen Stall sie stammen – mit wessen Hafer sie gefüttert sind!

So machten sie sich denn zu viert auf den Weg und kamen bald über die Lesum und an der Leuchtenburg vorbei bis zu einer Stelle, wo der Weg sich teilte.

»Welche Straße nehmen wir?« fragte Frerich. »Ist

mir gleich«, antwortete Hake Betken, »sie führen ja doch beide wieder zusammen!« – »Aber die rechte ist kürzer«, meinte Johann. – »O nein«, sagte der Bauer, »sie sind beide gleich lang!« – »Warum sich streiten?« lachte der Vogtssohn. »Und da sie gleich lang sind, ist das die beste Gelegenheit, unsere Pferde zu erproben. Reitet Ihr den linken, Hake Betken, so nehmen wir den rechten. Und wer zuerst ankommt, wo die Wege wieder zusammenstoßen, der schießt seine Pistole ab zum Zeichen, daß er die Wette gewonnen hat.«

Damit gaben die drei Burschen ihren Pferden die Sporen und jagten davon.

Den Bauern hatte diese Herausforderung um jede Vorsicht gebracht. Er feuerte sein Roß an, daß es dahinschoß wie ein Pfeil, der von der Sehne schnellt, und er erreichte das Ziel als erster. »Natürlich«, sagte er zu sich selbst, »prahlen können die jungen Leute. Wenn es aber darauf ankommt …« Und er drückte die Pistole ab. Er dachte auch nicht daran, sie etwa gleich wieder zu laden, sondern lauschte nur angestrengt in die Nacht hinein. Doch hörte er weder Antwortschüsse noch Pferdegetrappel.

Denn kaum hatten die Burschen das verabredete Zeichen vernommen, als sie ihre Gäule anbanden und die letzte Strecke Weges durchs Dickicht schleichend zurücklegten. So überfielen sie den Bauern zugleich von drei Seiten.

»Dein Geld!« rief Johann. – »Und dein Leben!« setzte Willem hinzu und legte an, »damit du uns nicht verraten kannst!«

Zu spät erkannte der Überrumpelte die Gefahr, und ehe an Flucht oder Gegenwehr auch nur zu denken war, traf ihn die Kugel. Das Pferd aber scheute vor Schreck, warf ihn ab und jagte davon.

Im selben Außenblick rauschte es auf, und ein Volk Wildenten, durch den Schuß aufgeschreckt, erhob sich aus dem nahe gelegenen Röhricht. Da nahm der zu Tode Getroffene seine letzte Kraft zusammen, rief den Vögeln zu: »Bringt ihr sie vor den Richter!« und verschied.

Die drei Übeltäter aber lachten nur über diese Worte und griffen gierig nach seiner Geldkatze, um sich in den Raub zu teilen.

Wie waren die Leute des Bauern erschrocken, als am nächsten Morgen der Hengst ihres Herrn reiterlos vor dem Hoftor stand. Der Großknecht wollte ihn gleich in den Stall führen, doch das treue Tier ließ sich nicht dazu bewegen.

Bäuerin, Kinder, Gesinde – alle liefen zusammen, und eine böse Ahnung beschlich sie. Der Hengst aber riß sich plötzlich los und trabte zum Tor hinaus.

Da bestieg auch der Großknecht sein Pferd, und einige Bauern aus der Nachbarschaft schlossen sich ihm an. Das kluge Tier brachte sie an den Ort der grausigen Tat.

Das ganze Dorf trauerte um Hake Betken, denn er war ein rechtschaffener Mann gewesen. Von den Mördern jedoch fand man keine Spur.

Jahre waren ins Land gegangen, und längst schon hatte man jede Hoffnung aufgegeben, den Mord jemals aufzuklären. Da kamen die drei Gesellen eines Tages nach Brake auf den Jahrmarkt, um auch dort ihr schändliches Handwerk zu treiben. Und wie sie, nach Beute ausspähend, herumlungerten, ließ über ihnen eine Staffel Wildenten ihre Rufe ertönen. Da stieß Frerich Rinsel, der Märker, seine Spießgesellen an und sagte leise: »Hört ihr?« Doch Willem Frese, der Vogtssohn, lachte laut auf und machte eine wegwerfende Handbewegung: »Was kümmern mich Hake Betkens Tauben?«

Bauern aus Büttel aber, die diese Worte gehört hatten, horchten auf, und einer trat an den Sprecher heran, packte ihn an der Schulter und fragte: »Hake Betken? – Was weißt du von Hake Betken? Und wieso sind die wilden Enten seine Tauben?«

Entsetzt wollten die Übeltäter entfliehen. Aber schon waren sie umringt und festgehalten. Und so fanden die Mörder für ihre ruchlose Tat den verdienten Lohn.

Auf dem Kirchhof zu Büttel steht heute noch ein verwitterter Grabstein, auf dem man aber, wenn man sich die Mühe dazu nimmt, noch die Inschrift lesen kann:

ANNO 1618 DEN 27STEN OKTOBER
IN DER NACHT THO 2 UHR
YS DER IRSOME UND VORNEME
HAKE BETKEN
UP DEN LESUMER FELDE ERBAERM
LIK VON DEN NACHBENANNTEN
DRE MORDERS ERMORDET
BEROVET UND BESTAHLEN

SINER SEELEN GOTT GENEDIGH IS

DES VAGEDES SONE THO WREM
WILLEM FRESE UND JOHANN HILLI
KEN UTH BOLKAW UND FRERICH RIN
SEL VAN BERLIN UTH DE MARKE

GOTH GEWE DEN MORDERN
EHR VERDEENDE LOHN

Und wenn man genau hinsieht, kann man in den
Ecken des Grabsteins kleine verwitterte Bilder er-
kennen, Vögeln ähnlich. Das sind Hake Betkens
»Tauben«.

Das grüne Messer

In der Nähe von Uttersum, auf der Insel Föhr, befand sich ein alter Grabhügel, der zu dem Besitztum des jungen Bauern Jens Sieke gehörte, und als dieser einmal dort ackerte, stieß seine Pflugschar auf etwas Hartes. Da bückte er sich, denn er meinte, es müsse ein Stein sein – doch als er ihn aufnehmen und von seinem Acker entfernen wollte, hielt er ein dolchartiges Messer in der Hand. Es war von einer seltsamen grünen Farbe. »Sonderbar«, dachte er »ein solches Messer habe ich noch nie gesehen!« Und er steckte es in die Tasche.

Im Dorf zeigte er den Fund allen Leuten, aber niemand wußte, wem er gehören könne. Bis eine alte Frau dazukam, das Messer betrachtete und sagte: »Das muß ein Odderbaantjes-Messer sein.«

»Ein Odderbaantjes-Messer?« fragte der junge Bauer, und er sah die Alte ungläubig an.

»Hast du noch niemals von den Odderbaantjes gehört«, gab sie zurück. »Von dem kleinen Volk der Unterirdischen, das den Hügel vor dem Dorf bewohnt? Mir hat meine Großmutter von ihnen erzählt, als ich noch ein Kind war. Da haben sie einem Bauern großes Glück gebracht. Denn eines Tages fand er ein merkwürdiges Ding auf seinem Acker, klein und zierlich und ebenso grün wie dieses Messer hier. Er konnte sich nicht vorstellen, wozu es dienen solle, dachte sich aber, daß es einem Odder-baantje gehören müsse. Er legte es also, da er Mit-leid hatte mit dem Eigentümer, auf einen großen Feldstein, der am Rande des Hügels aus der Erde ragte; und weil es zerbrochen war, tat er noch einige Nägel und ein Stück Eisenblech dazu.

Am nächsten Tage, als er wieder zur selben Stelle kam, war das Ding verschwunden. Dafür fand er auf dem Feldstein einen zierlichen Laib Brot, den der Zwerg aus Dankbarkeit hingelegt hatte. Er nahm ihn mit. Da ihm die Sache aber nicht ganz geheuer war, gab er ihn zu Hause seinem Hund zu fressen. ›Das Tier ist ja schon alt‹, dachte er, ›und wenn ihm etwas geschieht, ist der Schaden nicht allzu groß.‹

Am andern Morgen sprang ihm der Hund, der sonst immer träge und faul unter der Ofenbank lag, munter wie ein junges Tier entgegen und leckte ihm die Hand. Und als er das Maul aufsperrte, sah der Bauer voller Staunen, daß ihm über Nacht die schon längst verlorenen Zähne nachgewachsen waren. ›Das muß von dem Brot gekommen sein‹, dachte er, und er bedauerte, daß er es nicht selbst gegessen hatte.

Wie groß war daher seine Freude, als er am näch-sten Morgen wieder solch zierlichen kleinen Laib auf dem Feldstein fand. Er aß nun Tag für Tag das Brot, das die Zwerge ihm schenkten, und er ist über hundert Jahre alt geworden, ohne einen einzigen Tag krank zu sein. Als er starb, hatte er noch alle Zähne und sein ungebleichtes Haar. Auch wäre er vielleicht überhaupt nicht gestorben – aber als er an einem sehr stürmischen Tag gar keine Lust hatte, auf den Acker zu sehen, und sich schlafen legte, ohne von dem Brot gegessen zu haben, da ist er am anderen Morgen nicht mehr aufgewacht.«

Jens Sieke dankte der alten Frau für ihre Geschichte und ging nachdenklich nach Haus. ›So also steht es‹, dachte er bei sich. ›Nun, da werde ich mich etwas klüger anstellen als jener Bauer. Denn ein Laib Brot am Tage – was ist das schon, wenn man davon zwar hundert Jahre alt wird, dabei aber doch ein armer Schlucker bleibt?‹

Am nächsten Morgen ging er bereits vor Tau und Tag auf seinen Acker, stellte sich mitten auf den Hügel und rief so laut er konnte nach allen vier Himmelsrichtungen: »Jens Sieke hat ein Odderbaantjes-Messer gefunden! Jens Sieke hat ein Odderbaantjes-Messer gefunden!« Er legte es aber nicht auf einen Feldstein, sondern hielt es zu Hause wohl verwahrt.

Als er des Abends an seinem Tische saß und seine Grütze löffelte, klopfte es an die Tür, und auf sein »Herein!« trat ein kleines altes Männchen in die Stube. Es trug eine Kiepe auf dem Rücken, die es sogleich auf die Ofenbank stellte, und bot seine Ware feil.

»Kann dir nichts abkaufen!« sagte Jens mürrisch. »Hab keinen roten Heller in der Tasche!« Und er griff zum Brotmesser, um sich eine Scheibe Schwarzbrot abzuschneiden.

»Was hast du denn da für ein schartiges Messer!« rief der kleine Mann. »Sieh meine dagegen. Die feinste Ware. Und ... wenn du kein Geld hast, tausche ich auch ein paar alte Messer gegen ein neues!«

Da merkte Jens Sieke, woher der Wind wehte, ging zum Spind, holte das grüne Messer hervor und hielt es dem Männlein vor die Augen.

»Das alte Ding?« sagte der Kleine geringschätzig. Doch dann, wie nach kurzem Überlegen: »Nun gut, weil du es bist, sollst du für das und das Brotmesser ein neues haben. Doch Jens hatte scharf aufgepaßt, und er hatte die Augen des Kleinen funkeln sehen, als er ihm das grüne Messer zeigte. Er ging damit wieder zum Spind und schloß es ein. »Ich will es lieber behalten«, sagte er dabei.

»Und für Geld?« fragte das Männchen und legte einen Taler auf den Tisch. Jens schüttelte den Kopf. »Auch nicht um viel Geld?« fragte der Alte dringlicher, und er zählte gleich hundert Taler auf.

»Auch dafür nicht«, antwortete der junge Bauer. »Nur wenn du machen kannst, daß ich in jeder Furche, die ich ackere, ein Goldstück finde, sollst du das Messer haben – und anders nicht.«

Der Alte mochte sagen, was er wollte, Jens ging von seiner Forderung nicht ab, und endlich gab der Zwerg das verlangte Versprechen.

Da erhielt er sein Messer, und kaum hatte Jens es ihm in die Hand gedrückt, war er auch schon verschwunden. Jens Sieke aber wollte gar nicht erst den Morgen abwarten, sondern ließ den Grützbrei stehen und eilte auf seinen Acker.

Der Mond stand am Himmel, und es war ein heller Abend, so daß er keine Mühe hatte, in jeder frisch gepflügten Furche das Goldstück zu finden. Deshalb hörte er auch nicht eher auf, als bis der Mond untergegangen war und die Dunkelheit ihn zum Heimgehen zwang. Und in allen seinen Taschen klimperten die Goldstücke.

Am nächsten Morgen machte er sich schon mit der ersten Dämmerung auf und ackerte bis in die tiefe Nacht. Und bald wählte er zum Pflügen die kleinen Feldstücke bei den Tribergem. Denn dort waren die Furchen nur kurz.

Tagaus, tagein pflügte er nun dort, und er kümmerte sich weder um Aussaat noch um Ernte. Nachts aber gönnte er sich auch keine Ruhe, sondern zählte unablässig sein Gold. Niemand durfte sein Zimmer betreten, und er war mürrisch und abweisend zu seiner Frau und zu seinen Kindern, und alle dachten, er habe den Verstand verloren. Der Hof verkam, die Wirtschaft ging zurück, und die Frau wußte bald nicht mehr aus noch ein.

Da aber die Gier nach Gold dem Mann bei Tag und bei Nacht keine Ruhe ließ, nahm er sich selbst zum Essen keine Zeit. Und so schwand seine Lebenskraft dahin, und es dauerte nicht lange, da fand man ihn tot hinter seinem Pflug in der Furche liegen.

Als die Angehörigen sein Zimmer betraten, das er vor ihnen immer so sorgsam verschlossen gehalten hatte, staunten sie nicht wenig: Sie fanden drei bis zum Rand mit Goldstücken gefüllte Truhen darin.

Die Frau benützte das Geld, um die so arg vernachlässigte Wirtschaft wieder in Schwung zu bringen. Und als die Söhne herangewachsen waren, rissen sie die alte Kate ab und bauten ein stattliches neues Haus und große Stallungen. Aber auch ihnen brachte das Zwergengold auf die Dauer kein Glück. Eine Sturmflut kam und vernichtete alles in einer

Nacht: Die Gebäude stürzten ein, das Vieh ertrank, und die Äcker wurden verwüstet.

Ob Jens Siekes Söhne bei jener Flut mit ums Leben gekommen sind oder ob sie das Land ihres Vaters verließen und in die Fremde zogen, weiß man nicht zu sagen. Jedenfalls ist ihr Geschlecht auf Föhr erloschen, und nur der Hügel, den man den Siekesberg nannte, hat noch eine Zeitlang ihren Namen bewahrt – bis man ihn abtrug, um mit seiner Erde die Deiche zu verstärken. Die kurzen Hochäcker auf den Tribergem aber, die vom Pflügen Jens Siekes herrühren sollen, sind erhalten geblieben bis auf den heutigen Tag.

Der Fliegende Holländer

Auf der Suche nach dem Seeweg nach Indien, dem Wunderland der Gewürze und Edelsteine, war Columbus zwar nicht ans ersehnte Ziel gekommen, sondern er hatte den bisher unbekannt gewesenen Erdteil Amerika entdeckt. Und erst als es einem anderen kühnen Seefahrer, dem Portugiesen Diaz, gelang, Afrika zu umsegeln, war der Seeweg nach Indien gefunden.

Die Schiffahrt dorthin blieb jedoch nicht portugiesisches Vorrecht. Auch die Völker der Nordsee sandten ihre Schiffe auf die weite und gefahrvolle Reise, denn groß waren die Reichtümer, die der Handel mit Ostindien den Kauffahrern einbrachte.

Im 17. Jahrhundert waren es vor allem die Holländer, die auf der Inselwelt des Indischen Ozeans ihre Niederlassungen gründeten und mit vielen Schiffen den Verkehr nach diesen fremden Ländern aufrecht erhielten, um sich an ihren Schätzen zu bereichern.

Eine Fahrt von Amsterdam nach Java dauerte in jenen Zeiten wenigstens acht Monate. Denn die auf den Weltmeeren herrschenden Winde und Strömungen waren den Schiffern von damals noch nicht so bekannt, wie sie es heute sind, und ein vorsichtiger Steuermann ließ am liebsten die Segel einziehen, sobald der Abend zu dunkeln begann.

Nun lebte zu Anfang des siebzehnten Jahrhunderts ein holländischer Schiffer, dem diese Art Seefahrt nicht behagte. Er war ein überaus kühner und unternehmender Mann und dabei von einer außergewöhnlichen Körperkraft. Und er ließ seine Masten, damit sie auch den heftigsten Stürmen standhalten konnten, mit Eisen verstärken und fuhr so bei jedem Wind und jedem Wetter mit vollen Segeln, ob Tag war oder Nacht. Auch kannte er Strömungen und Winde besser als andere, und so kam es, daß er die Reise nach Indien und zurück, für die man sonst weit mehr als ein Jahr benötigte, binnen acht Monaten bewältigte.

Er konnte das aber nur, weil er überaus rücksichtslos war und von seiner Mannschaft Unmenschliches forderte. Wenn nicht alles nach seinen Wünschen ging, fluchte und tobte er wie unsinnig und verhängte die grausamsten Strafen, so daß kein Matrose die Fahrt mit ihm ein zweitesmal machen wollte und es überall hieß, der Schiffer sei im Bunde mit dem Bösen.

Einst fuhr er wieder von Amsterdam aus, und er hatte eine gute und rasche Fahrt, bis er an das Kap der Guten Hoffnung kam. Dort aber erhob sich ein Sturm, wie selbst er noch keinen erlebt hatte. Das Schiff, das wie immer mit vollen Segeln fuhr, wurde von einer Seite zur andern geworfen, und allen seinen Leuten schien der Untergang unvermeidlich. Sie beschworen ihn, die Segel zu reffen und in einer Bucht Schutz zu suchen – er jedoch erklärte, er weiche nicht eine Handbreit vom Wege ab. Da wollte ihn seine Mannschaft zum Nachgeben zwingen. Eine Meuterei brach aus, und die Beherztesten gingen mit geballten Fäusten auf ihn los. Er jedoch packte den Vordersten an der Brust und stieß ihn ins Meer – und kein zweiter wagte ihm zu nahen.

Kaum aber hatten die Wellen den Unglücklichen verschlungen, als sich eine unheimliche schwarze Wolke auf das Schiff niederließ und alles mit einem Mal in tiefste Dunkelheit hüllte. Und plötzlich zerriß ein greller Blitz die Finsternis, und vor ihnen ragte ein steiler Berg aus dem Wasser.

»Das ist das Kap der Stürme!« riefen die Matrosen verzweifelt, »wir sind verloren!«

Da löste sich aus der Wolke eine unförmige, riesige Gestalt. Eingesunken waren die Augen, fahl das Antlitz, die Haare voller Erde, und aus dem schwarzen Mund streckten sich, Hauern gleich, lange gelbe Zähne hervor.

Dieser Dämon ging auf den Kapitän zu: »Willst du wohl umkehren?« rief er mit fürchterlicher Stimme.

»Ich denke nicht daran!« trotzte der Holländer. »Und wenn ich bis zum Jüngsten Tag hier im Sturm kreuzen müßte, umkehren werde ich nicht!«

Und er griff nach seiner Pistole, zielte auf den Eindringling und schoß – aber die Kugel durchbohrte nur seine eigene Hand.

»Verfluchter!« schrie der Geist, »gilt dir das Leben deiner Männer denn gar nichts? Doch es soll nicht ein einziger Mensch deinetwegen noch umkommen! Segle du immerhin über alle Meere, so lange es Ebbe und Flut gibt – aber allein!«

Und die Gestalt hüllte sich wieder in eine dunkle Wolke, die von einem Sturmwind ergriffen und landeinwärts getrieben wurde, und als die Finsternis

184

schwand und der Kapitän sich umblickte, war die gesamte Mannschaft seines Schiffes verschwunden.

Man sagt, daß seit jener Zeit der Kapitän ruhelos auf allen Meeren kreuzt. Immer fährt er mit vollen Segeln im Sturm, niemals läuft er einen Hafen an.

Manche Schiffer behaupten, ihn gesehen zu haben, und es heißt, eine Begegnung mit ihm verkünde kommendes Unwetter. Ja, der eine und andere Seefahrer erzählt sogar, daß der Unselige ganz nahe an ihn herangekommen sei, beigedreht und ihn gebeten habe, Briefe zu bestellen. Aber die Briefe seien alle an Leute gerichtet gewesen, die schon seit mehr als hundert Jahren tot waren.

So ist sein Andenken bei den Schiffern der Nordsee bis heute nicht vergessen. Sie nennen ihn – den Fliegenden Holländer.

Das Fest auf dem Eise

Der Winter war streng. Schon seit Wochen hatte ein kalter Nordostwind geweht, und das Wattenmeer war dick zugefroren von der Festlandküste bis hinüber zur Insel Nordstrand. Darüber freuten sich die Husumer, und als der Wind sich legte, beschloß der Rat der Stadt, auf dem Eise ein Fest zu veranstalten. Zelte wurden aufgeschlagen, Musikanten spielten frohe Weisen, die Jugend vergnügte sich auf Schlittschuhen, die Älteren ließen sich auf Stuhlschlitten fahren, Wein und Bier wurde ausgeschenkt, und die Lustbarkeit hatte die Bewohner der ganzen Stadt hinausgelockt.

Alle, bis auf einen einzigen: eine alte Frau, die krank und gebrechlich war und das Bett hüten mußte. Trotzdem aber konnte sie wenigstens ihre Augen an all dem frohen Treiben weiden, denn ihre Hütte stand unmittelbar am Deich, und sie hatte sich ihre Lagerstätte ans Fenster rücken lassen.

Tiefblau strahlte der Himmel, die Menschen genossen den stillen, sonnigen, frostklaren Tag, und selbst durch den rasch hereinbrechenden Abend ließen sie sich nicht vom Eise vertreiben, denn der eben aufgehende, fast volle Mond leuchtete ihnen hell und steigerte noch ihre frohe Stimmung.

Da erspähte die Alte, die von ihrem Fenster aus weit über die See hinaus sehen konnte, plötzlich am westlichen Himmelsrand ein zunächst ganz unscheinbares Wölkchen, das jedoch rasch über die Kimmung heraufstieg und dabei größer und größer wurde. Und da sie eines Schiffers Witwe war und ihren Mann auf seinen weiten Fahrten oft begleitet hatte, kannte sie alle Zeichen von Wetter und Wind. Und als die Wolke vor ihren Augen zusehends wuchs, wußte sie, daß mitten in die Windstille hinein binnen kurzer Zeit ein Sturm aufkommen und eine schwere Flut über das Eis hereinbrechen müsse. Darum riß sie das Fenster auf und schrie in die Nacht hinaus – aber ihre Stimme war zu schwach, als daß man sie draußen in dem Jubel und Trubel hätte hören können.

Verzweiflung packte sie. Nicht mehr lange, und die Flut mußte kommen, und um die Menschen drüben auf dem Eise war es geschehen – Husum würde eine entvölkerte Stadt sein!

Schon erhob sich die zusehends wachsende Wolke riesengroß am westlichen Himmel, schon zeigten sich die ersten Stöße des aufkommenden Windes, und in ganz kurzer Zeit würde der Sturm verheerend losbrechen. Da nahm die Alte ihre ganze Kraft zusammen, wälzte sich vom Lager, kroch auf Händen und Füßen zum Ofen, ergriff ein brennendes Scheit Holz und schleuderte es ins Stroh ihrer Bettstatt. Die stand im Nu in hellen Flammen, und während diese wie rasend um sich griffen, gelang es der Gebrechlichen mit Mühe und Not, sich zur Türe zu schieben, sie aufzustoßen und dem Feuer zu entkommen.

Sofort sahen sie auf dem Eise den Flammenschein, und »Feuer! Feuer!« rief es von allen Seiten. Im Nu leerten sich die Zelte, die Schlittschuhläufer flogen dem Strande zu, die Schlitten setzten sich in Bewegung – denn wenn es nicht rasch genug gelang den Brand zu löschen, konnte er um sich greifen und vielleicht gar die ganze Stadt einäschern!

Zwar verdunkelte die schwarze Wolkenwand den Mond, doch wie ein Leuchtturm zeigte das flammende Häuschen der Alten den Husumern den Weg zum Strande. Und kaum hatten die letzten den sicheren Boden betreten, da wälzte auch schon die Flut ihre Wogen über das Eis und riß alles, was zurückgeblieben war – Zelte und Wagen, Tonnen und Gerät – in ihre rauschenden Wirbel!

So war durch die Opfertat der alten Mutter das Leben ihrer Mitmenschen gerettet worden. Darum hielt man sie in hohen Ehren, und man ließ ihr alle Liebe zuteil werden bis an ihr Ende.

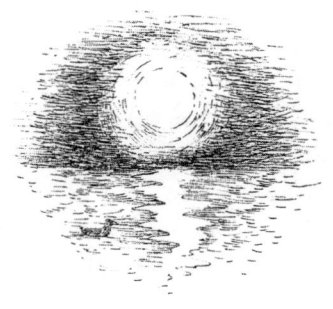

Die beiden Freunde

In Emden wohnten zwei junge Männer, die von Kind auf eng miteinander befreundet waren. Zusammen hatten sie die Schule besucht, zusammen manchen Streich ausgeheckt und immer Freud und Leid miteinander geteilt. Doch ihre Freundschaft bekam einen tiefen Riß, als sie bemerkten, daß sie beide dasselbe Mädchen liebten.

Erich hatte mehr Glück bei der schönen Gina als Peter, und es dauerte nicht lange, da hielt er mit ihr Hochzeit. Peter aber meinte, er könne nicht dieselbe Luft atmen wie das glückliche junge Paar, deshalb ließ er sich auf einem Schiff anheuern und brachte zwischen sich und die beiden das weite Weltmeer.

Erich freilich, obwohl auch er schon immer den Wunsch gehabt hatte, später einmal zur See zu fahren, mochte sich keinen Tag von seiner Frau trennen. Er blieb daher in seiner Vaterstadt und nahm die Stelle eines Hafenwärters an.

Gina schenkte ihrem Manne im Laufe der Jahre drei Kinder. Nach der letzten Geburt aber wurde sie so schwer krank, daß Erich für ihr Leben fürchtete. Sie lag lange Zeit hindurch siech und brauchte häufig ärztliche Hilfe und teure Arzneien. Der karge Lohn ihres Mannes reichte aber dafür nicht aus, und die Familie geriet in die größte Not.

Eines Tages – es mochten an die zehn Jahre vergangen sein – hieß es, Peter sei zurückgekehrt. Aber nicht als der Habenichts, als der er ausgefahren war, sondern als Kapitän auf einem eigenen großen Segler. Er hatte in der Fremde sein Glück gemacht.

Darüber freute sich Erich, denn er gönnte dem Freund alles Gute. Auch nahm er an, daß Peter in der langen Zeit seine Enttäuschung überwunden hätte und ihm die Hand zur Versöhnung reichen würde. Ja, im stillen hoffte er sogar, daß der Freund ihm aus der Not helfen werde. Und so ging er voller Zuversicht zu ihm.

Peter jedoch empfing ihn kalt. »Von mir erwartest du Hilfe?« sagte er bitter, »von mir, dem du das ganze Lebensglück zerstört hast? Nein, mein Lieber, das geht zu weit. Sieh du nur zu, wie du dir selber hilfst. Wie man sich bettet, so liegt man!«

Und es hielt Peter auch nicht lange in der Heimat. Bald segelte er wieder über die sieben Meere, und man hörte lange Zeit nichts von ihm.

Nach Jahren erholte sich Gina wieder von ihrer schweren Krankheit, und auch die Kinder wuchsen heran und begannen schon selbst ihr Brot zu verdienen, so daß die Not der Hafenwärtersfamilie allmählich ein Ende nahm.

Da aber traf sie ein neues Unglück: Das Schiff, auf dem sich ihr Ältester hatte anheuern lassen, wurde überfällig. Zunächst waren es Wochen, dann wurden Monate daraus.

Den Hafenwärter erfaßte eine tiefe Unruhe. Immer, wenn ein Segel am Himmelsrand auftauchte, erwachte in ihm neue Hoffnung, die aber gleich wieder dahin sank, sobald er erkannte, daß das Schiff gar nicht das ersehnte war. Und so viel er auch fragte und nachforschte – keiner von all den zahlreichen Seefahrern, die den Hafen anliefen, konnte ihm Kunde geben von dem verschollenen Schiff und seiner Besatzung. So mußte man schließlich annehmen, daß sie alle einem Schiffbruch zum Opfer gefallen waren.

Da zeigte sich an einem sehr stürmischen Tag wieder ein großer Segler am Eingang des Hafens. Er war schon so nahe, daß man ihn deutlich erkennen konnte. »Peters Schiff!« sagte Erich zu sich, und Bitterkeit überfiel ihn bei dem Gedanken an die Unversöhnlichkeit des Freundes.

Der Sturm aber wuchs zum Orkan, und plötzlich gab der Segler Notzeichen.

Erich sah angestrengt hinaus. Kein Zweifel, das Schiff mußte leck sein, es lag mit starker Schlagseite schon ganz schräg, konnte sich kaum mehr lange über Wasser halten.

Einen Augenblick schwankte der Hafenwärter. »Jetzt!« schoß es ihm durchs Herz, »jetzt kannst du Gleiches mit Gleichem vergelten! War es ihm damals nicht alles eins, ob du mit den Deinen verdarbst?«

Aber mit einer Handbewegung tat er die Anfechtung von sich.

In kürzester Zeit holte er eine Rettungsmannschaft zusammen, sprang selbst als erster ins Boot, und unter Einsatz ihres Lebens ruderten die unerschrockenen Männer dem Schiff entgegen.

Von der Kommandobrücke aus erkannte Peter in dem zu Hilfe kommenden Boot den Freund, und eine tiefe Röte schoß ihm ins Gesicht. Dann aber legte er die Hände an den Mund und rief, so laut er konnte: »Dein Sohn ist an Bord – dein Sohn!«

Ehe das Schiff sank, konnte die ganze Mannschaft gerettet werden, und Vater und Sohn lagen sich in den Armen. Als letzter aber sprang Peter ins Boot, und als Erich ihm die Hand entgegenstreckte, faßte er sie und hielt sie lange in der seinen.

Kein Wort konnten sie sprechen. Doch alles, was zwischen ihnen stand, fiel von ihnen ab in diesem einen Augenblick.

König Radbods Handschuhe

Gar lang ist's her! Da war einmal ein Bauer, der wohnte in Friesland nicht weit von Aurich. Der sagte immer: »Das will ich!«, wenn er etwas von andern Leuten haben wollte – wenn aber andere Leute etwas von ihm haben wollten, sagte er: »Nein, das will ich nicht!«

Dieser Bauer hatte eine Tochter, Wübkedina hieß sie, die war so rank und schlank wie ein Tannenbaum und frisch wie ein Blumenbeet nach einem Mairegen. Und in die verliebte sich Folkert Hansen, der saß auf einem schönen großen Hof in Osterlook und war ein Kerl, dem die ganze Welt gehörte.

Er ging zu Wübkedina und fragte sie: »Paßt du zu mir? Paß ich zu dir?«

»Ja ja«, antwortete Wübkedina.

Da nahm er sie an der Hand, trat mit ihr vor den Bauern, ihren Vater, und sagte: »Bauer Remmert Hardekopp, deine Tochter will mich und ich will deine Tochter. Sag ja dazu!«

»Nein, das will ich nicht!« antwortete der Bauer.

»Was willst du denn?« fragte Folkert Hansen.

»Tabak will ich rauchen aus König Radbods Pfeife! Und weil ich das nun mal nicht haben kann, sollst du auch meine Tochter nicht haben!«

»Aber Vater!« rief Wübkedina, und das Blut schoß ihr ins Gesicht. Doch Folkert Hansen schob sie beiseite und stellte sich breitbeinig vor Remmert Hardekopp hin: »Nun sag mir eines, Bauer: Wenn ich dir dazu verhelfe, daß du wirklich Tabak rauchst aus König Radbods Pfeife, kann ich dann deine Tochter haben?« – »Ja, dann sollst du sie kriegen!« – »So erzähl mir, wer König Radbod ist, und wo er wohnt!«

»Das kann ich dir ganz genau sagen. Denn es träumte mir heut Nacht. Da war ich in König Radbods Haus und stand vor seiner Stubentür. Hörte ihn schnarchen. Aber aufgewacht ist er nicht, hereingelassen hat er mich nicht. Ich habe ihn auch nicht gesehen und seine Pfeife nicht geraucht.

Und du weißt wirklich nicht, wer König Radbod war? Dann will ich's dir erzählen. Tausend Jahre ist's her und noch länger, da regierte er über alle Friesen und war noch ein alter Heide. Aber Kaiser Karl kam mit zehn Priestern daher, und alle zehn Priester hatten ein Kruzifix in der Hand, und die redeten so lange auf König Radbod ein, bis sie ihn dahin gebracht hatten, daß er sich taufen lassen wollte.

Schon stand er mit einem Bein im Taufwasser, wollte eben das zweite hineinstellen, da sagte der eine Priester zu ihm: ›Ein Glück für dich, König Radbod, daß du dich taufen lassen willst, denn so kommst du nach deinem Tod in den Himmel!‹ – ›Und wenn ich mich nicht taufen ließe?‹ – ›Kämest du in die Hölle!‹ – ›Und wo sind meine Vorfahren alle, die ungetauft starben?‹ – ›Nun ... wo sollten sie anders sein als in der finstersten Hölle?‹

Da zog König Radbod schleunigst den Fuß aus

194

dem Wasser und rief: ›Tausendmal lieber mit den Meinen in der Hölle als mit euch im Himmelreich!‹

So ist ihm das Tor zum Himmel denn verschlossen geblieben; aber auch der Teufel hat keine Macht über ihn gewonnen, und er ist auch gar nicht gestorben, sondern er sitzt bei Ochtersum in einer Wurte. Bei Tag schläft er, doch des Nachts ist er wach und raucht seine Pfeife.

Wer also zu ihm hin will, der muß sich vor seine Wurte stellen und rufen:

›Wurte, tu dich auf vor einem friesischen Mann, damit er mit König Radbod reden kann!‹

Das kannst du ja mal versuchen. Und wenn sich der Hügel auftut und du ihn zu sehen bekommst, wird er ja wohl Mitleid mit dir haben und dir seine Pfeife geben.«

Da bedankte sich Folkert Hansen, und in der nächsten Nacht ging er in die Ochtersumer Marsch und suchte König Radbods Wurte – aber dort waren ihrer so viele, daß er nicht wußte, welche davon die richtige sei.

Bei der ersten blieb er stehen, und als ein Fuchs vorbeistrich, fragte er: »Ist dies König Radbods Wurte?«

»Nein!« antwortete der Fuchs.

Da ging er zur zweiten hin, dort hockte eine alte Krähe, die fragte er: »Ist dies hier König Radbods Wurte?«

»Quark!« sagte die Krähe.

So wußte er, daß auch diese nicht die richtige war, und er ging zur dritten. Auf der stand eine Linde, und in ihrem Geäst erblickte er eine Eule, die ihn mit glühenden Augen anstarrte. »Ist dies die Wurte, in der König Radbod sitzt?« fragte er.

Die Eule antwortete gar nichts, aber sie nickte mit dem Kopfe, und so wußte er, daß er gefunden hatte, was er suchte.

Er wartete also, bis es von allen Kirchtürmen in der Runde Mitternacht schlug. Dann sagte er:

»Wurte, tu dich auf vor einem friesischen Mann, damit er mit König Radbod reden kann!«

Donner, wie wurde ihm da zumute! Ein tiefer Spalt tat sich vor seinen Füßen auf, und er sank und sank, und es war ihm, als stecke er in einem dunklen Sack, und er wußte nicht, ob er träume oder wache.

Als er wieder zu sich kam, stand er vor einer Türe, die aus klobigen eichenen Balken gezimmert war. Einen Augenblick lauschte er, ob er ein Schnarchen hörte, aber alles blieb still. Nun, wenn er nicht schnarcht, wird er ja wohl wach sein, dachte Folkert Hansen, und er faßte Mut und klopfte an.

»Herein!« rief es von drinnen mit einer Stimme, die so rauh und grob war wie des Igels Stachelfell.

Und die Türe quietschte in den Angeln, und Folkert Hansen trat ein, und da saß im Armstuhl ein graubärtiger Alter, der aussah, als ob der Teufel ihn siebenmal durch die Hölle geschleift hätte.

»Guten Abend, König Radbod!« sagte Folkert Hansen. »Wer bist du?« fragte der alte König.

»Ich bin Folkert Hansen aus Osterlook!«

»Und was willst du?«

»Ich möchte gern deine Pfeife haben.«

»Was ist das, eine Pfeife?«

»Da raucht man doch Tabak draus.«

»Was ist das, Tabak?«

»Das sieht aus wie Torf, aber wenn es glimmt, riecht es wie Honig und Apfelmus.«

»So einen Tabak kenne ich nicht, und so eine Pfeife habe ich nicht.«

»Wie … du hast gar keine Pfeife? Und … Remmert Hardekopp sagte doch: König Radbod sitzt in seiner Wurte und raucht jede Nacht eine Pfeife Tabak.«

»Wenn er das sagt, dann lügt er. In der Nacht gähne ich bloß. Und ich freue mich, wenn es Tag wird und ich wieder schlafen kann. – Aber was willst du denn mit meiner Pfeife?«

»Ich selber gar nichts! Aber Hardekopp hat sich in den Kopf gesetzt, einmal aus deiner Pfeife zu rauchen, und wenn er das nicht kann, dann kriege ich auch seine Tochter nicht zur Frau.«

»Ach so ist das«, sagte der alte König und lachte. »Nun versteh ich – nun begreif ich! Na dann geh nur, mein Sohn, und grüße Remmert Hardekopp von mir – und sag ihm, zu König Radbods Zeiten haben die Menschen noch keine Pfeifen gehabt und wußten noch nichts vom Tabakrauchen.«

»Ich bitte dich, schreib mir das auf«, sagte Folkert Hansen, »sonst glaubt es mir der Bauer im Leben nicht.«

»Schreiben? Was du nicht alles willst«, antwortete der König. »Das habe ich nicht gelernt. Zu meiner Zeit schrieben nur die Priester.«

»Dann gib mir wenigstens deine Krone mit! Wenn er die sieht, wird er mir ja wohl glauben.«

»Daraus kann nichts werden«, sagte Radbod. »Was ein rechter König ist, der kann alles weggeben, nur seine Krone gibt er nicht her. – Aber helfen will ich dir dennoch, daß du des Bauern Tochter kriegst. Du gefällst mir, weil du kein Hasenfuß bist. Hier, meine Handschuhe, die geb ich dir mit – und wenn Remmert Hardekopp dann immer noch mit Nein antwortet, sollst du sehen, was geschieht.«

»Und wann soll ich sie dir wiederbringen?«

»Gar nicht! Die kommen schon von selber zu mir zurück.«

Als der König das gesagt hatte, griff er in seine rechte Tasche und in seine linke Tasche, und aus jeder zog er einen Handschuh heraus. Mensch, waren das Handschuhe! Aus Wisentleder waren sie gemacht und so hart und schwer wie Holzpantoffeln.

»Ich dank dir auch schön!« sagte Folkert Hansen.

»Keine Ursache«, meinte König Radbod. »Nun leb wohl! Und zieh die Handschuhe gleich an, den einen rechts, den andern links – ja, so ist's richtig – und nun sage laut: ›Guten Tag, Remmert Hardekopp!‹«

»Guten Tag, Folkert Hansen!« sagte da einer, und das war niemand anderes als der Bauer Hardekopp selbst. »Nanu, schon wieder zurück von König Radbod?«

»Ja, Bauer.« – Folkert Hansen brachte die Worte kaum heraus, so erschrocken war er. Wie ging denn das nur zu, daß er schon zurück war? Und er hatte doch gar nichts davon gemerkt?! »Und wo ist die Pfeife?« – »Ja … hm … die Pfeife! Also … König Radbod läßt dich grüßen – und eine Pfeife habe er gar nicht, und rauchen tue er auch nicht. Zu seiner Zeit sei das noch nicht Mode gewesen.«

»Ach was – das kann jeder sagen! Und du bist ein Lügenbeutel! Du hast König Radbod gar nicht gesehen! Und wenn er keine Pfeife gehabt hat, hätte er dir doch etwas mitgeben können von seiner Hand, daß du es schriftlich hättest!«

»Das – hat er auch getan! Von seiner Hand hat er mir Handschuhe gegeben. Hier sind sie! Und dir läßt er sagen: Nun sollst du Folkert Hansen deine Tochter geben.«

»Nein, das will ich nicht!« sagte Remmert Hardekopp. Aber kaum hatte er das gesagt, da fuhren auch schon König Radbods Handschuhe von Folkert Hansens Händen herunter, griffen dem Bauern unter die Arme, und mit einem Mal schwebte er hoch in der Luft. Donner, wie erschrak er da!

Und er hörte eine Stimme, tief unter der Erde her: »Du Lump, wenn ich auch in meiner Wurte sitze, König von Friesland bin ich doch. Willst du wohl tun, was ich dir befehle!«

»Ja … das will ich«, sagte Remmert Hardekopp, und da stand er auf einmal wieder auf dem Fußboden seiner Stube.

König Radbods Handschuhe aber waren verschwunden.

Wie Bremen gegründet wurde

In alter, alter Zeit, als es in Deutschland noch mehr Wald und Sumpf und Heide gab als bebautes Land, fuhr ein Floß die Weser hinunter, auf dem Männer und Frauen und Kinder saßen. Man sah es ihnen an, daß sie Flüchtlinge waren; Flüchtlinge, die, von Feinden überfallen, nicht viel mehr gerettet hatten als das nackte Leben – und die Freiheit, die ihnen über alles ging.

Der Abend senkte sich auf das Wasser, und die Männer machten das Floß fest. Dann gingen sie an Land, um einen Platz für ein Nachtlager zu suchen.

Das Ufer der Weser war hier erhöht durch eine Düne, auf die sie hinaufstiegen und sich umsahen. So weit ihr Auge blickte, war Heideland. Eine menschliche Ansiedlung konnten sie nirgends entdecken.

»Kein schlechter Platz«, meinte der eine. »Hier sollten wir der Fahrt ein Ende machen und uns niederlassen. Auf der hohen Düne sind wir vor allen Überschwemmungen geschützt.« – »Der Boden ist karg!« meinte ein zweiter. – »Aber der Strom gibt uns Nahrung, er wimmelt von Fischen«, ein dritter. – »Und wo finden wir Schutz?« fragte ein vierter. »Nirgends ist Wald, uns zu verbergen, wenn Feinde nahen.«

Einige Frauen waren den Männern gefolgt und hatten deren Reden gehört. Und als der vierte geendet hatte, legte sich ein Schweigen auf die kleine Menschenschar. Ein bedrücktes, sorgenvolles Schweigen! Jeder von ihnen hing schweren Gedanken nach, und die Erinnerung an all die Not und das Verderben, dem sie entronnen waren, ließ sie schier verzagen.

Während die Männer noch stumm vor sich hin blickten, begannen die Frauen den Boden abzusuchen, ob sie nicht etwas Eßbares fänden, Beeren oder Pilze für ihre Kinder, und als eine von ihnen an ein Gebüsch trat und die Zweige etwas zur Seite zog – da glitt ein Lächeln über ihre eben noch so kummervollen Züge. Und lautlos, ohne zu rufen, winkte sie ihre Gefährten herbei.

Die kamen, und auch ihnen erstarb jedes Wort auf den Lippen, denn unter dem Strauchwerk, in eine Vertiefung geschmiegt, saß eine Henne und hielt die Flügel über ihre Küklein gebreitet.

Endlich begann einer der Männer zu sprechen. »Wo eine Henne mit ihrer Brut Zuflucht hat«, sagte er, »da werden auch wir Schutz finden für uns und unsere Kinder!«

So machten die Menschen ihrer Flucht ein Ende und schufen sich eine neue Heimat, errichteten feste Häuser auf der Düne und führten ein Leben als Jäger und Fischer.

Seither sind gut und gern zweitausend Jahre vergangen, vielleicht auch mehr. Die Ansiedlung ist gewachsen und zur stolzen Stadt Bremen geworden, die im Mittelalter der Hanse angehörte, dem mächtigen Städtebund, dessen Schiffe auf allen Meeren fuhren.

Die Bremer aber haben niemals vergessen, wer es gewesen ist, der den Gründern ihrer Stadt Mut einflößte in einer Zeit der Not. Und als sie ihr schönes Rathaus bauten – vor dessen Säulengang sie zum Wahrzeichen ihrer Freiheit das Standbild Rolands aufstellten –, da brachten sie über einem der Bogen das in Stein gehauene Bildnis einer Frau an, die ein Nest in den Händen hält mit einer Henne und ihren Küklein.

Der Roland und der Krüppel

Manche deutsche Stadt hat auf ihrem Marktplatz einen Roland stehen – als Wahrzeichen dessen, daß ihre Bürger einst reichsfrei waren und keinen andern Herrn über sich anerkannten als allein den Kaiser. Einen besonders großen Roland, aus Stein gehauen, haben die Bremer vor ihr Rathaus gestellt, und niemand darf ihn antasten – denn es heißt, dann wär es um die Freiheit der alten Hansestadt geschehen.

Zu Füßen des Roland hockt eine seltsame steinerne Gestalt, der Bremer Krüppel, von dem man sich die folgende Geschichte erzählt.

Als die Stadt Bremen immer volkreicher wurde, gerieten ihre Bewohner in arge Verlegenheit, denn das umliegende Weideland reichte nicht aus, die zahlreichen Herden ihrer Ackerbürger zu ernähren. Darum ritten eines frühen Morgens im Jahre 1032 einige bremische Ratsherren zur Gräfin Emma von Lesum, deren Wiesen an die der Stadt grenzten, und baten sie um Land.

Die Gräfin war durch ihre Freigebigkeit bekannt. Aber der Sachsenherzog Benno, der die Kinderlose nach ihrem Tode beerben sollte, war ein habgieriger Mann, der ständig in der Sorge lebte, sein Reichtum könne ihm geschmälert werden.

Als die Bremer Ratsherren ihre Bitte vortrugen,

war er gerade zugegen, und als Emma von Lesum ihnen zusagend antwortete, sie sollten soviel Land bekommen, wie ein Mann in einer Stunde umschreiten könne, gab es ihm einen Stich ins Herz. »Warum nicht gleich an einem ganzen Tage!« fuhr er unmutig auf.

Die Gräfin, die den habgierigen Verwandten nicht liebte, trat auf ihn zu und sagte spöttisch: »Ihr habt recht, lieber Vetter, ich bin reich genug, es kommt mir auf ein paar Wiesen nicht an. Euer Wort soll gelten!« Und sie ging mit den Ratsherren auch gleich hinaus, um einen Mann zu bestimmen, der sofort mit seinem Marsch beginnen solle – denn sie wollte ihr Versprechen auch unverzüglich in die Tat umsetzen. Mißmutig aber und finsteren Blickes schritt Herzog Benno neben ihr her und dachte krampfhaft darüber nach, was er tun könne, um ihr Vorhaben zu vereiteln.

An einem Kreuzweg hockte ein Bettler. Als die Gräfin mit ihrem Gefolge vorbeikam, bat er sie um eine Gabe. Sie blieb stehen, und während sie dem Bettler ein Geldstück zuwarf, sagte Herzog Benno: »Da ist ja der Mann, den wir suchen! Laßt ihn doch die Grenze abschreiten!« Die Gräfin wußte in diesem Moment der Macht seines herrischen Blickes nichts entgegenzusetzen, und sie nickte zustimmend.

Betreten schwiegen die Ratsherren. Was sollte das heißen? Der Bettler war ja ein Krüppel, war an Armen und Beinen gelähmt, wurde von mitleidigen Menschen früh an seinen Platz gebracht und abends wieder abgeholt – das wußte doch in Bremen jedes

Kind! Reute die Gräfin vielleicht ihr Versprechen? Wollte sie, was sie mit der einen Hand gegeben hatte, mit der andern wieder nehmen?

Und Benno sprach höhnisch zum Bettler: »Steh auf, Freund! Hörst du nicht, um was es hier geht? Die gnädige Gräfin schenkt deiner Stadt soviel Land, wie du bis heute abend umschreiten kannst!«

Erst wußte der Krüppel nicht, wie ihm geschah. Als er aber die Ratsherren erkannte und mit einem Male begriff, was vor sich ging, brannte ein Feuer in seinen Augen auf, und sein Leib straffte sich. Und plötzlich, unter dem Zwang einer verbissenen Entschlossenheit, gelang es ihm, erst den einen Arm zu rühren und dann den andern; sich auf die Füße zu stellen vermochte er nicht. Aber er stemmte seine Arme auf die Erde und zog den Körper nach, und je öfter er es tat, desto schneller ging es, und so kroch er und kroch unermüdlich, ohne auszuruhen. Und als die Bremer Ratsherren sahen, was da geschah, liefen sie eiligst in die Stadt zurück und ließen weiße Pfähle bringen und den Weg des Krüppels damit abstecken.

Als die Glocken von den Türmen Mittag läuteten, konnte man die ersten Pfähle kaum noch sehen – so weit war der Krüppel schon gekommen. Und als er bei Sonnenuntergang am Tore der Stadt wieder anlangte, hatte er einen großen Bogen umschrieben und seiner Vaterstadt viel gutes Land eingebracht. Und zum Dank dafür ließen die Bremer sein Bild in Stein hauen und zu des Rolands Füßen anbringen, wo es noch heutigen Tages zu sehen ist.

Die Sage vom Schiffe Mannigfuald
und von der Friesen Ursprung

In alten Zeiten lebten die Friesen weit von ihrer jetzigen Heimat entfernt in einem Küstenstrich des östlichen Mittelmeeres. Einst aber kam über sie eine große Not: Sie wurden von fremden Eroberern bedrängt, die ihnen die Freiheit zu rauben drohten. Die Heerscharen, die in ihr Land einfielen, waren so gewaltig, daß an Widerstand nicht lange zu denken war. Doch liebten die Friesen ihre Freiheit über alles, und sie wollten niemandes Knechte werden. Darum beschlossen sie, lieber ihre Heimat zu verlassen als sich ihren Feinden zu unterwerfen.

Die Friesen waren ein seetüchtiges Volk, und sie besaßen viele Schiffe. Sie fürchteten aber, womöglich durch Stürme auf dem Meer voneinander getrennt und nach verschiedenen Richtungen hin verschlagen zu werden, und so kamen sie überein, alle ihre Schiffe zu einem einzigen zu vereinigen, das alles Volk aufnehmen sollte, mit allem Hab und Gut – weshalb sie ihm, als es fertiggestellt war, den Namen »Mannigfuald« gaben.

Ungeheure Ausmaße hatte dieses Schiff. Sein Vordersteven war wie der Kopf eines riesigen Walfisches gestaltet, und um vom Bug bis zum Heck zu gelangen, brauchte man Wochen. Der Koch, der für die Mannschaft das Essen zubereitete, hatte einen so riesigen Kessel, daß er mit einem Kahn in der Suppe herumfahren mußte, um die Klöße herauszufischen. Und die Matrosen, die mit glattem Kinn in die Rahen stiegen, kamen mit Vollbärten wieder herunter.

Die Friesen waren noch nicht lange unterwegs, als sich unter ihnen ein heftiger Streit erhob. Denn es hatten sich auf dem großen Schiff Mängel herausgestellt, die behoben werden mußten. Die Ansichten darüber, wie dies zu geschehen habe und wer überhaupt der Anführer sein solle, gingen auseinander. Und es wäre wahrscheinlich deswegen noch zum Kampf gekommen – aber ehe die Friesen zu den Waffen greifen konnten, zog ein schweres Gewitter auf.

Nun mußten sie alle ihre Kräfte vereinen, um dem Unwetter die Stirne zu bieten und nicht mitsamt ihrem Schiff in den Fluten unterzugehn. Darum schlossen sie Frieden miteinander, und die wenigen, die sich trotz der drohenden Gefahr immer noch nicht dazu bereit fanden, wurden kurzerhand über Bord geworfen, dem Meeresgott zum Opfer.

Und siehe, kaum war das geschehen, da teilte sich auch schon das dunkle Gewölk am Himmel, und das Sternbild des Orion wurde sichtbar, das ihnen mit seinem Gürtel (den sie Peri-Pikh nannten) den Weg nach Westen wies. Das Meer glättete sich, und über das Schiff legte sich eine feierliche Stille, die nur durch das Plätschern am Bug unterbrochen wurde.

Plötzlich sah man aus dem Meer eine riesige, bleiche, nebelhafte Gestalt aufsteigen. Sie erhob sich über die Wogen, schritt auf das Schiff zu und betrat die Planken. Erschrocken wichen alle Friesen zurück und gaben dem unheimlichen Fremden, dem

das Wasser aus den langen, wallenden Haaren und aus den Gewändern troff, den Weg frei. Und ohne ein Wort an sie zu richten, verschwand er im Rumpf des Schiffes.

Bald vernahm man aus dem Inneren der Mannigfuald Stimmen: eine helle und eine tiefe. Die Menschen lauschten, und sie konnten ab und zu auch einige Worte verstehen. Es klang wie: Gerechtigkeit, Einigkeit, Hoffnung. Da flüsterten sie – denn laut zu reden wagten sie nicht: »Das wird der Uald sein, der mit dem Fremden spricht!« (Der »Uald«, der »Alte«, war der Schutzgeist ihres Volkes, der sie auf dieser gefahrvollen Reise begleitete. Doch keiner hatte ihn je gesehen.)

Als der Morgen graute, kletterten die Beherztesten hinunter in den riesigen Leib des Schiffes. Aber sie fanden niemanden vor und wollten schon enttäuscht wieder hinaufsteigen, als einer von ihnen eine zusammengerollte Ziegenhaut entdeckte. Sie entfalteten die Haut, und sie erblickten auf ihr seltsame Schriftzeichen. Keiner konnte sie deuten, bis endlich einer der Ihren, ein Mann namens Freso, hinzutrat. Er verstand die Schrift zu entziffern und las den andern vor, was auf der Ziegenhaut stand:

>»Wenn ihr in das Land kommt,
das euch bestimmt ist,
so richtet euch friedlich ein!
>
>Nicht Gewalttat,
sondern Recht und Gerechtigkeit
herrsche unter euch!

Setzt euch Gesetze!
Küret euch Richter!
Seid einig untereinander!

Dann wird eure Hoffnung
auf eine glückliche Zukunft
sich erfüllen!«

Als Freso diese Worte vorlas und dabei die Haut immer mehr aufrollte, entfielen ihr drei kleine goldene Gegenstände. Weibliche Gestalten waren es – eine hielt Schwert und Waage, die andere Anker und Vogel, während die dritte ein Kind auf dem Arm trug und zwei an der Hand führte. Es waren demnach Sinnbilder der Gerechtigkeit und der Hoffnung und der Einigkeit. Und noch Jahrhunderte später fand man ihre Nachbildungen in den Häusern und auf den Schiffen der Friesen; sie wurden in Holz oder Metall oder in andern Stoffen gearbeitet, als Verzierungen an Wänden oder Truhen angebracht – besonders gern aber an kunstvoll aus Knochen geschnitzten Messergriffen.

Freso wurde umringt und umjubelt. »Lenke du unser Schiff durch die Gefahren des Meeres!« rief es von allen Seiten. »Wir wollen jederzeit deinen Anweisungen gehorsam sein! Und wenn wir wieder an Land sind, werden wir uns Gesetze geben und nach ihnen als freie Menschen leben!«

Da bestieg Freso seinen Hengst, ritt auf der Mannigfuald vom Heck zum Bug und vom Bug zum Heck und sah überall nach dem Rechten. Und den Mängeln, die er entdeckte, wurde abgeholfen.

Freilich ging es nicht so schnell vorwärts, wie ein

Schiff heute die Meere durchkreuzt. Schwerfällig war ihr Fahrzeug, durch unbekannte Gebiete mußten sie es steuern. Mancher starb und wurde ins Meer versenkt, ehe das Ziel erreicht war, und viele Kinder wurden auf dem Schiff geboren.

Auch dem Freso – der ein Mann gewesen war in der Vollkraft der Jahre, als sie ihn zum Lenker des Schiffes bestimmten – waren inzwischen die Haare ergraut. Deshalb nannten sie nun auch ihn den »Alten« (oder, in ihrer Sprache, den »Uald«), gleich dem Unsichtbaren, der sie begleitete.

Viele Gefahren hatte die Mannigfuald zu bestehen. Einst, als ihr eine riesige Wolke das Leitgestirn, den Orion, verdeckte, fuhren sie in die Irre und waren in Gefahr, in den seichten Wassern der großen Syrte aufzulaufen und steckenzubleiben. Zum Glück aber blies sie ein heftiger, heißer Südwind aus dieser gefährlichen Meeresbucht wieder hinaus.

Bald darauf sahen sie am nordwestlichen Himmel einen Feuerstrahl aufsteigen. Sie glaubten, daß er dazu da sei, ihnen durch die Nacht den Weg zu weisen, falls ihnen das Sternbild, dem sie folgten, wieder untreu werden sollte. Es war aber die Feueresse Vulkans, des Gottes der Schmiede, der seine Werkstatt im Ätna auf Sizilien betrieb.

Als der Feuerberg allmählich hinter ihnen verschwand, tauchten andere Berge und Inseln aus den Fluten empor, bis die hohen Uferfelsen an beiden Seiten des Meeres immer näher aneinander rückten, das Fahrwasser immer schmaler werden ließen und ihnen schließlich den Weg überhaupt zu versperren drohten.

Endlich fanden sie das enge Meerestor zwischen den »Säulen des Herkules«. Sie gaben ihm den Namen »dit Nau«, vielleicht weil ihr Schiff nur mit genauer Not hindurchkam, und weil sie sich auch später noch der Angst erinnerten, die sie dabei ausgestanden hatten.

Als sie durch die Meerenge gefahren waren, erlebten sie zum erstenmal das riesige Weltmeer. Heftiger brausten die Stürme und wogten die Wellen, mächtige Meeresströmungen rissen das Schiff mit sich fort, weit hinaus, bis dorthin, wo man nur Himmel und Wasser, Wasser und Himmel sah, in welche Richtung man auch schaute. Sollten sie das Land für immer aus den Augen verloren haben? Segelten sie bis zum Ende der Welt? War ihnen der Untergang bestimmt?

Da entdeckte Fresos Bruder Saxo, der Steuermann des Schiffes, am nördlichen Himmel einen fast still stehenden Stern, um den alle andern zu kreisen schienen und der jederzeit leicht aufzufinden war, denn die beiden hinteren Räder des Sternbildes, das sie den Himmelswagen nannten, standen mit ihm stets in einer geraden Linie. Diesen Stern also wählten sie von nun an zu ihrem Leitstern und segelten immerdar nach Norden.

Und als sie dabei wieder auf eine Küste trafen und an ihr zum erstenmal Ebbe und Flut erlebten, da glaubten sie, daß irgendwo ein riesiger Wal liege, der sich alle sechs Stunden voll Wasser sauge und es alle sechs Stunden wieder ausstoße und so das Auf und Ab der Gezeiten verursache.

Je höher sie nach Norden kamen, desto öfter hüllten dichte Nebel das Schiff ein, so daß es die Richtung zu verlieren drohte. Darum waren sie glücklich, als sie vor sich endlich ein weißes Segel auftauchen sahen, das zu einem Schiff aus den Nordländern gehörte, und sie beschlossen, ihm zu folgen.

So gelangten sie an Klippen und felsigen Küsten vorbei in den Ärmelkanal und zur Meerenge von Dover. Die erschien ihnen so schmal und eng, daß sie fürchten mußten, gar nicht hindurchzukommen. Deshalb gab Freso Befehl, die Backbordseite des Schiffes mit weißer Seife zu beschmieren.

Das half: Die Mannigfuald konnte sich zwischen den Klippen hindurchzwängen. Doch bis zum heutigen Tage haben die Felsen von Dover die weiße Farbe behalten, von dem Seifenschaum, den sie dem Riesenschiff abgestreift haben.

Nun endlich waren die Friesen dem Ziel ihrer Reise nahe. Sie segelten zunächst durch das Skagerrak und das Kattegatt in die Ostsee, doch da sie hier nur ganz seichtes Fahrwasser fanden, wäre ihr Schiff beinahe steckengeblieben, wenn sie nicht schnell allen Ballast ins Meer geworfen hätten – woraus die Insel Bornholm entstanden ist. Darauf aber kehrten sie schleunigst wieder um, kamen in die Nordsee zurück und gingen hier endlich vor Anker.

Freso siedelte sich in der Gegend von Vlieland an, Saxo etwas weiter ostwärts im Lande Hadeln, und Bruno endlich, der dritte der Brüder, hat Brunswig (Braunschweig) gegründet.

Inhalt

© Altberliner Verlag GmbH, Berlin · München 1994
Alle Rechte vorbehalten
Neugestaltete Ausgabe
Einbandgestaltung: Christa Unzner-Fischer
Satz: Gebrüder Garloff GmbH, Magdeburg
Druck und Buchbinderei:
Offizin Andersen Nexö Leipzig GmbH
Printed in Germany 1994

ISBN 3-357-00954-4

Meisterwerke kurz und bündig

Olaf Benzinger
Sgt. Pepper's Lonely Hearts Club Band

Meisterwerke kurz und bündig
Herausgegeben von Olaf Benzinger

Celloklänge, Swing, asiatische Mystik – all das war in diesem sensatio-
nellen Album drin, und es machte Musikgeschichte: »Sgt. Pepper's
Lonely Hearts Club Band« der Beatles. 1967 kam es auf den Markt,
überzeugte durch kompositorische Vielfalt und überraschte durch
zahlreiche aufnahmetechnische Effekte: Es beginnt wie die Aufnahme
eines Live-Konzerts und war doch eine reine Tonstudio-Einspielung.
Olaf Benzinger schildert anschaulich alle Songs des Albums, ihre
Entstehungsgeschichten, ihre Bedeutung, ihre kompositorischen
Raffinessen, und erzählt alles, was man wissen muß über Paul McCartney, John Lennon, George Harrison und Ringo Starr. Ein höchst kurz-
weiliges Kompendium mit allen wichtigen Daten, Fakten und Hin-
tergrundinformationen, ein Leitfaden für Laien und Experten, für
Liebhaber und Neugierige.

Olaf Benzinger, geboren 1956 in München, studierte Sinologie,
Geschichte der Naturwissenschaften und der Medizin sowie Musikgeschichte. Er arbeitete bis 1996 als Verlagslektor, seither ist er publi-
zistisch tätig und betreibt sein eigenes Verlagsbüro.

Olaf Benzinger
Sgt. Pepper's Lonely Hearts
Club Band

Piper München Zürich

Originalausgabe
November 2000
© 2000 Piper Verlag GmbH, München
Umschlag: Büro Hamburg
Stefanie Oberbeck, Katrin Hoffmann
Umschlagabbildung: CSA Archive/photonica
Redaktion und Satz: Lektyre Verlagsbüro
Olaf Benzinger, Germering
Druck und Bindung: Clausen & Bosse, Leck
Printed in Germany   ISBN 3-492-23137-3

Inhalt

Eine Erfolgsstory wie im Traum

Der »Summer of Love«

2. April 1967, sechs Uhr morgens: Die Anwohner des Londoner Stadtteils Chelsea erwachen auf recht ungewöhnliche Weise. Krachende Klänge durchbrechen jäh die noch frühmorgendliche Stille – Musik, auf eigentümliche Weise vertraut, dabei im Grunde doch völlig neuartig.

Derek Taylor, der damalige Pressesprecher der Beatles, erinnert sich: »Überall um uns herum öffneten sich die Fenster, Leute lehnten sich hinaus, wunderten sich. Es war klar, wessen Musik da zu hören war. Keiner beschwerte sich. Ein herrlicher Frühlingsmorgen, die Leute lächelten und gratulierten uns.« In der zurückliegenden Nacht hatten die Beatles in den Abbey-Road-Studios die letzte Nummer für ihr achtes Album eingespielt und eine erste Abmischung der ganzen Langspielplatte vorgenommen. Wie in solchen Fällen üblich, fertigten sie ein »Acetat« – eine Musterpressung – an, um auch außerhalb des Studios die einzelnen Stücke immer wieder überprüfen und bei Freunden und Bekannten testen zu können.

Als die Beatles an diesem Tag im Morgengrauen das Studio verlassen, fahren sie schnurstracks zur Wohnung von Cass Elliott von den Mamas & Papas in der Kings Road. Sie reißen die Fenster auf, stellen die Stereoanlage auf den Sims und schmettern ihr neuestes Werk in voller Lautstärke über die Dächer des Londoner Südwestens. Zwei Monate später kann die ganze Welt die achte Platte der Beatles hören: SGT. PEPPER'S LONELY HEARTS CLUB BAND.

1967 – der »Summer of Love«: Überall auf dem Globus, von Oslo bis Palermo, von New York bis Osaka, tanzte und sang die Jugend zur Musik von Jimi Hendrix, Janis Joplin, den Doors, den Mamas & Papas und den Rolling Stones, den Who, Bob Dylan, den Beach Boys oder Jefferson Airplane – trotz des Sechstagekriegs im Nahen Osten, trotz zunehmender Studentenunruhen und vor allem trotz des aussichtslos verfahrenen Vietnamkriegs. In Europa und Amerika war es der Sommer der Liebe. Die jungen Menschen ließen sich die Haare lang wachsen, veranstalteten »Happenings« und »Bed-Ins«, versuchten in »Love-Ins« den Sex neu zu erfinden, diskutierten über Mantra und Revolution. Und sie hatten eine Musik, die die Gefühle dieser Zeit widerspiegelte und verstärkte.

Doch am 1. Juni 1967 hörten sie, wie George Martin es ausdrückte, »das Trompetensignal, den Lieblingssound einer ganzen Generation«. Es war ein bahnbrechendes Album der Beatles, die Hippie-Symphonie Nummer eins.

Diese »musikalische Splittergranate« veränderte nicht nur die Musik selbst, sie »veränderte auch das gesamte Wesen des Plattengeschäfts – und zwar für immer. Niemals hatte man etwas gehört, was auch nur die entfernteste Ähnlichkeit mit SGT. PEPPER gehabt hätte.« Sechs Monate hatten sich die Beatles im Studio eingesperrt, um ihre ureigenste Platte aufzunehmen, und sie stellten damit alles in Frage, was sonst in der Popmusik passierte.

Die Wirkung von SGT. PEPPER war fraglos vielfältig: Für die einen war die Platte eine vierzigminütige Vision der puren Lebensfreude, die unübertreffliche Hymne der Love-and-Peace-Bewegung. Andere versuchten, den ergründlichen Tiefen dieses kuriosen Albums auf die Spur zu kommen; für sie waren Stücke wie ›Within You Without You‹ ein traumphilosophisches Erlebnis, und die Beatles blieben nicht länger eine Beatgruppe, sondern wurden zu Mystikern ernannt. Daneben gab es natürlich auch jene, die das Album nicht so ernst genommen sehen wollten, sondern die es schlicht für das (vielleicht ironische) Meisterwerk der begabtesten Popgruppe aller Zeiten hielten. George Martin bringt es auf den Punkt: »SGT. PEPPER war alles für alle.«

Die Platte spiegelte auf geradezu perfekte Art die gesellschaftliche Umwälzung der damaligen Zeit wider: jenes Aufbrechen jugendlicher Energie, antiautoritär und respektlos. Nicht jedem gefiel dies freilich, doch das änderte nichts – innerhalb weniger Monate manifestierte sich eine neue Ära.

In der Popmusik waren England und natürlich die USA federführend. Angesichts der oft sterilen Popmusik der achtziger und neunziger Jahre kann man heute noch feuchte Augen bekommen, wenn man daran denkt, welche Songs man damals zum ersten Mal hörte: ›Hey Joe‹, ›Like A Rolling Stone‹, ›Satisfaction‹, ›Purple Haze‹, ›A Whiter Shade of Pale‹ oder ›Death Of A Clown‹.

Als im Juni 1967 SGT. PEPPER erschien, wurde das als eines der beherrschenden Kulturereignisse des Jahrzehnts gefeiert. Britische und amerikanische Radiosender änderten kurzfristig ihre Musikprogramme und spielten fast nur Stücke aus SGT. PEPPER, auf zahlreichen Parties wurde diese neue Platte geradezu zelebriert. Es war, wie sich Paul Kanter von der Acid-Rock-Band Jefferson Airplane erinnert, wie ein Dornröschenschlaf, der zu Ende gegangen war. »Irgend etwas hüllte damals die ganze Welt ein; plötzlich brach es auf, und alles erwachte neu.«

Nicht lange freilich ließen auch kritische Stimmen auf sich warten. Das Album sei durch Drogen beeinflußt, ja, lade geradezu zum Drogenkonsum ein. In einer heute schwer nachvollziehbaren Sorge setzte die BBC ›A Day In The Life‹ und ›Lucy In The Sky With Diamonds‹ auf den Index, doch auch ›Fixing A Hole‹ oder ›With A Little Help From My Friends‹ sollten Drogenanspielungen enthalten.

Ian MacDonald faßt die Diskussion überzeugend zusammen: »Auch wenn viele dieser Behauptungen unberechtigt waren – es wäre falsch, so zu tun, als sei SGT. PEPPER nicht von LSD beeinflußt. Der Sound des Albums ist bis heute die authentischste akustische Nachbildung einer psychedelischen Erfahrung. Gleichzeitig aber steht das Album für etwas ganz anderes: für den Geist von 1967, so, wie er von unzähligen Menschen der ganzen westlichen Welt erlebt wurde, die niemals in ihrem Leben Drogen genommen hatten.«

Wie auch immer, die Beatles waren mit SGT. PEPPER'S LONELY HEARTS CLUB BAND ganz oben. Eine unglaubliche Karriere, eine Erfolgsstory aus einem Traum.

Wie der Traum begann

Zehn Jahre zuvor, als sich im Sommer 1957 John Lennon und Paul McCartney das erste Mal begegneten, war dieser Aufstieg noch weit weg. Lennon war der Kopf der »Quarry Men«, einer Skiffle- und Mersey-Beat-Gruppe, wie es sie überall in England, gerade aber in Städten wie Liverpool, zu Hunderten gab. McCartney hinterließ – neben einer wohl spontanen gegenseitigen Sympathie – vor allem deshalb einen tiefen Eindruck bei Lennon, weil er so viele Akkorde auf der Gitarre kannte.

Ein knappes Jahr später stieß George Harrison zur Gruppe. Obwohl er zweieinhalb Jahre jünger als Lennon war (was dieser ihn auch lange spüren ließ), konnte er die beiden »Stamm-Quarry-Men« durch sein gutes Gitarrespiel überzeugen.

Ansonsten erlebte die Gruppe das gleiche Schicksal wie ungezählte Konkurrenzbands – ständig wechselnde Besetzungen an Bass und Schlagzeug und vor allem: keine Engagements außer einigen Auftritten auf Privatparties.

Endlich, im Herbst 1959, ergaben sich erste bezahlte Bühnenengagements im Casbah Coffee Club in Liverpool – allerdings nur, weil der Sohn der Wirtin, Pete Best, bei den Quarry Men neuerdings Schlagzeug spielte. Doch damit bekamen die Quarry Men erste Auftrittsmöglichkeiten.

Lennon, McCartney und Harrison gewannen Stuart Sutcliffe, einen alten Freund Lennons, für den Bass und sammelten ab April 1960 in vielen kleineren Clubs in Liverpool Live-Erfahrungen. Die Band entwickelte rasch einen sehr explosiven Sound, dessen Ruf – unter verschiedenen Namen wie »Beatals« oder »Silver Beetles« – bis nach Hamburg reichte. In St. Pauli schließlich, im Indra Club und im Kaiserkeller, erarbeitete sich die Gruppe jene faszinierende Live-Präsenz, die sie begleitete, solange sie Konzerte gab. Während Stuart Sutcliffe die Gruppe im November 1960 verließ und in Hamburg blieb, wo er 1962 an einer Gehirnblutung starb, erwarben sich die vier verbliebenen »Beatles«, wie sie sich jetzt nannten, im Prostituierten- und Seemannsviertel das Standvermögen, das sie im Jahr 1961 während ihres fast pausenlosen Engagements im Liverpooler Cavern Club und im Hamburger Top Ten Club auf legendäre Weise bewiesen.

Vor allem in Liverpool strömte ihnen ein festes Fanpublikum zu, und sie avancierten zur besten Live-Band der ganzen Gegend, von der man selbst in London sprach. Allerdings interessierte sich keine Plattenfirma für die

Gruppe. Zwar nahmen sie am 22. Juni 1961 unter dem Namen »The Beat Brothers« als Begleitband des Sängers Tony Sheridan auch zwei Solonummern auf – ›Cry For A Shadow‹ und ›Ain't She Sweet‹, ihre ersten professionellen Studioauftritte –, doch zeigte der Produzent dieser Nummern, Bert Kaempfert, wenig Interesse an einer weiteren Zusammenarbeit.

Am 3. Dezember 1961 bot ein 25jähriger Mann Lennon an, die Beatles zu managen: Brian Epstein. Schon eine Woche später war man sich handelseinig geworden, und die Band unterzeichnete einen Vertrag mit Epstein – allerdings nur unter der Bedingung, daß dieser der Gruppe einen Plattenvertrag verschaffte. Drei Tage später arrangierte Epstein den Besuch eines Decca-Mitarbeiters im Cavern Club, und das Ergebnis war eine Einladung zu Probeaufnahmen im Januar 1962. Es wurde ein Desaster. Die Gruppe konnte in der sterilen Studioatmosphäre und an fremden Instrumenten ihre musikalische Kraft nicht entwickeln und fiel mit Pauken und Trompeten durch. Der nächste Termin bei einer Plattenfirma – am 6. Juni 1962 – war eine neue Chance. George Martin, der Produzent des kleinen EMI-Labels Parlophone, lud die Band zu einer Session ein. Es wurde ein denkwürdiges Treffen.

Martin war zunächst nicht übermäßig davon beeindruckt, wie die Beatles eine Reihe von Standardnummern herunterspulten. Doch dann brachten sie zwei Eigenkompositionen, ›Love Me Do‹ und ›Please Please Me‹, und der Produzent erkannte rasch die Außergewöhnlichkeit und Musikalität dieser Songs. Am Ende der Aufnahme erklärte er den Musikern ausführlich, wo man Arrangement oder Vortrag verbessern könnte oder wo technische Mängel lägen. Dann fragte er die Band, was ihnen denn nicht gefal-

Das ANTHOLOGY-Projekt

Fünf Songs der Decca-Session 1962 und zahlreiche weitere ursprünglich unveröffentlichte Stücke sowie alternative Versionen und Abmischungen von veröffentlichten Titeln finden sich auf den sechs CDs, die im Rahmen des ANTHOLOGY-Projekts herausgekommen sind.
Dieses Projekt besteht bislang aus vier Teilen: erstens einer sechsstündigen Fernsehdokumentation, die von der BBC erstmals an den Weihnachtsfeiertagen des Jahres 1995 ausgestrahlt wurde; zweitens aus einer auf zehn Stunden angewachsenen Filmdokumentation, verteilt auf acht Videofolgen; weiterhin aus den genannten CDs, die in drei Doppelpacks erschienen und auch die in den neunziger Jahren eingespielten Songs ›Free As A Bird‹ und ›Real Love‹ enthalten; und schließlich aus einer stark bebilderten »Autobiographie« der Band, deren Text vornehmlich auf den Interviews für die Videoausgabe basiert..

len habe. Nach einer Weile betretenen Schweigens meinte Harrison schließlich: »Also, als erstes gefällt mir Ihre Krawatte nicht.«

Im Studio brach schallendes Gelächter aus, das Eis war gebrochen. Diese rotzfreche Bemerkung war der Anfangsakkord zur vielleicht kreativsten Partnerschaft zwischen Produzent und Musikern in der Geschichte der populären Musik. Martin bot den Beatles einen Vertrag an, allerdings unter der Voraussetzung, daß Pete Best am Schlagzeug ersetzt werde. Der Manager Epstein feuerte Best, und in die Gruppe kam Ringo Starr von Rory Storm and the Hurricans, mit dem die Beatles schon länger befreundet waren.

Am 6. September fanden die ersten offiziellen Aufnahmen der Beatles im Studio an der Abbey Road statt, eingespielt wurde ihre erste Single, ›Love Me Do‹, eine Woche darauf die B-Seite ›P.S. I Love You‹. Epstein selbst kaufte bei Erscheinen der Platte 10 000 Exemplare, um sicherzustellen, daß sie in die Top-20 gelangte und damit weite Ver-

John Lennon

Er war der wandlungsfähigste der vier Beatles: rüder Rocker, scharfzüngiger Ober-Beatle, sarkastischer Spötter, durchgeknallter Heroinabhängiger, utopischer Pazifist, prügelnder Säufer, (selbst)zufriedener Hausmann und Rinderzüchter, schließlich geläuterter Rockmusiker. Die entscheidende Begegnung seines Lebens war wohl jene mit der japanischen Aktionskünstlerin Yoko Ono, der er in hohem Maße verfiel. Sie war für ihn Geliebte, Muse, Ehefrau, Inspiration und Managerin.
Geboren wurde Lennon am 9. Oktober 1940 in Liverpool. Seine Kindheit war nicht unproblematisch – er wuchs bei seiner Tante auf, seine Mutter starb früh –, doch der rebellische Jugendliche setzte seine Energie in musikalische Kreativität um und gründete die Skiffle-Gruppe Quarry Men, aus der schließlich die Beatles hervorgehen sollten. Im August 1962 heiratete er seine Jugendliebe Cynthia Powell, im April 1964 wurde sein Sohn Julian geboren. 1967 ging Lennon eine Beziehung mit Yoko Ono ein, ließ sich scheiden und heiratete Yoko Ono im März 1969. Nach dem Bruch der Beatles 1970 veröffentlichte er eine Reihe von Soloalben, allen voran 1971 IMAGINE, dessen Titelsong zur Hymne einer ganzen Generation wurde. Während der zeitweiligen Trennung von Yoko Ono zwischen 1973 und 1975 litt er an Depressionen und flüchtete in Drogen. Nach dieser Phase zog er sich ins Familienleben zurück, im Oktober 1975 kam sein Sohn Sean zur Welt. Im Jahr 1980 begann Lennon wieder zu komponieren und schaffte mit DOUBLE FANTASY ein hervorragendes Comeback. Am 8. Dezember 1980 kurz vor elf Uhr nachts wurde John Lennon von dem geistesgestörten Mark Chapman in New York erschossen.

breitung fand. Die Rechnung ging auf, und die zweite Single, ›Please Please Me‹, erreichte im Winter in den meisten Hitlisten Großbritanniens Platz eins.

Der Ruf der Band verbreitete sich wie ein Lauffeuer, und die mitreißenden Auftritte lösten eine Beatlemania aus, die die Gruppe nie mehr verließ. In einem atemberaubenden Siegeszug eroberten die Beatles Großbritannien und schufen sich einen geradezu unantastbaren Status. Im November des Jahres 1963 konnte Lennon es sich bei einem Konzert in Gegenwart der königlichen Familie leisten, die Zuhörer auf den billigen Sitzen zum Mitklatschen aufzufordern, während die übrigen mit ihren Juwelen rasseln könnten. Und im Dezember kürte die ehrwürdige TIMES Lennon und McCartney zu den »herausragenden englischen Komponisten des Jahres«. Großbritannien war erobert, doch die Feuertaufe mußte jenseits des Atlantik durchgestanden werden, in den USA.

Aber auch hier lagen den Beatles die Herzen in kürzester Zeit zu Füßen. Schon bei ihrer Ankunft am JFK-Flughafen in New York am 7. Februar 1964 wurden sie von Tausenden Fans empfangen, und ihre Tournee in den folgenden zwei Wochen wurde ein Siegeszug ohnegleichen. Ihre Auftritte in der »Ed Sullivan Show« erreichten 73 Millionen Zuschauer – damals Weltrekord –, und die Bühnenauftritte fanden in immer größeren Hallen und Stadien statt.

Von nun an hetzten die Beatles von Tournee zu Tournee, ihre Konzerte führten sie durch ganz Europa, dazu ein zweites Mal in die USA, nach Asien, Australien und Neuseeland. Daneben absolvierten sie zahllose Fernseh- sowie Rundfunkauftritte und wurden zu Aufnahmen für die Filmkomödie A HARD DAY'S NIGHT engagiert.

Die vier Pilzköpfe – wie sie auch genannt wurden – waren in dieser Zeit hauptsächlich eine Performance-Band.

Paul McCartney

Er stammt aus einer sehr musikalischen Arbeiterfamilie und bildete – wenigstens im Bild der Öffentlichkeit – den ruhenden Gegenpol zu dem rebellischen Lennon. Er war unbestritten der musikalisch begabteste Beatle und dominierte zumindest das Spätwerk der Band.
Geboren wurde er am 18. Juni 1942, seine Mutter starb früh. Schon in sehr jungen Jahren wurde sein musikalisches Talent erkennbar, als Kind spielte er Trompete, später auch Gitarre. Bei den Beatles schuf er zusammen mit Lennon den Großteil des heute legendären Repertoires. Er war lange mit der Schauspielerin Jane Asher liiert, bevor er im Mai 1969 die Fotografin Linda Eastman heiratete. Nach dem Auseinanderbrechen der Beatles veröffentlichte er zunächst zwei sehr schwache Alben, bevor er 1972 seine eigene Gruppe, die »Wings« gründete. Diese Band lieferte Musik

Die persönliche Präsenz, die jugendliche Vitalität und ihr mitreißendes Temperament waren für ihre überaus rasante Karriere ausschlaggebend. Zwischendrin komponierten sie wie nebenbei laufend neue Songs und nahmen in den wenigen Tagen, an denen sie zu Hause waren, Schallplatten auf.

Am 4. Dezember 1964 erschien ihre vierte LP: BEATLES FOR SALE. Davor waren nach ›Please Please Me‹ die Singles ›From Me To You‹, ›She Loves You‹, ›I Want To Hold Your Hand‹, ›Can't Buy Me Love‹, ›A Hard Day's Night‹ und ›I Feel Fine‹ herausgekommen – allesamt Nummer-eins-Titel – sowie die Alben PLEASE PLEASE ME (erschienen am 22. März 1963), WITH THE BEATLES (22. November 1963) und A HARD DAY'S NIGHT (erschien in Großbritannien am 10. Juli 1964, die gekürzte US-Version wurde bereits am 26. Juni veröffentlicht). Vordergründig betrachtet, lieferten diese Produktionen hauptsächlich neues Material für ganz unterschiedlicher Qualität, an der Spitze steht das Album BAND ON THE RUN (1973). Geschockt durch Lennons Ermordung, zog McCartney sich 1981 zunehmend aus der Öffentlichkeit zurück. Es folgten einzelne Soloprojekte und singuläre Auftritte, bis er 1989 noch einmal auf Welttournee ging. In den neunziger Jahren widmete sich der Tierschützer und Vegetarier McCartney neben einzelnen Projekten seiner Familie, vor allem seiner Frau Linda, bei der 1995 Krebs diagnostiziert wurde. Sie verlor ihren Kampf gegen die Krankheit, der viel Beachtung und Unterstützung in der Öffentlichkeit fand: Am 17. April 1998 starb Linda McCartney. Paul McCartney lebt heute weiterhin zurückgezogen und erscheint nur selten – neuerdings auch als Maler – in der Öffentlichkeit. 1999 überraschte er sein Publikum mit einem neuen Album, RUN DEVIL RUN, und erregte mit einem Auftritt im Cavern Club in der Silvesternacht 1999/2000 großes Aufsehen.

die zahlreichen Tourneeprogramme der Band, und aus heutiger Sicht waren in der Tat viele der aufgenommenen Nummern musikalisch nur Durchschnitt. Doch immer wieder blitzten kompositorische Juwele hervor, die auf ein ungemein kreatives Potential der Gruppe schließen ließen.

Hier ist nicht der Ort, um die ganze Musik der Beatles zu würdigen, doch erwähnt werden sollten in jedem Fall: Lennons wundervoll bluesige Mundharmonika bei ›Please Please Me‹; das leidenschaftlich selbstbewußte ›There's A Place‹; die Wucht und Explosivität von ›I Saw Her Standing There‹; ›She Loves You‹, nicht nur wegen des epochemachenden »Yeah, yeah, yeah«; das ungemein treibende ›It Won't Be Long‹; das für einen Beat-Song harmonisch ungewöhnlich ausgefeilte ›All My Loving‹; dann der Titel, mit dem Amerika erobert wurde, ›I Want To Hold Your Hand‹, mit seinem komplexen Rhythmus und seinen vie-

len überraschenden Melodiesprüngen; der gewaltige Eröff-
nungsakkord von ›A Hard Day's Night‹; das jazzige Blues-
Rock-Stück in Moll ›Can't Buy Me Love‹; das für McCartneys Verhältnisse äußerst unheilschwangere ›Things We
Said Today‹; ›I'm A Looser‹; oder die elektrisierende Nummer ›She's A Woman‹, jene Aufnahme, die vielleicht am
ehesten an den damaligen Live-Sound der Gruppe heran-
reichte.

Das überaus hektische und manische Tourneeleben der
Beatles im Jahr 1964 forderte seinen Tribut, was man wohl
am deutlichsten am seltsam mutlosen und erschöpften
Album BEATLES FOR SALE erkennen kann.

Es folgte 1965 HELP!, ebenfalls ein eher schwächeres
Album (zu einem ziemlich albernen Film), bestückt mit
einigen brillanten Einzeltiteln, allen voran Lennons ›Help!‹
und ›Ticket to Ride‹ sowie McCartneys Solonummer ›Yesterday‹.

Doch entscheidend an HELP! war etwas anderes: Mit
diesem Album begannen die Beatles systematisch, nach
neuen Klangmöglichkeiten zu suchen und neue Instrumente zu integrieren. Bis HELP! bestand die Besetzung der
Stücke aus dem klassischen Beat-Fundus Gitarren, Bass,
Schlagzeug, ab und zu ein Klavier und noch seltener eine
elektronische Orgel.

Auf HELP! sprengte die Band dieses instrumentale
Korsett. Plötzlich war bei ›Yesterday‹ ein Streichquartett zu
hören, bei ›The Night Before‹ und ›You Like Me Too Much‹
ein E-Piano, Tenor- und Altflöten bei ›You've Got To Hide
Your Love Away‹ oder eine Tone-Pedal-Gitarre bei ›I Need
You‹. Insofern beginnt mit HELP! ein Prozeß, der wegführt
von einfachen Beat-Songs hin zu komplexeren Formen des
Pop, die ihren künstlerischen Zenit zwei Jahre später in
SGT. PEPPER erreichen werden.

Eine kleine Notiz nebenbei: Während der Drehaufnahmen zu HELP! fiel George Harrison zum ersten Mal eine indische Sitar in die Hände, jenes Instrument, ohne das die Musik der Folgealben RUBBER SOUL, REVOLVER und SGT. PEPPER nicht vorstellbar wäre.

Das Jahr 1965 war für die Beatles, was den Tourneebetrieb anging, etwas ruhiger als die vorangegangenen Jahre. Januar bis Mai waren – mit kleineren Unterbrechungen – beherrscht von den Dreh- und Plattenaufnahmen zu HELP!.

Im Juni spielte die Gruppe in Italien, Frankreich und Spanien, im August knappe drei Wochen in den USA – darunter die berühmten Konzerte im Shea Stadium in New York und in der Hollywood Bowl in Los Angeles. Im Herbst des Jahres ging die Band für ihr sechstes Album RUBBER SOUL wieder ins Aufnahmestudio, bevor sie sich im Dezember zur nächsten Großbritannien-Tournee aufmachte – es sollte ihre letzte werden.

RUBBER SOUL ist die konsequente Fortführung von HELP!, mehr noch: HELP! war genaugenommen zunächst nur der Bruch mit der bisherigen Musik der Beatles, RUBBER SOUL zeigte nun deutlich die Richtung an, in die die Gruppe gehen sollte. Die Band begann, bewußt mit Klängen und Instrumenten zu experimentieren.

Das sichere Gespür für ein – gerade auch kommerzielles – Funktionieren eines Songs besaßen die Beatles seit ihren ersten Aufnahmen, nun kam ein tiefes Gespür für die künstlerische Stimmung eines Stücks dazu. Auch die Gewichtung von Text und Musik verließ die gewohnte Balance und orientierte sich an der kreativen Aussage eines jeden einzelnen Titels. So gilt etwa ›Norwegian Wood‹ als erste Beatles-Nummer, bei der der Text wichtiger ist als die Musik, während sich bei ›The Word‹ das Verhältnis umkehrt und Text und Stimme fast nur als klangliches Element eingesetzt werden.

RUBBER SOUL war das erste Album, auf dem Harrisons Sitar erklang. Dieses Instrument mit seinem tragenden, sphärischen Klang schuf jene psychedelische Atmosphäre, die zum Eintauchen in neue klangliche Dimensionen ein-

George Harrison

Er hat das Image des ruhigsten und introvertiertesten Beatle, der als erster der vier die indische Musik und Philosophie entdeckte und der am meisten unter der Dominanz von Lennon und McCartney litt.

Geboren am 25. Februar 1943 als Sohn eines Liverpooler Busfahrers, lernte er mit 13 Jahren Gitarrespielen und stieß 1958 zu den Quarry Men. Er schrieb 22 Songs für die Beatles, darunter ›While My Guitar Gently Weeps‹, ›Something‹ und ›Here Comes The Sun‹. Harrison war der erste, der 1970 nach dem Bruch der Beatles mit einem vielbeachteten Album auf den Markt kam: mit dem Dreier-Set ALL THINGS MUST PASS. Die zum Teil hervorragenden Titel stammten überwiegend noch aus Beatles-Zeiten. Bis 1977 produzierte er eine Handvoll Top-Hits, die vor allem in den USA erfolgreich waren. Einige schwächere Alben ließen es still werden um Harrison, bis er 1987 mit ›Got My Mind Set On You‹ ein für viele überraschendes Comeback feierte. 1988 gründete er unter anderem mit Bob Dylan die Travelling Wilburys, die zwei enorme Plattenerfolge erzielten. Harrison produziert und musiziert heute nur noch sporadisch. Er war derjenige, der sich am längsten gegen eine Wiedervereinigung der Beatles (und damit auch gegen das ANTHOLOGY-Projekt) aussprach: »Es wird keine Beatles mehr geben, solange John tot ist.« Am 30. Dezember 1999 entging Harrison selbst nur knapp einem Mordanschlag eines geistig verwirrten Fans.

lud – nicht zuletzt unter Zuhilfenahme von Haschisch, Marihuana oder LSD.

RUBBER SOUL ist eine brillante Schallplatte voller inspirierter Nummern. In einer Bildersprache, die stark von Bob Dylan beeinflußt ist, erzählt Lennon in ›Norwegian Wood‹ wahrscheinlich von einer Affäre, die er mit einer Journalistin hatte, und Harrisons Sitar verzaubert das Stück in eine subtile Idylle. Oder das harmonisch ungeheuer raffinierte ›Michelle‹ von Paul McCartney, das äußerst dichte und rhythmisch mitreißende ›Drive My Car‹, Lennons wunderschönes autobiographisches ›In My Life‹ mit George Martins ausgefeilt verfremdetem E-Piano oder die bombastischen Gesangsstimmen von ›Nowhere Man‹.

Die Beatles waren 1965 längst nicht mehr nur eine Beatgruppe, sie waren bereis *das* britische Phänomen. George Harrison drückte es in der Videoserie ANTHOLOGY so aus: »Die Leute suchten nach einem Grund, verrückt zu werden. Die Beatles lieferten ihnen den Vorwand.« Ihre Konzerte, aber auch ihr sonstiges Erscheinen in der Öffentlichkeit lösten Massenhysterien aus. Im September des Jahres erhielten sie sogar höchste Anerkennung – die Queen persönlich verlieh ihnen den MBE-Orden im Buckingham Palast (im Jahr 1997 wurde Paul McCartney zum Ritter geschlagen).

Das Jahr 1966 führte die Beatles an einen ganz entscheidenden Wendepunkt. Zunächst nahmen sie nach einem langen Urlaub in den Monaten April bis Juni jenes Album auf, das bei der Frage nach der besten Platte der Beatles stets in einem Atemzug mit SGT. PEPPER genannt wird: REVOLVER. Für viele ist REVOLVER von den einzelnen Nummern her gesehen sogar stärker, die musikalische Gesamtaussage läßt allerdings das Pendel deutlich zugunsten von SGT. PEPPER ausschlagen. Wie dem auch sei, beide Platten sind jedenfalls eng miteinander verwandt, und SGT. PEPPER wäre ohne REVOLVER nicht denkbar.

Es lohnt sich also, einen genaueren Blick auf dieses außergewöhnliche Album zu werfen – das siebte der Beatles. Es startet mit ›Taxman‹, einem bissigen Feldzug gegen den Höchststeuersatz in Großbritannien. Dieser Auftakt ist in mehrerlei Hinsicht bemerkenswert: Zum einen ist es die einzige Nummer von Harrison, die eine Langspielplatte

Ringo Starr

Bei den Beatles hatte er das Image des tragikomischen Kumpels, ein Sympathieträger mit sehr naivem Charme. Dabei wird manchmal vergessen, daß er ein hervorragender Schlagzeuger mit einer recht eigenen Technik und einem ungemein intuitiven Timing ist.
Geboren wurde er am 7. Juli 1940 als Richard Starkey, seinen Spitznamen Ringo erhielt er wegen seiner Leidenschaft für auffällige Ringe. Er spielte Schlagzeug in Rory Storms Band The Hurricans, 1962 engagierten ihn die Beatles. Im Februar 1965 heiratete er die Friseuse Maureen Cox, und im selben Jahr kam sein Sohn Zak zur Welt. Schon zur Beatles-Zeit wurde sein komödiantisches Schauspieltalent offenkundig, und so wirkte er bei einer Reihe von Filmen mit, etwa bei dem herrlich anarchistischen THE MAGIC CHRISTIAN. Nach dem Ende der Beatles 1970, unter dem er wohl am stärksten von allen vieren litt, nahm er einige Alben mit ganz unterschiedlichen Stilrichtungen auf und spielt bis heute bei zahlreichen Benefizkonzerten und kleineren Tourneen, in denen er zwar sehr charmant, musikalisch aber letztlich belanglos seine alten Beatlesnummern vorträgt. Im April 1981 heiratete er die Schauspielerin Barbara Bach. Neben seinen musikalischen und filmischen Aktivitäten versuchte Starr sich auch noch als Inhaber eines Plattenlabels und als Möbelunternehmer – jeweils mit nur mäßigem Erfolg.

der Beatles eröffnet, zum anderen wird dem Album durch das – nachträglich der Aufnahme hinzugefügte – Einzählen ein Live-Charakter verliehen, ein ähnlicher Effekt wie das Einstimmen des Orchesters auf SGT. PEPPER. Das Stück selbst ist dominiert von krachenden, verzerrten E-Gitarren und einem herrlich schrägen Gitarrensolo von McCartney – eine fetzige Rocknummer also, die in völligem Gegensatz zum folgenden ›Eleanor Rigby‹ steht.

Dieses Stück ist eine traurig-düstere Meditation über die Einsamkeit und den Tod. Die musikalische Wirkung des Titels entfaltet sich neben der suggestiven Melodie vor allem durch das frostig-sparsame Streichoktett, das George Martin arrangiert hat. An ›Eleanor Rigby‹ kommt die Klasse von Martins Arrangements vielleicht am deutlichsten heraus: stets sehr knapp und sparsam auf die wesentlichen Noten konzentriert, alles vermeidend, was in Richtung Bombast geht.

Man vergleiche dazu die schwülstig überladene Orchestrierung, die Phil Spectors bei ›The Long And Winding Road‹ auf LET IT BE verwandte. Zu dessen Ehrenrettung kann eigentlich nur angeführt werden, daß das Bandmaterial der Beatles für LET IT BE äußerst schlecht war. So ist etwa bei ›The Long And Winding Road‹ Lennons Bass-Spiel von derart vielen Fehlern durchsetzt, daß diese mit viel Sound übertüncht werden mußten.

Zurück zu REVOLVER: Auf ›Eleanor Rigby‹ folgt das träumerisch verschwommene ›I'm Only Sleeping‹, hier verarbeitet Lennon die Stimmung eines psychedelischen Tagtraums. Der auffälligste Effekt der Nummer ist zunächst Harrisons rückwärts laufende Sologitarre, doch überhaupt ist das ganze Stück eine studiotechnische Meisterleistung. Durch Vervielfachung der Aufnahmespuren und durch Manipulationen an der Bandgeschwindigkeit wird eine fahle, lethargische Atmosphäre geschaffen, die Lennons dünnen, schläfrigen Gesang auf ideale Weise ergänzt.

Und wieder schlägt die musikalische Stimmung abrupt um. Bei ›Love You To‹ ist zunächst über eine halbe Minute lang nur das freie Vorspiel einer Sitar zu hören, bevor der Song dann rhythmisch anzieht. Ein dichtes Geflecht aus Tabla, Tamburin, Tambura und Sitar sorgt für einen ungewöhnlichen Klangteppich, auf dem sich Harrisons recht unbewegliche Melodie windet. Zur Aufnahme wurden einige Musiker des North London Asian Music Circle eingeladen, die dann auch den überwiegenden Teil der Instrumente spielten.

Es folgt ›Here, There And Everywhere‹, eine der schönsten Kompositionen von McCartney, die er − ebenso wie Lennon − häufig seine liebste Eigenkomposition nannte. Auf einer ruhigen Akkordprogression entwickelt McCartney eine lyrische Melodie, die das ganze Stück hindurch mit dem Harmonie-Blockgesang Lennons und Harrisons effektvoll gestützt wird. Wie anspruchsvoll die Aufnahme gewesen sein muß, zeigt sich unter anderem darin, daß die Beatles für diesen strukturell doch relativ einfachen Song drei volle Tage im Studio benötigten.

Nach McCartneys weichem Liebeslied erklingt das Happening des Albums: ›Yellow Submarine‹ − im Grunde ein Kinderlied, dessen Fröhlichkeit man sich wohl kaum entziehen kann. Das Besondere an dem Stück aber sind die zahllosen Geräusche und Klangeffekte, die die Beatles hier wie aus dem Ärmel zaubern.

MacDonald beschreibt die Session so: Die vier »plünderten die Rumpelkammer der Abbey Road auf der Suche nach Geräten, mit denen sich Geräusche machen ließen. Sie fanden unter anderem Ketten, Pfeifen, Hupen, Schläuche, Tischglocken und eine alte Blechwanne. Lennon, ganz in seinem Element, füllte einen Eimer mit Wasser und ließ Blasen blubbern, während Alf Bicknell, der Chauffeur der Band, Ketten durch die Wanne zog und Brian Jones von den Rolling Stones Gläser klirren ließ (...) Für den zentralen Teil des Songs gingen Lennon und McCartney in die Echokammer des Studios, um sinnlosen Blödsinn herauszuschreien.« Die komplette Session dauerte rund zwölf Stunden, am Ende stand ein neuartiges und wahrlich funkensprühendes Stück.

Die erste Seite des Albums wird abgeschlossen mit dem rhythmisch vertrackten Rocktitel ›She Said She Said‹. Der Text führt zurück auf eine Party in Kalifornien, auf der Lennon seinen zweiten LSD-Trip eingenommen hatte. Peter Fonda hatte ihm erzählt, daß er schon einmal fast auf einem Operationstisch gestorben wäre und daß er deshalb wisse, wie es sei, tot zu sein. In einer ursprünglichen Version hieß der Song zunächst auch noch »He Said He Said«, in der endgültigen Fassung lautet die erste Zeile dann aber »She said, I know what it's like to be dead«.

Seite zwei beginnt mit dem Gute-Laune-Stück ›Good Day Sunshine‹. Der Sommer 1966 war in Großbritannien besonders schön, und McCartney fing diese Atmosphäre an Lennons Swimmingpool in Weybridge auf meisterhafte Weise ein. Der besondere Reiz des Stückes liegt in der harmonischen Spannung zwischen dem im Chor gesungenen Refrain »Good Day sunshine« und den Strophen, die von einer Sommerromanze erzählen. »Die Beatles in müheloser Bestform«, lobt MacDonald den Song, der auch zu den Lieblingsstücken von Leonard Bernstein gehörte.

Das Folgestück ›And Your Bird Can Sing‹ wurde von manchen Kritikern als eher schwächer eingestuft — von seinem Komponisten Lennon sogar als »schrecklich« —, doch die Nummer besticht durch einen mitreißenden schaukelnden Rhythmus und vor allem durch die raffiniert ausgeklügelten Gitarrenstimmen, die messerscharf unisono in parallelen Terzen spielen.

Wieder ungeteilte Zustimmung fand dagegen ›For No One‹, eines der perfektesten Stücke McCartneys, in dem er das Ende seiner Beziehung mit der Schauspielerin Jane Asher vorausahnt. Der Song wurde auch wegen des Waldhorns berühmt, das einer der besten Hornisten Englands, Alan Civil, einspielte.

MacDonald schreibt zum kurzen Auftritt Civils: »Die Grundspur war für McCartneys Vokalstimme per Varispeeding [Veränderung der Bandgeschwindigkeit] beschleunigt worden; als sie dann Civil vorgespielt wurde, war dieser völlig durcheinander, da sich das Stück jetzt irgendwo zwischen H und B befand. Sobald die Bandgeschwindigkeit heruntergefahren war, vermutlich um mehrere Töne, nahm er sein selbstkomponiertes Solo auf, schenkte sich die normale Session und ging.«

Es folgt das kauzige ›Doctor Robert‹ – eine sarkastische »Hommage« an einen New Yorker Arzt, der seine Klientel zum Rauschgift verführte, indem er seine Vitaminspritzen mit Methedrin versetzte. Lennon freute sich diebisch bei der Vorstellung, daß Millionen von Plattenkäufern bei seinem ironischen Spottgesang in aller Unschuld mitsingen würden.

Auf das harmonisch spannungsreiche – im Klavier teilweise regelrecht dissonante – ›I Want To Tell You‹ von Harrison folgt mit ›Got To Get You Into My Life‹ eine weitere, diesmal eher konventionelle Rocknummer, deren Harmonieteppich von einem Jazz-Bläsersatz aus drei Trompeten und zwei Tenorsaxophonen geprägt ist.

Noch einmal ändert sich die musikalische Atmosphäre des Albums dramatisch: in der Schlußnummer ›Tomorrow

Never Knows‹. Von allen Lennon-Songs, in denen es um Drogenerfahrungen geht, handelt ›Tomorrow Never Knows‹ am offensten von LSD. Der Text stammt aus dem Buch PSYCHEDELISCHE ERFAHRUNGEN der amerikanischen »LSD-Päpste« Timothy Leary und Richard Alpert, nur der Titel des Stücks stammt von Ringo Starr – ursprünglich hätte es »The Void« heißen sollen. Musikalisch war ›Tomorrow Never Knows‹ für alle damaligen Hörgewohnheiten völliges Neuland. MacDonald vergleicht die Wirkung der Nummer auf die Popmusik mit der Wirkung von Berlioz' SYMPHONIE FANTASTIQUE für die Orchestermusik des 19. Jahrhunderts.

Dominiert wird der Sound von unterschiedlichsten klanglichen Facetten: Da ist zunächst Starrs hervorragend gespieltes wuchtiges Schlagzeug; der tragende Ton der Sitar; Lennons durchdringende Stimme, die ab 1:26 durch ein Leslie [ein rotierendes Lautsprechersystem] geschickt wurde, um sie wie aus dem Jenseits klingen zu lassen. Vor allem aber wird der Song klanglich beherrscht von Geräuschen und Klangfetzen, die von sogenannten »Tape-Loops« oder Bandschleifen stammen. Dies sind relativ kleine Stükke von bespielten Tonbändern, die dann über Spezialgeräte abgespielt ein immer wiederkehrendes Signal erzeugen. Alles zusammen schuf einen Klang, den man auch heute noch, nach über dreißig Jahren – als avantgardistisch empfinden muß.

Mit den 14 hier kurz vorgestellten Songs schufen die Beatles ein meisterhaftes Album, ergänzt durch die Single ›Paperback Writer‹/›Rain‹, die ebenfalls im Rahmen der REVOLVER-Sessions aufgenommen wurde. Die Stücke von REVOLVER hatten allerdings einen Nachteil: Die meisten waren reine Studioprodukte und ließen sich nicht mehr live aufführen. Damit hatte sich die Band ganz unmerklich eine neue Identität zugelegt, sich von einer Bühnengruppe zu einer Studiogruppe gewandelt. Allerdings mußte sie abgeschlossene Tourneeverträge erfüllen und damit musikalisch hinter REVOLVER zurückgehen.

Was folgte, waren reine Katastrophenmonate. Nur zwei Tage nach Abschluß der Aufnahmen zu REVOLVER quälten sich die Beatles vom 24. bis 26. Juni durch Konzerte in München, Essen und Hamburg, bevor sie nach Japan und auf die Philippinen aufbrachen. In Japan galten die vier Musiker lange als unerwünschte Personen, die erst durch die Verleihung des königlichen MBE-Ordens gesellschaftlich akzeptabel geworden waren. Die Konzerte der Band wurden mit respektvoller Höflichkeit aufgenommen.

In Manila kam es am 4. Juli schließlich zum Eklat, als die Beatles sich weigerten, der Diktatorengattin Imelda Marcos eine private Aufwartung zu machen. Über Nacht schürten die Medien eine Hysterie gegen die Beatles, und am nächsten Tag wurden die vier und ihr Betreuerstab auf äußerst rüde Weise von Schlägertrupps zum Flughafen gebracht.

Vor dem Abflug mußte Epstein noch die gesamten Einnahmen aus den beiden Konzerten des Vortags bei irgendwelchen Behörden abliefern. Die Band war zwar froh, nur mit ein paar Schrammen, aber sonst heilen Knochen davongekommen zu sein, aber insgesamt überwog rasch wieder der Frust über den für sie immer unbefriedigender werdenden Tourneebetrieb.

In London bei der Rückkehr nach den nächsten Plänen gefragt, antwortete Harrison sarkastisch: »Wir nehmen uns ein paar Wochen frei, um uns zu erholen, dann lassen wir uns von den Amerikanern fertigmachen.« Er ahnte gar nicht, wie recht er mit dieser Bemerkung haben sollte.

Bereits im März des Jahres 1966 hatte Lennon der Journalistin Maureen Cleave ein langes Interview unter anderem über die Zukunft des Christentums gegeben. Lennon vertrat die Ansicht, daß das Christentum keine große Zukunft mehr habe, und er formulierte – wie es seine Art war – überspitzt: »Das Christentum wird verschwinden und untergehen. Wir sind jetzt populärer als Jesus.« Das Interview erschien am 4. März im LONDON EVENING STANDARD, ohne daß es besonderes Aufsehen erregt hätte.

Am 29. Juli, zwei Wochen vor Beginn der letzten Amerikatournee der Beatles, wurde das Interview in den USA nachgedruckt und löste dort einen religiösen Proteststurm aus. Der »Bible Belt« veranstaltete öffentliche Bücher- und Schallplattenverbrennungen, den Rundfunkstationen wurde verboten, Musik der Beatles zu spielen, und als die Band am 12. August in die USA kam, waren sie zur Haßfigur der religiösen Fanatiker geworden. Es gab Morddrohungen und Aufrufe zu Konzertboykotten, und so geriet die Tournee zum Fiasko. Nach dem letzten Konzert der Reise, am 29. August im Candlestick Park in San Francisco, erklärte Harrison, daß er bei den Beatles aussteigen werde. Epstein konnte ihn beschwichtigen, mußte der Band allerdings zusichern, daß er keine Konzertverpflichtungen mehr für sie einging.

Diese Phase war bestimmt von großer Unsicherheit, was die Zukunft der Gruppe betraf, und es stand wohl auch die Auflösung der Band im Raum. Doch eine viermonatige Pause und die euphorischen Reaktionen auf REVOLVER vertrieben alle Trennungsgedanken. Am 24. November traf sich die Gruppe bei George Martin in den Abbey-Road-Studios wieder, um mit den Aufnahmen zu ihrem nächsten Album zu beginnen. Folgenreich blieb dieses Jahr aber dennoch: Die Beatles gaben kein öffentliches Konzert mehr – bis auf den legendären Auftritt auf dem Dach ihres Apple-Gebäudes in der Savile Row in London am 30. Januar 1969.

Eine der besten Livebands der Welt verließ die Bühne und ging endgültig ins Studio – um eine der innovativsten Studiobands zu werden.

Lennon und McCartney als Komponisten

Das Komponistenteam Lennon-McCartney gilt für viele als das herausragende innerhalb der populären Musik des 20. Jahrhunderts. Manche Musikkritiker gingen sogar so weit, das Duo mit Schubert zu vergleichen. Gewiß ist: Der

Die engsten Mitarbeiter der Beatles

Neil Aspinall: Er war einer der engsten Vertrauten der Beatles und ist heute Managing Director von Apple. Er begann als Fahrer der Band, kümmerte sich aber bald auch um finanzielle und künstlerische Belange.

Geoff Emerick: Toningenieur und George Martins Assistent und rechte Hand bei einigen der wichtigsten Aufnahmen der Beatles, etwa zu SGT. PEPPER oder ABBEY ROAD. Emerick entwickelte eine Reihe von speziellen Aufnahmetechniken, um die besonderen Klangvorstellungen der Beatles wirkungsvoll auf das Tonband zu bringen.

Brian Epstein: Erster Manager der Beatles und zugleich der Mann, der sie zu Weltruhm geführt hatte. Als die Beatles 1966 beschlossen, keine Konzerte mehr zu geben, rückte seine Rolle etwas in den Hintergrund. Epstein starb an einer Tablettenvergiftung im August 1967.

außerordentliche künstlerische Rang der Beatles beruht zum größten Teil auf den Kompositionen von John Lennon und Paul McCartney.

War der offensichtliche Grund für den Siegeszug der Beatles ihre explosive Live-Präsenz gewesen, so kam von Anfang an hinzu, daß sie auch mit vielen eigenen Nummern auftraten, während die meisten Rock-'n'-Roll-Gruppen den Kanon der Standardnummern nachspielten. Die Beatles hatten von der ersten Platte an ein ganz eigenes Gesicht, das maßgeblich von den Stücken Lennon-McCartneys geprägt war, auch wenn – vor allem in der späteren

Mal Evans: Er war das Faktotum der Band und während ihrer Tourneen neben Neil Aspinall deren zweiter Roadmanager. Evans konnte den Bruch der Beatles nie verwinden und bekam psychische Probleme. Im Januar 1976 wurde er bei einer Auseinandersetzung mit Polizisten in Los Angeles erschossen.

George Martin: Der Produzent fast aller Beatles-Alben. Er verpaßte dem frühen Rohmaterial der Band im Studio den nötigen Feinschliff. Durch seinen klassischen Musikhintergrund konnte er den Beatles zahllose Anregungen für ihre Kompositionen und Arrangements geben, außerdem machte er sie mit klassischen Instrumenten vertraut, die für ihren Sound ab HELP! zunehmend wichtig wurden. Nach dem Bruch der Beatles arbeitete er mit McCartney bei zahlreichen von dessen Soloprojekten zusammen, auch zeichnet er für die CD-Ausgabe des ANTHOLOGY-Projekts verantwortlich.

Derek Taylor: Er war der Pressesprecher der Beatles und ein enger Vertrauter der Band. Taylor starb 1997 an Krebs.

Phase – George Harrison einige ganz wundervolle Titel beigesteuert hat.

Es ist heute allgemein bekannt, daß nicht allzu viele Lennon-McCartney-Nummern ein wirkliches Gemeinschaftswerk waren. Dazu gehören beispielsweise ›And I Love Her‹, ›Can't Buy Me Love‹, ›A Day In The Life‹, ›I Want To Hold Your Hand‹ oder, sehr viel später, ›I've Got A Feeling‹. Den Großteil der Titel schrieb dagegen einer von beiden, und der andere half ihm über die eine oder andere Klippe. Aber selbst wenn eine Nummer scheinbar ausschließlich von einem der beiden stammte, war doch der andere Teil des Komponistengespanns stets präsent.

George Martin, der sie in dieser Funktion besser als jeder andere kennt, beschreibt es so: Lennon hat von McCartney viel mitbekommen – musikalische Struktur, Ordnung beim Schreiben und wie man einem Stück eine unverwechselbare Note und einen fetzigen Aufhänger gibt. Doch, fährt er fort, »was wäre wohl gewesen, wenn Paul John nie kennengelernt hätte? Ich bin fest davon überzeugt, daß sie sich beide nicht zu den großartigen Songschreibern entwickelt hätten, die sie waren. John wäre vielleicht eine Art Lou Reed oder Bob Dylan geworden. Paul hätte wahrscheinlich sichere Hits, populäre, weiche, melodische Songs geschrieben, denen aber die beißende Schärfe fehlen würde, die er von John absorbierte. Wenn Paul in einer seiner honig-zuckrig-süßen Stimmungen war, tauchte immer sofort John mit seinem Reagenzglas auf. Plitsch! Ein Tröpfchen Lennon, und dann war der Song wieder rasiermesserscharf und aus der Gefahrenzone des Langweiligen und Vorhersehbaren gerettet.«

Ein Klischee, das hier bei George Martin durchzuschimmern scheint, ist bestimmt falsch: daß McCartney für die weichen, melodischen Stücke zuständig war und Lennon für die rauhen und harten Nummern. Immerhin ist aus dessen Feder Sanftes wie ›Julia‹ oder ›Good Night‹ geflossen, während von McCartney die erste Punk- oder – wenn man es anders mag – Heavy-Metal-Nummer aller Zeiten stammt: ›Helter Skelter‹.

Die beiden unterschieden und ergänzten sich in ihrer Kompositionsweise vor allem in der grundsätzlichen Anlage der Stücke. Ian MacDonald beschreibt die beiden Stile sehr treffend mit horizontal (Lennon) und vertikal (McCartney). Lennons Melodien umkreisen still, nicht selten ironisch, oft nur eine oder zwei Noten: »When I was younger, so much younger than today …«, »Living is easy with eyes closed …«, »Picture yourself in a boat on a river …«, »There's nothing you can do that can't be done …« oder ganz extrem in »I am he as you are he, as you are me and we are all together …« Die interessante Bewegung findet dabei in den unterlegten Harmonien statt, die trotz der eher monotonen Melodie keinerlei Langeweile zulassen.

McCartney baut dagegen eher auf Melodien, die mühelos Oktaven in schnellen optimistisch forschen Schritten überwinden: »Yesterday, all my troubles seemed so far away …«, »Day after day, alone on a hill, the man with the foolish grin is keeping perfectly still …«, »Ob-la-di, Ob-la-da, life goes on bra …« oder »Hey Jude, don't make it bad, take a sad song and make it better …« Dies verlieh vielen seiner Songs geradezu ohrwurmtaugliche Eigenschaften. Lennon meinte hierzu sarkastisch, er könne sich nun wirklich keinen Kellner vorstellen, »der bei der Arbeit fröhlich ›I Am The Walrus‹ pfeift«.

In einem wesentlichen Punkt trafen sich McCartney und Lennon allerdings: Sie verließen sich auf ihre Spontaneität und auf das Zufallsmoment beim Komponieren. MacDonald: »Sie schrieben zuerst für Gitarren und brachten in ihre Stücke unvorhersagbare Wendungen, indem sie oft ungewöhnliche und zufällige Akkordwechsel spielten. Sie hatten keine Vorstellung, welcher Akkord der nächste sein würde – eine Offenheit, die sie bewußt nutzten und die in einigen ihrer kommerziell erfolgreichsten Songs (zum Beispiel ›I Want To Hold Your Hand‹) eine wichtige Rolle spielte. Ihr Formgefühl zeigte sich in den unregelmäßigen Phrasierungen und unorthodoxen Taktgruppierungen, durch die schon die frühesten Werke der Beatles überraschend wirken. Sie wußten, daß gerade das Fehlen einer allzu festen Struktur ihre Musik so lebendig und authentisch machte; es bewahrte sie davor, langweilig zu werden.«

Beispielhaft für diese Herangehensweise war Lennon, der in der zweiten Hälfte der Beatles-Karriere bewußt am Klavier komponierte, obwohl er sehr viel mehr vom Gitarrespielen verstand: »So überrasche ich mich selbst.« Gepaart mit ihren unterschiedlichen Kompositionsstilen sorgte dieses intuitive Erschließen neuer Songs dafür, daß die Musik der Beatles stets anregend und unorthodox blieb.

Beim Blick auf das überwältigende Team Lennon-McCartney könnte man leicht George Harrison und Ringo Starr übersehen. McCartney meinte im Rückblick sicher nicht zu Unrecht: »John und ich waren ungeheure Egos, da hatte es jeder andere schwer.«

Doch darf man nicht vergessen, daß die Gruppe mit Harrison einen weiteren hervorragenden Komponisten hatte, der – kein Geringerer als Frank Sinatra fällte dieses Urteil – mit ›Something‹ das »schönste Liebeslied der letzten fünfzig Jahre« schrieb. Und auch Starr, selbst gewiß kein begnadeter Stückeschreiber, hatte wichtigen Anteil an den Kompositionen: Er war im Studio ein genauer Zuhörer und spürte sehr treffsicher Schwächen schon in der Entstehungsphase der Musik auf.

Und doch waren es in erster Linie die Kompositionen von John Lennon und Paul McCartney, durch die die Beatles zum größten musikalischen Phänomen ihrer Zeit wurden. Ringo Starr sagt es sehr einfach und sehr schön: »Der Song ist das, was bleibt. Es kommt nicht darauf an, wie man ihn gemacht hat. Ich glaube wirklich mehr an den Song als an die Musik dazu. Die Leute pfeifen den Song, sie pfeifen nicht meine Schlagzeugbegleitung. Und John und Paul haben ein paar wunderbare Songs geschrieben.«

Kommen wir noch einmal darauf zurück, daß zwar Lennon und McCartney in jedem Stück präsent sind, sie aber nicht jede Nummer gemeinsam schrieben – auf SGT. PEPPER ist die Verteilung der Kompositionen folgende:

Hauptsächlich von Paul McCartney stammen: ›Fixing A Hole‹, ›Getting Better‹, ›Lovely Rita‹, ›Sgt. Pepper's Lonely Hearts Club Band‹ inklusive der Reprise, ›She's Leaving Home‹ und ›When I'm Sixty-Four‹. Lennon trug mit ›Being For The Benefit Of Mr Kite!‹, ›Good Morning, Good Morning‹ und ›Lucy In The Sky With Diamonds‹ zum Album bei. Für echte Lennon-McCartney Koproduktionen stehen ›A Day In The Life‹ sowie ›With A Little Help From My Friends‹, und von George Harrison stammt ›Within You Without You‹.

Eine Frage, die im Zusammenhang mit SGT. PEPPER immer wieder gestellt und unterschiedlich beantwortet wurde, ist: War die Platte von Anfang an als Konzeptalbum geplant – ein Album also, auf dem nicht einzelne Nummern aneinandergereiht sind, sondern das von einem durchgängigen musikalischen Gedanken getragen wird? Nach George Martins Erinnerung kamen die Beatles erst durch McCartneys Lied ›Sgt. Pepper's Lonely Hearts Club Band‹ auf diesen Gedanken. Das Problem der Band war ja, daß sie nicht mehr live auftreten wollte. Nun waren aber gerade Auftritte die einzige Möglichkeit, die Fan-Bedürfnisse wirklich zu befriedigen, zumal das Fernsehen damals keine mit heute vergleichbare Präsenz bot. Den Beatles fiel Elvis Presley ein, der einmal seinen Cadillac auf Tournee schickte, ohne selbst mitzufahren. Sie waren von diesem Gag begeistert und fragten sich: »Warum machen wir kein Album, das in sich eine Show ist, und schicken *das* auf Tournee, anstatt selbst zu gehen?« Würde das funktionieren und von den Fans auch akzeptiert werden?

Allerdings stand den Beatles zum ersten Mal so gut wie unbegrenzte Zeit für die Produktion ihres Albums zur Verfügung, und die wollten sie so kreativ nutzen, wie es nur ging. McCartneys Idee war nun, daß sich die Gruppe nicht als die vier Pilzköpfe, sondern als die fiktive Sgt. Pepper's Lonely Hearts Club Band präsentieren sollte. »In unserer neuen Identität würden wir ein bißchen von B. B. King bringen, ein bißchen Stockhausen, ein bißchen Albert Ayler, ein bißchen Ravi Shankar, ein bißchen PET SOUNDS, ein bißchen von den Doors; das spielte keine Rolle, denn jetzt konnte man uns nicht mehr wie früher in eine feste Schublade stecken.«

Lennon war von der Konzeptidee zwar zunächst wohl nicht sonderlich begeistert, zog dann aber doch mit und nannte SGT. PEPPER ein »Konzeptalbum, das keines war«. Stets betonte er, daß seine Songs auf diesem Album »absolut nichts mit dieser Idee von Sgt. Pepper und seiner Band zu tun hatten, aber es funktionierte, weil wir *sagten*, daß es funktioniert«.

Ringo Starr dagegen kommentierte etwas enttäuscht: »Es sollte eine einheitliche Show werden, doch das wurde nach zwei Liedern langweilig, und jeder begann, wieder seine eigenen Songs zu schreiben.« Dabei übersah er aber, daß

schon die beiden ersten Stücke eine so machtvolle
Stimmung schufen, daß sich alle weiteren Songs darin ein-
ordnen mußten und so das Konzept ausbauten und ver-
stärkten.

Eines gilt in jedem Fall für SGT. PEPPER: Dieses Album
spiegelt wie kein anderes die Beatles wider. Es ist als
Ganzes sehr viel mehr als nur die Summe seiner einzelnen
Songs, wie ja auch die Band sehr viel mehr war als »nur«
Lennon plus McCartney plus Harrison plus Starr. Denn so
merkwürdig es erscheinen mag: Keiner der vier hat später
als Solokünstler auch nur annähernd das musikalische und
künstlerische Niveau der Beatles erreicht, keine Nummer
(vielleicht mit Ausnahme von Lennons ›Imagine‹) die Qualität eines guten Lennon-McCartney-Songs.

Die erste Seite des Albums

Sgt. Pepper's Lonely Hearts Club Band

Das Album beginnt mit einem Geniestreich: Die Beatles, die kein Konzert mehr geben, versetzen den Hörer in den Konzertsaal. Dabei ist ›Sgt. Pepper's Lonely Hearts Club Band‹, verglichen mit den anderen Songs des Albums, weniger eine eigenständige Nummer als vielmehr die programmatische Ouvertüre. In ganz kurzer Zeit bildet sie den Rahmen, der das musikalische Programm der ganzen Platte trägt – ein bemerkenswerter Beleg dafür, wie exakt McCartney, von dem der Song fast ausschließlich stammt, »auf den Punkt« komponieren konnte.

Nach wenigen Sekunden ist man von einer Live-Atmosphäre eingefangen, die aus Publikumsgemurmel und den Stimmen von Orchesterinstrumenten geschaffen wird. (Die dazu nötigen Geräuschbänder stammten aus einer bereits sechs Jahre alten Produktion der Comedy-Revue ›Beyond The Fringe‹ von George Martin sowie von den Orchesteraufnahmen zu ›A Day In The Life‹.) Bei 0:12 setzt krachend eine Rockband ein, deren auffälligstes Zeichen zunächst eine schrill verzerrte E-Gitarre ist. Der Sound dieses Instruments erinnert unverkennbar an Jimi Hendrix, den die Beatles zwei Tage zuvor kennengelernt hatten.

Die Sologitarre war in der Regel eigentlich George Harrison vorbehalten, doch es gab in der Gruppe keine strenge Instrumentenzuordnung. Und da bis auf Ringo Starr jedes der Bandmitglieder sehr vielseitig war, wechselten die Besetzungen je nach Bedarf. Für ›Sgt. Pepper‹ hatte

- Lennon: Gesang
- McCartney: Lead-Gesang, Bass, Lead-Gitarre
- Harrison: Gesang, Gitarre
- Starr: Drums
- James W. Buck, Neil Sanders, Tony Randall,
- John Burden: Hörner
- Aufnahmedatum: 1./2. Februar, 3./6. März 1967
- Abbey Road Studio 2
- Länge 1:58, Tempo 95

George Harrison in einer siebenstündigen Session ein von George Martin als »ziemlich gut« bezeichnetes Solo aufgenommen, doch McCartney bestand darauf, die Gitarrensoli selbst zu spielen.

MacDonald vermutet hierin einen der Gründe, weshalb Harrison auf dem gesamten SGT.-PEPPER-Album etwas im Hintergrund blieb – anders als zum Beispiel bei REVOLVER oder bei ABBEY ROAD, dessen Grundklang er mit seiner Leslie-Gitarre entscheidend mitbestimmte.

Nach vier Takten der markanten Einleitung beginnt McCartney in bester Little-Richard-Manier die erste Strophe wie mit Sägemehl in der Stimme geradezu herauszuschreien. Unmittelbar danach setzt ein Hornquartett ein – ein klanglicher Bruch, der bereits nach 43 Sekunden signalisiert: Diese Sgt. Pepper's Lonely Hearts Club Band läßt sich nicht in ein Korsett schnüren. Das Publikums-Geräuschband, das während des gesamten Stücks immer wieder Fetzen aus Applaus und Gemurmel beisteuert, bringt just an dieser Stelle überraschtes Auflachen. Vielleicht Zufall, vielleicht aber auch ein Indiz für die Selbstironie der Band.

Die Hörner schaffen jedenfalls eine Stimmung, die MacDonald zu der Formulierung verführte, ›Sgt. Pepper‹ sei eine »pfiffige Verschmelzung von edwardianischem Orchester und zeitgenössischem ›Heavy Rock‹«.

Nach dem fünftaktigen Hornintermezzo folgt der Refrain, von McCartney, Lennon und Harrison als dreistimmige Harmonie gesungen. Danach kommt eine wiederum fünftaktige Überleitung, »It's wonderful to be here, it's certainly a thrill …«, die musikalisch wie räumlich hin zu McCartneys zweiter Strophe führt: Die Solostimme der ersten Strophe liegt im Stereopanorama ganz links, der Chorgesang des Refrains ganz rechts. Der Chor der Überleitung bewegt sich nun allmählich von rechts nach links hin zu McCartneys bullig-kehliger zweiter Solostrophe. Während dieser ist die ganze Zeit Applaus im Hintergrund zu hören, der am Ende der Strophe stärker wird und in einen Begeisterungsschrei mündet, als der von McCartney angekündigte »one and only Billy Shears« die Bühne betritt.

Spätestens hier, am Übergang zu ›With A Little Help From My Friends‹, greift die Fiktion einer kompakten Show. Sie läßt den Hörer das ganze Album lang nicht mehr los.

Die Idee zu dem recht bizarren Namen »Sgt. Pepper's Lonely Hearts Club Band« kam McCartney, dem bei seiner letzten Reise nach Kalifornien die phantastischen Namen aufgefallen waren, die sich neue psychedelische Gruppen in Amerika gaben, etwa »Frank Zappa's Mothers Of Invention«, die »Nitty Gritty Dirt Band« oder »Big Brother And The Holding Company«.

McCartney erinnert sich: »Mal [Evans] und ich alberten oft mit Wörtern herum. Wir saßen gerade beim Essen, und auf dem Tablett lagen so kleine Päckchen, auf denen ›S‹ beziehungsweise ›P‹ stand. Mal sagte: ›Was soll'n das heißen? Ach, klar! Salz und Pfeffer.‹ Sofort spielten wir mit den Worten herum. Ich veränderte sie ein wenig und sagte ›Ser-

geant Pepper‹. Einfach so: ›Salt Pepper … Sergeant Pepper‹
– ein Wortspiel. Und dann das ›Lonely Hearts Club‹.
Sergeant Pepper's British Legion Band – das hätte eher
einen Sinn ergeben. Aber die Sache sollte halt ein bißchen
ausgeflippt sein, so, wie es dem damaligen Zeitgeist ent-
sprach. Ich wollte einfach irgendwelche Wörter, die gut zu-
sammenpaßten, aneinanderreihen. Ich hielt das für einen
prima Einfall.«

Die Skepsis der anderen Beatles war relativ rasch zerstreut, doch wie sollte dieser Sergeant Pepper aussehen?
McCartney: »Ich habe ihn mir immer als Chef einer Blas-
kapelle vorgestellt; Blaskapellen hatten wir immer gemocht.«

›Sgt. Pepper‹ ist im Grunde ein einfach strukturierter
Rocksong, der seinen Reiz nicht zuletzt aus den recht raffiniert angelegten fünftaktigen Überleitungen (bei 0:43 und
1:25) bezieht. Diese Blöcke sind insofern ungewöhnlich, da
der Song ansonsten ausschließlich aus viertaktigen Ein-
heiten besteht.

Die Produktion des Stücks war in zeimlich kurzer Zeit
erledigt. George Martin erinnert sich, daß ›Sgt. Pepper‹
von allen Liedern der Platte dasjenige war, das einem Live-
Auftritt am nächsten kam: »Abgesehen von der Arbeit mit
den vier Hörnern hatte ich mit dem musikalischen Arrangement des ›Sgt. Pepper‹-Songs nicht viel zu tun. Die
Jungs fühlten sich bei dieser einfachen Melodie wie die
Fische im Wasser. Sie erfanden das Arrangement mit Leichtigkeit aus dem Stegreif. Man kann sich denken, was es
ihnen für eine Freude bereitete, einen Rock zu spielen, bei
dem ja wahrhaftig die Fetzen fliegen.«

Werfen wir noch einen Blick hinter die Kulissen von Abbey
Road, auf einige aufnahmetechnische Voraussetzungen für

SGT. PEPPER: Während etwa in den USA Achtspurgeräte längst üblich waren, arbeiteten die Abbey-Road-Studios zu diesem Zeitpunkt immer noch mit Vierspur-Tonbandgeräten. (Auf Vierspurgeräten können immer nur vier parallele Tonspuren aufgenommen werden, heute sind in den großen Studios 64 Spuren und mehr üblich.) Für die vergleichsweise simplen Produktionen der frühen sechziger Jahre waren vier Kanäle freilich ausreichend, doch als es nun galt, eine Vielzahl von Stimmen auf das Band zu bringen, wurde die Aufnahmeprozedur kompliziert: Waren alle vier Spuren belegt, mußten sie auf ein oder zwei Spuren eines anderen Bandgerätes abgemischt werden, so daß wieder neue Kanäle frei wurden. Mit jeder weiteren Spur wiederholte sich dieser Vorgang.

Der Nachteil war dabei weniger die Umständlichkeit des Verfahrens. Problematisch war vor allem, daß sich bei den damals verwendeten Analogbändern das Hintergrund- und Bandrauschen sowie sonstige Störgeräusche addierten. Mit jeder Zwischenmischung vermehrte sich auf diese Weise der Akustikmüll (bei ›With A Little Help From My Friends‹ kann man bei 0:42 zum Beispiel ein Stückchen Studiogeräusch deutlich hören), und es war die hohe Kunst von Produzent und Toningenieuren, die Spurbelegung so effizient wie möglich zu gestalten.

Wie dieser Produktionsvorgang praktisch ablief, läßt sich bei ›Sgt. Pepper‹ sehr schön nachvollziehen. Auf Spur 1 wurde die Rhythmusgruppe aufgenommen: Harrison und McCartney an den Gitarren, dazu Starrs mit Echo unterlegtes Schlagzeug, für dessen wirkungsvollen Sound sich der Toningenieur Geoff Emerick immer neue Methoden einfallen ließ. Auf Spur 2 wurde die Bass-Gitarre gelegt, auf Spur 3 der dreistimmige Refrain-Gesang und auf Spur 4 schließlich McCartneys Sologesang.

Damit war das Band voll. Um weitere Stimmen – »Over-dubs« – dazunehmen zu können, mußten die vier Spuren abgemischt werden, in diesem Fall: sämtliche Instrumente auf Spur 1, alle Gesangsstimmen auf Spur 4.

Beim zweiten Studiotermin am 3. März wurde dann Spur 3 mit dem Hornquartett belegt, dessen Stimmen George Martin danach arrangierte, wie es McCartney ihm vorsang. Außerdem wurde an diesem Tag die Sologitarre Harrisons auf der gleichen Spur hinzugefügt. Drei Tage später ersetzte McCartney diese Soli, zudem wurden auf Spur 2 die Spezialeffekte und Publikumsgeräusche kopiert. Nun mußten die vier Spuren nur noch auf eine Mono- und eine Stereospur heruntergemischt werden, und fertig war die Ouvertüre.

With A Little Help From My Friends

Aus der Schlußkadenz von ›Sgt. Pepper‹, die noch neun Sekunden in ›With A Little Help From My Friends‹ hinein-ragt, führt eine klare, fast glockige E-Gitarre hinüber in den neuen Song, der von Ringo Starr auf die für ihn typisch lakonische und zugleich berührende Art gesungen wurde. Es war Tradition aller Beatles-Alben (bis auf die späteren MAGICAL MYSTERY TOUR und LET IT BE), daß auch er eine Nummer vortrug – eine Konzession nicht hauptsächlich dem Drummer gegenüber als vielmehr ein Tribut an dessen zahlreiche weibliche Fans.

Starr hat zwar eine sehr warme, dunkle und ausdrucks-starke Stimme, sein Problem ist allerdings sein recht gerin-ger Tonumfang. So mußten die anderen immer Stücke mit sehr einfachen Melodien für ihn schreiben oder aussuchen. Bei ›With A Little Help From My Friends‹ etwa kommt er mit den fünf Noten zwischen e und h aus, bis auf das hohe Schluß-e (2:34), das ihn wohl an die äußerste Grenze seiner gesanglichen Möglichkeiten brachte.

Paul McCartney ist noch heute sehr stolz auf ›With A Little Help From My Friends‹: »Ich denke, es ist der beste Song, den wir jemals für Ringo geschrieben haben. Das Stück war eine waschechte Koproduktion von John und mir, ein Vehikel für Ringo. Man kann auch sagen, eine kleine Demonstration unseres handwerklichen Könnens. Lieder für Ringo zu schreiben – das war so ähnlich, fand ich, wie die Komposition der Titelmusik für einen James-Bond-Film. Es war eine Herausforderung, eine eher ungewöhnliche Aufgabe für John und mich, denn für Ringo mußten wir in einer bestimmten Tonart schreiben, und die Sache durfte nicht ganz so ernst sein.«

Der Song ist beherrscht von einem geraden, langsamen Beat, der so mitreißend ist, daß man das Stück kaum anhören kann, ohne in irgendeiner Weise mitzuwippen. Zweites auffälliges Merkmal ist der Frage-und-Antwort-Wechselgesang zwischen der Solostimme Starrs und dem Duett Lennon und McCartney.

Drittes Charakteristikum schließlich ist McCartneys melodisch ungemein phantasievoller, pulsierender Bass. McCartney benutzte hierfür im Studio schon seit den

Lennon: Gesang, Kuhglocke
McCartney: Gesang, Bass, Klavier
Harrison: Lead-Gitarre
Starr: Lead-Gesang, Drums, Tamburin
George Martin: Hammond-Orgel
Aufnahmedatum: 29./30. März 1967
Abbey Road Studio 2
Länge 2:43, Tempo 116

REVOLVER-Aufnahmen nicht mehr den Höfner-Violin-Bass, der bei seinen Live-Auftritten zu seinem Markenzeichen geworden war, sondern den Rickenbacker 4001S Bass, der einen schwereren Sound, einen volleren Diskantton und eine zuverlässigere Stimmung im hohen Halsbereich garantierte, was für McCartneys Spiel mit seinen großen Melodiesprüngen sehr wichtig war.

Die Produktion des Titels ging innerhalb zweier Tage recht schnell über die Bühne, was bei der Einfachheit des Songs aber auch nicht weiter verwundert. Noch unter seinem ursprünglichen Titel »Bad Finger Boogie« nahmen die Beatles die Basis-Spuren auf: McCartney Klavier, Harrison Gitarre, Starr Schlagzeug, Lennon wurde an die Kuhglocke verbannt, und George Martin spielte auf der Hammond-Orgel die Übergangskadenz von ›Sgt. Pepper‹ zu ›With A Little Help‹. Am nächsten Tag folgten dann die Sologitarre Harrisons, McCartneys Bass, die Harmoniestimmen von Lennon und McCartney sowie Ringo Starrs Tamburin, schließlich dann sein Sologesang.

George Martin erinnert sich: »In den letzten Augenblikken, als er die hohe Schlußnote treffen mußte, war Ringo einfach wunderbar. Es ist eine der besten Gesangsnummern, wenn nicht die beste, die er je geliefert hat. Obwohl wir die ganze Nacht durchgearbeitet hatten, von elf Uhr nachts bis sieben Uhr morgens, hatte es sich wirklich gelohnt. Ringo kam ganz groß raus. Er war wirklich Billy Shears.«

Während der Aufnahmen gab es Diskussionen, denn Starr weigerte sich, den ursprünglichen Text zu singen »What would you do if I sang out of tune, would you stand up and throw tomatoes at me?« (Wenn ich falsch sänge, würdest du aufstehen und mich mit Tomaten bewerfen?). In einem schon länger zurückliegenden Interview hatte

Harrison einmal von Starrs Vorliebe für Gummibärchen berichtet, und von diesem Zeitpunkt an wurde der Drummer bei Live-Auftritten mit Süßigkeiten geradezu bombardiert. Zwar planten die Beatles nicht mehr aufzutreten, aber man konnte ja nie wissen, und deshalb wollte Starr unbedingt einem möglichen Tomatenbeschuß vorbeugen. Die Zeile mußte während der Aufnahme verändert werden, und so beginnt der Song mit: »What would you do if I sang out of tune, would you stand up and walk out on me?« (... und mich verlassen?)

Eine andere Zeile des Stücks bot immer wieder Anlaß zu Spekulationen über ihre Bedeutung: »What do you see when you turn out the light? – I can't tell you but I know it's mine.« (Was siehst du, wenn du das Licht ausmachst? – Kann ich nicht sagen, aber ich weiß, es gehört mir.) Während MacDonald meint, diese Worte erweckten den Anschein, als kämen sie von außerhalb des rationalen Verstandes, was sie für das Jahr 1967 so überzeugend mache, hat McCartney eine profanere Erklärung: Die Stelle könnte irgendeinen tieferen Sinn haben, »aber genausogut bedeuten, daß er unter der Bettdecke an seinem Schniepel herumspielte. Genau das hatten wir gemeint, doch es wurde auf eine nette, ziemlich indirekte Weise ausgedrückt. Und so etwas mochte ich schon immer.«

›With A Little Help From My Friends‹ machte zweimal Karriere: auf Sgt. Pepper und dann zwei Jahre später als Cover-Version, gesungen von Joe Cocker. In dieser Bearbeitung wurde das Stück extrem verlangsamt und in eine elektrisierende Blues-Soul-Nummer verwandelt, die zu einer der ganz großen Hymnen auf Woodstock wurde. Dies ist die einzige Ausnahme, wo eine Fremdversion eines Beatles-Songs einen größeren künstlerischen Erfolg erzielte als die originale Einspielung der Gruppe.

Lucy In The Sky With Diamonds

Auf das bodenständige ›With A Little Help From My Friends‹ folgt das verträumte ›Lucy In The Sky With Diamonds‹, einer der kontroversesten Songs der Beatles, konnte er doch als Verklausulierung von LSD gelesen werden. Deshalb wurde der Titel bei vielen Rundfunksendern weltweit auf die schwarze Liste gesetzt.

Es bestritt niemand ernsthaft, daß es in dem Lied um psychedelische Erfahrungen ging – und damit auch um LSD. Doch eine Anspielung im Titel war völlig unbeabsichtigt, wie sich McCartney erinnert: »Ich fuhr raus zu John nach Weybridge. Als ich dort angekommen war, tranken wir eine Tasse Tee, und er sagte zu mir: ›Schau dir mal diese tolle Zeichnung von Julian [Lennons Sohn] an! Sieh auf den Titel!‹ Er zeigte mir eine Zeichnung auf Schulpapier, und darauf waren ein kleines Mädchen und ein Haufen Sterne zu sehen. Rechts oben stand ›Lucy in the Sky with Diamonds‹. Was für ein toller Songtitel! ›Das ist Lucy, eine Schulfreundin von ihm. Und sie ist am Himmel.‹ Julian hatte Sterne gezeichnet, und dann waren diese zu Diamanten geworden. Uns gefiel das, dieses Mädchen am Nachthimmel. Das kam uns ziemlich abgefahren vor, irgendwie tripmäßig. Also gingen wir nach oben und be-

Lennon: Lead-Gesang, Lead-Gitarre
McCartney: Gesang, Lowry-Orgel, Bass
Harrison: Gesang, Lead-Gitarre, akustische Gitarre, Tambura
Starr: Drums, Maracas
Aufnahmedatum: 28. Februar, 1./2. März 1967
Abbey Road Studio 2
Länge 3:26, Tempo 46 > 51/93

gannen, den Song zu schreiben. Später haben die Leute gedacht, ›Lucy In The Sky With Diamonds‹ stehe für LSD. Ich schwöre bei Gott, daß uns das damals nicht aufgefallen ist.«

Der Aufbau des Songs ist relativ einfach: erste Strophe – Überleitung – Refrain – zweite Strophe – Überleitung – Refrain – dritte Strophe – wiederholter Refrain, der ausgeblendet wird.

Das Stück beginnt mit einer der charakteristischsten Einleitungen der Popmusik, mit einer ganz einfachen Brechung der Eingangsakkorde A-Dur, A-Dur-Sept, D-Dur und d-moll. Gespielt wurde diese wunderschöne Phrase, von der George Martin sagte, selbst Schubert oder Beethoven wären darauf stolz gewesen, auf einer Lowry-Orgel. Dieses Instrument konnte im Gegensatz zur damals gebräuchlichen Hammond-Orgel sehr schwebende glockige Klänge erzeugen, und so klingt die Eingangswendung fast wie eine Celesta oder eine Kreuzung aus Cembalo und Glockenspiel.

Darüber beginnt Lennons Gesang sehr verträumt und monoton »Picture yourself in a boat …«. Innerhalb weniger Sekunden hat der Song eine lethargische Atmosphäre aufgebaut, deren Wirkung fast zum Greifen ist. Dann plötzlich, am Ende der Überleitung: drei rauhe Schläge am Schlagzeug, und das Stück kippt um in das Getöse des rockig vorgetragenen Refrains. Doch so überraschend, wie der grelle Spuk gekommen ist, verschwindet er auch wieder, und die Strophe fällt zurück in psychedelisches »Verrückt«-Sein.

Diese harten Übergänge waren alles andere als einfach zu spielen, denn zum einen verdoppelt sich im Refrain das Tempo des Songs von 46 Schlägen pro Minute in der ersten Strophe auf 93 Schläge im Refrain (es gelingt der Gruppe nicht, in der zweiten und dritten Strophe exakt wieder auf das gleiche Tempo zu kommen, sie landen bei 51 beziehungsweise 49 Schlägen pro Minute). Zum anderen ändert sich dazu auch noch das Taktmaß: Strophen und Übergänge stehen im Dreivierteltakt, der Refrain dagegen im Viervierteltakt. Dies zusammen schafft jedesmal einen harten Bruch, vergleichbar mit dem Einlegen eines anderen Gangs im Autos, ohne die Kupplung zu treten.

Die Besonderheit des Songs beruht aber nicht nur auf seiner Musik – herrliche Einleitung und schroffe Wechsel –, sondern auch auf dem Text, dessen schwer zu übersetzende Wortbilder geradezu meditativ und mystisch wirken: »Tangerine trees and marmalade skies ... girl with kaleidoscope eyes ... Cellophane flowers ... grow so incredibly high ... newspaper taxis ... plasticine porters with looking glass ties ...« McCartney erinnert sich, daß einige der Ausdrücke in freien Assoziationen entstanden sind, doch sicher ist hier auch der Einfluß von Bob Dylan zu erkennen. Der amerikanische Folk- und Rockpoet war der erste, der psychedelische Lyrik in die Popmusik – und mit ›Mr. Tambourine Man‹ sogar in die Hitparaden – brachte. Die Beatles kannten ihn seit langem, und Dylan hatte großen Einfluß, besonders auf Lennon.

Die Produktion ging innerhalb von drei Tagen über die Studiobühne, wobei am ersten Tag, dem 28. Februar, keine Aufnahmen gemacht wurden, sondern der Titel, ausgehend von Lennons Fragmenten, im Studio fertig komponiert wurde. Dies war zur damaligen Zeit absoluter Luxus, der nur den Beatles und George Martin zugestanden wurde. Niemand von EMI, der die Abbey-Road-Studios gehörten, sagte je zu Martin, »ihr verbraucht zuviel Geld« oder »ihr braucht zu lange mit den Aufnahmen«. Die Beatles hatten alle Freiheiten, und sie nutzten sie – allerdings oft zu Lasten des Studiopersonals.

Die Band arbeitete zum Beispiel am liebsten nachts. In der Regel trudelten die vier so gegen zehn Uhr abends ein und spielten nicht selten bis sechs oder sieben Uhr morgens. Und wenn sie dann im Studio ihre Songs erst entwickelten, war das für die Techniker todlangweilig. Aber auch Ringo Starr war oft unterbeschäftigt, und auf die Frage nach seiner deutlichsten Erinnerung an die Aufnahme von SGT. PEPPER antwortete er: »Daß ich Schachspielen gelernt habe.«

Zur Produktion von SGT. PEPPER benötigten die Beatles 700 Stunden Studiozeit. Zum Vergleich: Ihr erstes Album PLEASE PLEASE ME nahm gerade etwas über neun Stunden in Anspruch.

Am 1. und 2. März arbeitete die Band sehr konzentriert an den Aufnahmen, und obwohl die Produktion einige Feinheiten zu bieten hatte, wurde in diesen beiden Tagen die komplette Einspielung abgeschlossen.

Wenn man den frühen Take 7 – auf ANTHOLOGY 2 – mit der endgültigen Aufnahme vergleicht, bekommt man einen guten Eindruck davon, wie wichtig McCartneys phantasievolles Spiel am Bass für die Songs war. Bei ›Lucy In The Sky‹ verleiht er dem Stück zum einen ein festes Fundament, zum anderen aber auch Leichtigkeit und Swing.

Dem aufmerksamen Zuhörer mag außerdem noch auffallen, daß Lennons Stimme etwas eigenartig klingt. In der Tat. Die Gesangsstimmen für ›Lucy‹ wurden mit verlangsamter Bandgeschwindigkeit aufgenommen und dann um rund zehn Prozent beschleunigt. So bekam die Stimme ihren sehr dünnen und schneidenden Klang und entwickelte einen leichten »Mickymaus-Effekt«. Dies hört man auf der ANTHOLOGY-Version wegen der geringeren Besetzung deutlicher als auf der endgültigen Aufnahme, allerdings war dort der Gesang – die verworfene Version vom 1. März – rhythmisch zu monoton.

Ein kleiner Wortfetzen dieser früheren Gesangsversion wurde beim Reinigen der Bänder offenbar übersehen und blieb auf der endgültigen Aufnahme stehen, deutlich zu hören bei 1:32 – ein seltenes Beispiel für kleinere Schlampereien.

Trotz der sonst sehr professionellen Produktion war Lennon mit dem Stück nicht zufrieden. Wie so oft hatte er wohl beim Schreiben des Songs einen anderen Sound im Kopf, als das Endprodukt schließlich lieferte. Dennoch ist ›Lucy In The Sky With Diamonds‹ ein sehr markantes Stück auf SGT. PEPPER – und durch seine Einleitung ein unsterbliches Stück Popmusik.

Getting Better

Für viele ist ›Getting Better‹ geradezu ein Paradebeispiel eines guten Beatles-Songs. Mark Hertsgaard schreibt: »›Getting Better‹ ist der klassische Fall, wo sich Lennon und McCartney als Komponisten treffen, gleichzeitig führt der Song jedoch auch vor, wie einzigartig ihre Verbindung als Sänger war. Pauls Leadstimme ist kräftig, sie überschlägt sich fast vor Optimismus; Johns Hintergrund-Falsett ist dünn, zeigt bösartigen Humor und hat genau den richtigen Zynismus, um Paul auflaufen, aber nicht untergehen zu lassen.«

In der Tat zeigt sich hier die Kongenialität zweier Musiker, deren Gegensätzlichkeit in diesem Stück geradezu mit Händen zu greifen ist. Zugleich erfüllt der Song aber auch

51

Die erste Seite des Albums

Lennon: Gesang, Lead-Gitarre
McCartney: Lead-Gesang (double-tracked), Bass
Harrison: Gesang, Lead-Gitarre, Tambura
Starr: Drums, Congas
George Martin: Klavier, Pianette
Aufnahmedatum: 9./10./21./23. März 1967
Abbey Road Studio 2
Länge 2:47, Tempo 118 > 126

ein anderes Merkmal eines guten Titels aus der Werkstatt von Lennon und McCartney: eine hervorragende Produktion.

Das Lied stammt hauptsächlich aus der Feder von Paul McCartney. »It's getting better« war die Lieblingsfloskel von Jimmy Nicol, jenem Ersatzdrummer, der für Ringo Starr während dessen Krankheit bei einigen Konzerten im Jahr 1964 einsprang. McCartney wäre vielleicht der Versuchung unterlegen, hier einen hoffnungslos optimistischen Song zu basteln: fröhlich, aber auch etwas oberflächlich, so, wie ihm das ohne seinen korrigierenden Partner während seiner Solokarriere häufiger passiert ist. Doch Lennon baut über dem Refrain »It's getting better all the time« (es wird immer besser) eine wunderbare Spannung auf, indem er im Hintergrund dagegensetzt »It can't get no worse« (schlechter kann es nicht kommen).

George Martin erinnert sich an die Entstehung dieser Zeile: »Paul hatte den Song auf dem alten Klavier in Studio 2 durchgeklimpert, damit wir ihn alle lernen konnten. Er sang gerade die Stelle ›It's getting better, a little better all the time‹, als John durch die Tür hereinspazierte. Im gleichen Augenblick, und obwohl er noch nie zuvor auch nur eine Note des Songs gehört hatte, sang er sofort den perfekten musikalischen und lyrischen Kontrapunkt: ›It can't get no worse‹. Und diese Zeile gab dem Song das bißchen Biß, das noch gefehlt hatte.«

Diese Art der Zusammenarbeit war typisch für Lennon-McCartney – zumindest in ihrer guten Zeit –, und es wirkt schon sehr melancholisch, wenn McCartney heute noch sagt, daß dies genau der Grund dafür gewesen sei, warum er mit Lennon so gerne zusammengearbeitet habe. Nach seiner Version fand die Episode allerdings nicht im Studio, sondern in Lennons Haus statt, wo ein Großteil des Textes entstanden war. Und tatsächlich weist vieles eher auf Lennons Vergangenheit als »angry young man« hin denn auf McCartney.

Die Produktion zog sich über vier Tage und einige Zwischenabmischungen hin. Letzteres führte zu einigem hörbaren Audiomüll, zum Beispiel am rechten Kanal ganz außen bei 0:22, 0:29, 0:31, 1:04, 1:10 (schweres Schnaufen), 1:26 oder bei 1:33. Solche Störgeräusche sind bei der heutigen Aufnahmetechnik nicht mehr denkbar, andererseits schufen sie gewissermaßen eine natürliche Klangatmosphäre. Moderne Produktionen laufen Gefahr, zuweilen unnatürlich »clean« zu sein.

Ein anderer Grund für die stellenweise größere Authentizität älterer Aufnahmen liegt in der Natürlichkeit von rhythmischen Fehlern: Heute wird der Takt und meist auch die Basis-Rhythmusspur mit einer sogenannten Drum-Maschine eingespielt, einem elektronischen Instrument, das wie ein Metronom absolut exakt schlägt. Um mehr Natürlichkeit zu erzielen, gibt es über sogenannte Groove-Einstellungen die Möglichkeit, kleinere Schwankungen einzubauen.

Zur Zeit der Beatles war das rhythmische Maß der gesamten Aufnahme der Schlagzeuger. Ringo Starr spielte sein Instrument auf eine unglaublich intuitive Weise, und so spürte er ganz genau, wann er ein Stück ein kleines bißchen anziehen mußte oder auch schleifen lassen konnte. Bei ›Getting Better‹ zum Beispiel variiert der Grundschlag zwischen 118 und 126 Schlägen pro Minute.

Die ersten beiden Tage der Aufnahme wurde an der grundlegenden Rhythmusspur gebastelt. Die vier Beatles und George Martin suchten nach einem »ziemlich streicherartigen Klang mit einem erbarmungslos treibenden Rhythmus«. Das Stück wird zunächst klanglich beherrscht von staccato gespielten Gitarren und einem Tasteninstrument namens Pianette. Martin verstärkte den Zupfklang dieses merkwürdigen Instruments, indem er nicht auf der Tastatur spielte, sondern die Saiten direkt anschlug. So entstand ein pickelharter Sound, der in guter Spannung zur optimistischen Lead-Stimme steht.

Auch beim Klavier im Mittelteil des Songs wurden die Saiten von George Martin mit einem Hämmerchen direkt angeschlagen, so daß ein dichtes Rhythmusgeflecht unter den weichen Gesangspassagen und dem federnden Bass zum Liegen kommt.

Bei ›Getting Better‹ läßt sich sehr gut die Wirkung von Harrisons Tambura (ein bundloses indisches Zupfinstrument) nachvollziehen. Bei 0:40 und bei 1:36 befindet sich der Song strukturell an derselben Stelle: Nach dem Refrain »steht« das Stück zwei Takte lang, bevor es in die nächste Strophe mündet. An der ersten Stelle spielt die Band den Übergang sehr konventionell, was dazu führt, daß die Stelle kaum ins Ohr dringt. Im zweiten Fall sorgt die indische Tambura für einen stehenden Bordunton – ein ständig klingender Grundton, wie er vor allem für indische und arabische, aber etwa auch schottische Musik typisch ist.

Dieser weiche, sphärisch schwebende Klang sorgt für ein herrliches musikalisches Pendant zu den harten Staccato-Akkorden.

Alles in allem zeigt ›Getting Better‹, wie die Beatles zusammen mit ihrem Produzenten damals aus einem recht passablen Stück – aber doch bei weitem nicht so genialen Song wie etwa ›A Day In The Life‹ oder ›Strawberry Fields Forever‹ – dank ihrer hervorragenden Studioarbeit einen kleinen blitzenden Edelstein machten.

Dabei hätte es am dritten Tag der Aufnahmen um ein Haar ein entsetzliches Unglück gegeben. Die Beatles hatten sich damals sehr wohl einen gewissen Drogenkonsum angewöhnt, allerdings nahmen sie nie etwas im Studio. Ringo Starr erinnert sich: »Wir hatten schon allerhand Zeug geschluckt, aber nie, wenn wir spielten, denn schon recht bald stellten wir fest, daß man, wenn man beim Spielen bekifft oder sonstwie zugedröhnt ist, total beschissene Musik macht. Also haben wir unsere Erfahrungen mit Trips gemacht und später dann in Musik umgesetzt.«

Doch an diesem Tag, dem 21. März, gab es eine – unbeabsichtigte – Ausnahme. Mitten unter einer Aufnahme erklärte Lennon George Martin plötzlich und in sehr wirren Worten, daß ihm entsetzlich schlecht sei. Das Abbey-Road-Studio war, wenn die Beatles dort arbeiteten, stets umringt von einer Heerschar von Fans, so daß der einzige Ort, wo Lennon ungestört an die frische Luft konnte, auf dem Dach des Studios war, wohin ihn George Martin auch führte.

Dort wunderte sich der Produzent zwar über die merkwürdigen Sprüche, die selbst für Lennons skurrile Art ungewöhnlich waren, aber Martin wußte nicht, daß Lennon aus Versehen statt einer Aufputschpille LSD geschluckt und einen schlechten Trip hatte. Ein schlechter Trip auf einem freien Dach ohne Brüstung über zwanzig Meter über dem Erdboden ist eine lebensgefährliche Situation, doch der Produzent – unbedarft, wie er in diesen Dingen war – ließ Lennon »zum Luftschnappen« alleine.

Mark Lewisohn schreibt in seinem Studioprotokoll: »Martin war schon wieder eine Weile im Studio, da fragte Paul in den Kontrollraum ›Wo ist John?‹ – ›Er ist oben am Dach und schaut sich die Sterne an.‹ – ›Du meinst, Vince Hill [ein damals in England mäßig bekannter Schnulzensänger]?‹ witzelte Paul, und George Harrison spielte spontan ein Stück aus der Melodie von ›Edelweiss‹, der aktuellen Single von Hill. Doch im nächsten Moment rasten die beiden aufs Dach. *Sie* wußten, was John hatte – einen Trip. Oben am Dach sahen sie Lennon nahe an der Dachkante stehen, rissen ihn zurück und brachten ihn hinunter ins Studio, bevor er abgestürzt wäre.«

Man merkt George Martin noch heute die Erleichterung an, daß damals kein tragisches Unglück geschehen ist, und er resümiert: »Diese Episode war das erste und letzte Mal, daß ich John oder einen anderen Beatle im Studio arbeitsunfähig erlebt habe. Die Beatles fühlten sich in Abbey Road so wohl, daß sie nie etwas hätten nehmen wollen. Sie arbeiteten, wir alle arbeiteten unglaublich hart, viele Stunden lang und mit einer unglaublichen kreativen Intensität.«

Fixing A Hole

Das fünfte Stück, ›Fixing A Hole‹, ist ein leichtes und sehr einfach strukturiertes Lied, das bis auf die kurze Reprise von ›Sgt. Pepper‹ die kürzeste Produktionszeit aller Titel des Albums benötigte. Allerdings mußten die Beatles für die Aufnahme in ein anderes Studio ausweichen, denn als sie am 9. Februar in die Abbey Road kamen, um die neueste Songidee McCartneys zu verwirklichen, waren zufällig gerade alle Studios belegt.

Also fuhren sie mit George Martin zum Regent Sound in der Tottenham Court Road – ein kleines, verschachteltes Studio. Vielleicht änderten die Beatles deshalb ihr damals übliches Aufnahmeverfahren. Normalerweise spielten sie zuerst die Rhythmus- und Harmoniespuren ein, wobei der Bass stets als nachträgliches Overdub aufgenommen wurde. Dies ermöglichte McCartney, unabgelenkt von anderen Stimmen, seine innovativen und phantasievollen Bass-Melodien zu entwickeln. Auch der Gesang wurde üblicherweise der Rhythmusspur erst nachträglich hinzugefügt.

Anders bei ›Fixing A Hole‹: Nach einigen Probeläufen, bei denen nur teilweise das Band mitlief, spielten sie dreimal den gesamten Song durch – inklusive Bass und Gesang. Eine solche Gruppenaufnahme hatte den Nachteil,

- Lennon: Gesang
- McCartney: Lead-Gesang, Gitarre, Bass
- Harrison: Gesang, Lead-Gitarre
- Starr: Drums, Maracas
- George Martin: Cembalo
- Aufnahmedatum: 9. Februar 1967, Regent Sound Studio
- 21. Februar 1967, Abbey Road Studio 2
- Länge 2:35, Tempo 110 > 114

daß die einzelnen Instrumente im nachhinein nicht mehr korrigiert werden konnten, und so blieb bei 1:09 ein kleiner Patzer in McCartneys Bass stehen.

Zurück zur Aufnahme. Der Song beginnt mit dem charakteristischen Cembalo, das George Martin bediente. Dieses Instrument wurde zusammen mit Bass und Schlagzeug auf Spur 1 aufgezeichnet, und der gesamte Block ist auf der endgültigen Aufnahme ganz links zu hören. Der Leadgesang (Spur 3, auf diese Spur kam später auch noch eine Rhythmusgitarre) ist in der Mitte so breit angelegt, daß er sich wie eine Brücke über das gesamte Panorama spannt.

Ganz rechts schließlich ist Harrisons Sologitarre zu hören – geradezu ein Musterbeispiel für ein einfaches, dabei ungemein effektives Gegenriff zur Hauptmelodie. Außerdem spielt er ein wunderbares und für Beatles-Verhältnisse relativ langes Gitarrensolo im Mittelteil. Der schrille und verzerrte Klang wurde durch einen völlig übersteuerten Verstärker erzielt. Die Sologitarre bekam eine eigene Spur, 2, und deshalb hätte im Gegensatz zum Bass das kurze Saitengeräusch (bei 0:43) bereinigt werden können. Auf Spur 4 schließlich wurde der Hintergrundgesang gelegt, der auf dem Album wie die Sologitarre ganz rechts zu hören ist.

Von den drei Durchläufen wurde Take 2 als bester markiert und zwölf Tage später in der Abbey Road neu abgemischt. Hinzu kamen noch ein paar Overdubs, und der Song war im Kasten.

Bei der Erinnerung an die Aufnahmen zu ›Fixing A Hole‹ freut sich George Martin immer noch über seinen Cembalo-Einsatz, denn normalerweise spielte McCartney bei seinen Stücken die Keyboards selbst – zumal bei Songs, die er auf einem Tasteninstrument schrieb. Durch den abweichenden Aufnahmemodus aber mußte er an den Bass.

Vielleicht ist das der Grund, warum George Martin gerade im Zusammenhang mit diesem Stück McCartneys Bass-Melodien grundsätzlich so besonders hervorhob. Ursprünglich war McCartney ja wie Lennon und Harrison Gitarrist, doch nach dem Ausscheiden von Stuart Sutcliffe 1961 mußte jemand dessen Part übernehmen.

Martin: »Paul war der begabteste Musiker der Beatles. Als ich ihn kennenlernte, konnte er überhaupt nicht Klavier spielen; bei ›Lady Madonna‹ [1968] bestritt er den sehr komplizierten und ungeheuer guten Klavierpart dann ganz allein – ein Beweis für sein herausragendes musikalisches Talent. Paul konnte auch Schlagzeug spielen und war technisch besser als alle anderen inklusive Ringo (obwohl er nie auch nur annähernd den typischen Sound hinbekam, den einzig Ringo seinem Drum-Kit entlocken konnte). Also übernahm er in Ermangelung eines anderen jenes Instrument, das wohl in einer Rockband am schwierigsten halbwegs kreativ zu spielen ist: die Bass-Gitarre.«

Der kleine – und wie MacDonald findet, introvertierte – Song ›Fixing A Hole‹ sorgte für viel Aufregung, weil behauptet wurde, er handele von Heroin, doch davon kann keine Rede sein. McCartney: »›Fixing‹ wurde später mit Fixen gleichgesetzt, doch damals bedeutete es das noch nicht. Ich weiß, daß viele Heroin-User davon überzeugt waren, daß es ›Fixen‹ ausdrückte, denn genau das macht man ja als Heroinsüchtiger: Man ›fixt‹ in ein Loch. Doch ich hatte das überhaupt nicht im Sinn gehabt. ›Fixing A Hole‹ handelte von all diesen selbstgerechten Spießern, die dir sagten: ›Träum nicht in den Tag hinein! Tu dies nicht, tu das nicht!‹ Diese Haltung fand ich grundverkehrt, und ich dachte, es sei an der Zeit, was dagegen zu tun. Das mußte korrigiert und in Ordnung gebracht werden, und genau das meinte ich mit ›Fixing‹!«

Ein anderes Klischee – es wurde in fast allen Büchern über die Songs der Beatles übernommen – behauptete, ›Fixing A Hole‹ beziehe sich auf eine kleine Do-it-yourself-Reparatur McCartneys am Dach seines Farmhauses in Schottland, doch auch das stimmt nicht. »Das Dach meines Farmhauses habe ich erst sehr viel später repariert. Dazu bin ich erst gekommen, nachdem ich Linda kennengelernt hatte. Die Leute setzen solche Dinge einfach in die Welt. Sie wissen, daß ich eine Farm besitze, daß eine Farm ein Dach hat, und möglicherweise auch, daß ich mich gerne handwerklich betätige – und dann ist es nur noch ein kleiner Sprung für die Menschheit … sich die restliche Story aus den Fingern zu saugen.«

She's Leaving Home

Am 17. Februar 1967 brachte die DAILY MAIL eine Nachricht über die 17jährige Melanie Coe. Das Mädchen war mitten in der Abiturvorbereitung von zu Hause weggelaufen und spurlos verschwunden. Die Geschichte war insofern nicht außergewöhnlich, weil in jener Zeit zahlreiche Jugendliche aus der elterlichen, spießig saturiert erlebten Wohlstandsgesellschaft ausbrachen, um in Kommunen und Hippie-Gemeinschaften neue Lebensformen auszuprobieren.

Wie in ›Eleanor Rigby‹ erzählt McCartney fast reportageartig die Geschichte der Flucht: In Strophe eins verläßt das Mädchen das elterliche Haus. Es ist keine abenteuerliche Nacht- und Nebelaktion und kein Triumph, eher ein stiller, trauriger Abschied von den Eltern. In Strophe zwei findet ihre Mutter – der Vater liegt noch schnarchend im Bett – den Abschiedsbrief des Mädchens und bricht zusam-

Lennon: Gesang
McCartney: Lead-Gesang (double-tracked)
Erich Gruenberg, Derek Jacobs, Trevor Williams,
José Luis Garcia: Violinen
John Underwood, Stephen Shingles: Violas
Dennis Vigay, Alan Dalziel: Violoncelli
Gordon Pearce: Kontrabaß
Sheila Bromberg: Harfe
Aufnahmedatum: 17./20. März 1967
Abbey Road Studio 2
Länge 3:33, Tempo 128

men. In der dritten Strophe begegnen wir dem Mädchen zwei Tage später, als sie, schon weit weg von zu Hause, sich um einen Job bemüht.

In gekonnter Meisterschaft zeichnet McCartney – wie auch Lennon in seinem Gegengesang – ein gefühlsmäßig sehr verständnisvolles Bild des Generationenkonflikts. Es findet sich kein holzschnittartiges Gut-und-Böse-Muster, die Bedrücktheit des Mädchens ist genauso mit Händen zu greifen wie die Verzweiflung der Eltern. Nur zu verständlich ist deren Mischung aus Selbstmitleid und Selbstanklage: »Was haben wir nur falsch gemacht? Wir haben doch hart gearbeitet, damit es ihr an nichts gefehlt hat.« Doch eines hat ihr gefehlt, das man auch mit Geld nicht kaufen kann: Spaß, Lebensfreude.

In dem dramatischen Umschwung des Jahres 1967 spiegelt sich der Generationenkonflikt. Vielleicht war die Jugend und die Elterngeneration nie weiter voneinander entfernt wie in dieser Zeit.

Die Kluft reicht bis zur Sprachlosigkeit. Das Mädchen hinterläßt ihren Eltern nur eine dürre Nachricht, sie kann sich nicht mitteilen, und ihre Eltern können ihre Motive nicht verstehen. Zurück bleiben – wie bei ›Eleanor Rigby‹ – nur einsame Menschen.

Auch musikalisch fällt die Nähe zu ›Eleanor Rigby‹ auf. Wie dort besteht bei ›She's Leaving Home‹ die Instrumentierung ebenfalls ausschließlich aus Orchesterinstrumenten: vier Violinen, zwei Violas, zwei Celli, Kontrabaß und Harfe.

Bis dato hatte George Martin alle Arrangements für die Beatles geschrieben, wenn die Besetzung eines Songs über den Rahmen eines normalen Rocktitels hinausging. Auch diesmal bat McCartney Martin um eine entsprechende Partitur, doch dieser wollte McCartney vertrösten, da er sich gerade um die Produktion des neuesten Cilla-Black-Albums kümmern mußte. George Martin aber hätte wissen müssen, daß es für die Beatles ein »später« oder ein »das ist unmöglich« nicht gab. Verärgert über die Absage Martins rief McCartney postwendend den Produzenten und Arrangeur Mike Leander an, was wiederum Martin brüskierte:

»Ich war sehr überrascht und ziemlich verletzt, daß Paul gleich zum Telefon griff und Mike Leander anrief, sobald ich ihm erklärt hatte, daß ich nicht auf der Stelle kommen könne. Mike war ein guter Arrangeur, und Paul engagierte ihn für die Instrumentierung. Ich konnte Pauls Ungeduld einfach nicht verstehen. Der Gedanke, daß mich das verletzen könnte, war ihm offenbar gar nicht gekommen. Jahre später meinte er: ›Ich habe nicht begriffen, warum dir das so wichtig war. Ich hatte das im Kopf, und ich mußte es rauskriegen, auf Papier bringen. Das war alles.‹ – So war Paul eben. Mike Leander lieferte damals ein sauberes Arrangement für ›She's Leaving Home‹ ab. Ich habe nicht viel daran verändert. Fast dreißig Jahre später wünsche ich mir rückblickend allerdings, ich wäre ein wenig ruppiger damit umgegangen. So denke ich beim Hören heute, daß die Harfenstimme ein bißchen zu sehr klimpert und die Streicher ein bißchen zu voll klingen. Hätte man es vielleicht doch noch mehr straffen können?«

In der Tat: Vergleicht man die frostig spröde Stimmung von ›Eleanor Rigby‹ mit ›She's Leaving Home‹, so ist bei letzterer eine leichte Süßlichkeit nicht zu überhören, und sie läuft dem melancholischen Text etwas zuwider. Trotzdem wurde ›She's Leaving Home‹ zu einem der beliebtesten und bewegendsten Songs der Beatles.

Die Instrumentalbegleitung, bei der keiner der Beatles zu hören ist, nahm den 17. März in Anspruch, der Gesang von McCartney und Lennon wurde drei Tage später hinzugefügt. Am ersten Termin arbeiteten Band und Produzent mit vertauschten Rollen: McCartney saß im Kontrollraum, und George Martin dirigierte im Studio das zehnköpfige Orchester. Es wurden sechs Versionen eingespielt, die sich nur um Nuancen unterschieden. Als beste wurde schließlich Aufnahme Nummer eins ausgewählt.

Da Martin die Orchesterbegleitung in Stereo erhalten wollte, blieben für die beiden Gesangsstimmen, die noch dazu jeweils doppelt aufgenommen werden sollten, nur noch zwei Spuren. Das bedeutete, daß McCartney und Lennon ihre unterschiedlichen Gesangsparts gleichzeitig aufzeichnen mußten – auch für routinierte Könner wie die Beatles ein ziemlich schwieriges Unterfangen. Prompt hat sich ein kleiner Fehler eingeschlichen, der aufgrund der Gedrängtheit der Stimmen nachträglich nicht mehr entfernt werden konnte: Bei 1:07 fallen für einen kurzen Moment die beiden Stimmen McCartneys auseinander.

Der Song besticht durch die klare gegenläufige Melodieführung von Lennons und McCartneys Stimmen. McCartneys Strophen übernehmen die Rolle des Mädchens, wohingegen Lennons Antworten fast im Stil eines griechischen Chors der Antike die Gegenposition der Eltern wiedergibt. Diese gegeneinander gesetzten Melodielinien tauchen in der Musik der Beatles immer wieder auf, in ›She's Leaving Home‹ ist der Kontrapunkt besonders wirkungsvoll eingesetzt. Weitere Spannung erhält der Song dadurch, daß im Gegensatz zu den regelmäßigen 16- beziehungsweise 32taktigen Strophen der Refrain nur 19 Takte umfaßt, und damit das Stück zusätzlich angetrieben wird.

Eine kleine Notiz am Rande: Mit Sheila Bromberg an der Harfe wirkte zum ersten Mal eine Frau bei einer Beatles-Aufnahme mit.

Being For The Benefit Of Mr Kite!

Während der Dreharbeiten zu einem Werbefilm für ›Strawberry Fields Forever‹ im Januar des Jahres entdeckte Lennon in einem Antiquitätenladen ein viktorianisches Zirkusplakat von 1843, auf dem ziemlich skurril-lächerlich ein Akrobat seine Künste anpreist. Lennon verarbeitete einzelne Textstellen daraus zu einem scheppernden Kirmeslied, das in seiner Spontaneität an ›Yellow Submarine‹ erinnert, das aber klanglich weit darüber hinausgeht.

Die Basisspur bestand aus Bass, Schlagzeug, dem lakonisch trockenen Gesang Lennons und einem Harmonium. Dieses Instrument, das durch die Verwendung der modernen Synthesizer völlig überflüssig geworden ist, besteht aus Klangzungen, die über einen pedalerzeugten Luftstrom zum Schwingen gebracht werden. Seinen merkwürdigen, orgelähnlichen Klang zu erzeugen war körperlich reinste Schwerstarbeit, denn die Pedale erforderten einen erhebli-

- Lennon: Gesang, Hammond-Orgel
- McCartney: Bass, Gitarre
- Harrison: Harmonika
- Starr: Drums, Tamburin, Harmonika
- George Martin: Harmonium, Lowry-Orgel, Glockenspiel, Bandeffekte
- Mal Evans, Neil Aspinall: Harmonikas
- Aufnahmedatum: 17. Februar, 28./29./31. März 1967
- Abbey Road Studio 2
- 20. Februar 1967, Abbey Road Studio 3
- Länge 2:35, Tempo 109 > 111

chen Kraftaufwand. George Martin verglich das Spielen eines Harmoniums mit dem pausenlosen Besteigen einer steilen Treppe. Entsprechend lag er nach der vierstündigen Aufnahmesession, bei der er das Harmonium spielte, völlig erschöpft und mit rasendem Puls auf dem Boden, wie Mark Lewisohn in seinem Studioprotokoll vermerkt.

Der Aufnahme wurden weitere Instrumentalspuren aus Harmonikas und Orgeln zum Teil in abweichenden Bandgeschwindigkeiten hinzugefügt, doch von Lennons klanglicher Vorstellung – einer Jahrmarktsstimmung, bei der man »das Sägemehl regelrecht riechen könne« – war man noch weit entfernt. (Eine solche akustische Charakterisierung war übrigens recht typisch für John Lennon. Einmal, so erinnert sich George Martin, bat ihn Lennon um einen Sound, der nach Orangen klingen sollte.)

Der Aufwand, eine richtige Kirmesorgel im Studio aufzubauen, war selbst für die Verhältnisse der Beatles zu groß, doch Martin erinnerte sich daran, daß eine Sammlung von Märschen, die auf entsprechenden Dampforgeln gespielt wurden, im Archiv der Abbey-Road-Studios lag. Er kopierte einige der Bänder und ließ diese Aufnahme von

Die erste Seite des Albums

Der skurrile Text des Zirkusplakats

»Pablo Fanque's Circus Royal, Town-Meadows, Rochdale. Grandest Night of the Season! And positively the LAST NIGHT BUT THREE! Being for the BENEFIT OF MR KITE (late Well's Circus) and MR J. HENDERSON, the celebrated somerset thrower! Wire dancer, vaulter, rider, etc. On Tuesday Evening, February 14th, 1843. Messrs. Kite & Henderson, in announcing the following Entertainment, assure the Public that this Night's Production will be one of the most Splendid ever produced in this Town, having been some days in preparation. Mr Kite will, for th's Night only, introduce the celebrated HORSE, ZANTHUS! Well known to be one of the best Broke Horses IN THE WORLD!!! Mr Henderson will undertake the arduous Task of THROWING TWENTY ONE SOMERSETS on the solid ground. Mr Kite will appear, for the first time this season, On the Tight Rope, When Two Gentleman Amateurs of this Town will perform with him. Mr Henderson will, for the first time in Rochdale, introduce his extraordinary TRAMPOLINE LEAPS and SOMERSETS! Over Men & Horses, through Hoops, over Garters, and lastly, through a Hogshead of REAL FIRE! In this branch of the profession, Mr H. challenges THE WORLD!«

seinem Toningenieur Geoff Emerick in lauter kleine Schnipsel zerschneiden. Rasch hatten sie eine kleine Pyramide aus Bandsalat auf dem Boden liegen. Emerick sollte die Fitzelchen zunächst in die Luft werfen und dann völlig willkürlich wieder zusammenkleben.

George Martin: »Wie der Teufel es wollte, landeten einige Bandfetzen beinahe da, wo sie ursprünglich gewesen waren. Dieses Problem lösten wir, indem wir alles, was auch nur im entferntesten so klang, als wäre es richtig zusammengesetzt, herumdrehten und verkehrt zusammenklebten. Mit dieser merkwürdigen Technik stoppelten wir ein Patchwork aus verschiedenen Stücken für Kirmesorgel zusammen, die alle etwa eine Sekunde lang waren, einen Wirbel aus vielen verschiedenen Teilen. Das Ergebnis war eine chaotische Klangmasse: Man konnte unmöglich die einzelnen Melodien erkennen, aus denen sie sich zusammensetzte, aber es war ganz unverkennbar Kirmesorgel. Perfekt! Da hörten wir die Kirmesstimmung, die uns vorgeschwebt hatte. John war hellauf begeistert.«

(Das zusammengestückelte Originalband wird übrigens in einem Tresor in den Abbey-Road-Studios aufbewahrt und wie ein Schatz behütet.)

Bei der endgültigen Abmischung für SGT. PEPPER vermischen sich die Kirmesklänge mit anderen Orgelstimmen, so daß dieses manipulierte Band nicht eindeutig aus der Soundmasse hervortritt, doch bei der Version, die auf ANTHOLOGY 2 zu hören ist, läßt sich die Kollage sehr deutlich verfolgen. Der chaotische Jahrmarktseindruck wird zusätzlich durch große metrische Unregelmäßigkeit unterstützt. Nach drei Einleitungstakten besteht die erste Strophe aus vier (für die ersten beiden Textzeilen) plus drei (für die folgenden zwei Zeilen) plus fünf (für die restlichen drei Zeilen) Takten, die zweite Strophe dagegen aus vier plus drei plus vier Takten. Nach den zwölf »Walzertakten« – in Triolen aufgelöste Viervierteltakte – und einem Takt Übergang folgen wieder vier plus drei plus vier Takte, bevor 18 Takte Kirmessound das Stück ausklingen lassen.

Mit ›Being For The Benefit Of Mr Kite!‹ beschließt ein klanglicher Paukenschlag, der auf diese Weise noch nirgends zu hören war, die erste Albumseite von SGT. PEPPER.

Zwischenspiel

An dieser Stelle, an der früher der Hörer der Langspielplatte aufstehen und die Platte umdrehen mußte, sollten
vier Stücke nähere Betrachtung finden, die im Rahmen der
SGT.-PEPPER-Sessions aufgenommen wurden, die aber dann
aus unterschiedlichen Gründen nicht auf dem Album erschienen: ›Strawberry Fields Forever‹, ›Penny Lane‹, ›Only
A Northern Song‹ und ›Carnival of Light‹.

Als die Beatles nach ihrem letzten Konzert und einem
langen Urlaub am 24. November 1966 wieder in die Studios an der Abbey Road kamen, waren alle Trennungsab-
sichten verflogen. Sie sprühten vor Ideen und begannen
mit den Aufnahmen zu ›Strawberry Fields Forever‹, einem
der meisterhaftesten Stücke John Lennons. Obwohl dieser
Song vor Veröffentlichung des Albums zusammen mit
›Penny Lane‹ als Single erschien und deshalb für die Langspielplatte nicht mehr zur Verfügung stand – wir kommen
darauf zurück –, prägte er doch den gesamten Charakter
des Albums SGT. PEPPER.

Lennon hatte das Stück im Sommer in Spanien komponiert, als er die Rolle des Gefreiten Gripweed in Richard
Lesters Militärsatire HOW I WON THE WAR spielte. Er befand sich in einer entscheidenden Umbruchphase seines
Lebens und war entsprechend von Selbstzweifeln geplagt:
Sein LSD-Konsum veränderte sein Lebensgefühl und un-
tergrub seine oft schroffe Selbstsicherheit. Es wird berichtet, daß er nach der Pressekonferenz im August, in der er
sich für seinen Jesus-Vergleich entschuldigte, weinend zu-
sammenbrach. An anderer Stelle steht zu lesen, daß er in

dieser Phase eines Nachts buchstäblich auf die Knie fiel und schrie: »Gott, Jesus oder verdammt noch mal, wer du bist – wo immer du bist –, würdest du mir bitte ein einziges Mal sagen, was ich verflucht noch mal tun soll?«

Lennon kehrt in seinem Song zu eigenen Jugenderinnerungen zurück: Strawberry Fields war ein ehemaliges Heilsarmee-Waisenhaus genau gegenüber vom Haus von Lennons Tante Mimi, in dem er aufwuchs. Auf dem Gelände des Wohnheims gab es regelmäßig Sommerfeste, die Lennon gerne besuchte. In seinem sehr meditativen und lyrischen Text reflektiert er eine Welt, wie er sie sich wünschte.

Dabei spiegelt er seine Unsicherheit ganz intuitiv wider, indem er die Worte vage und offen läßt: »Always no sometimes think it's me, but you know and I know it's a dream …« (Denk immer, nein manchmal, daß ich es bin, aber du weißt und ich weiß, es ist bloß ein Traum …) Doch schließlich findet er wieder in die reale Welt: »It's getting hard to be someone but it all works out. It doesn't matter much to me.« (Es ist ganz schön hart, sich zu behaupten, aber es wird schon. Es macht mir eigentlich nichts aus.)

Die Musik kontrastiert Lennons etwas verdrehten Text, indem die Melodie mit nur sehr wenigen Noten auskommt. Das Besondere dieses Songs liegt, wie so oft bei guten Beatles-Nummern, in einer ungeheuren atmosphärischen Dichte.

Die Band nahm eine Reihe von Versionen auf, die sich zum Teil drastisch voneinander unterschieden. Auf einigen Bootlegs sind bis zu zwanzig verschiedene Takes versammelt, auf ANTHOLOGY 2 finden sich die wichtigsten: einige Demos, Take 1 und Take 7.

Zunächst begann das Stück wie ein zarter Folksong. Die frühen Versionen offenbaren eine eigentümliche sanfte Schönheit, die bei der endgültigen Aufnahme durch das zum Teil kolossale Klangspektakel ein wenig überlagert wird.

Mit brüchiger Stimme beginnt Lennon »Living is easy with eyes closed ...«, also noch nicht mit jener Passage, die wir heute als Songanfang kennen. Die spätere Einleitung wurde erst noch geschrieben und bei Take 7 mit dem Mellotron eingespielt. Dieses war ein – durch die Verwendung von Synthesizern heute völlig überflüssiges – Tasteninstrument, bei dem auf Tastendruck der Klang verschiedener gängiger Instrumente von einem Tonband abgerufen wurde. In den sechziger Jahren war das Mellotron der letzte Schrei, und die Beatles waren von dem Instrument begeistert.

Lennon war mit den ersten, sanfteren Versionen nicht so ganz glücklich, er hatte einen aufregenderen Klang im Sinn. Also machte sich die Band im Dezember erneut an das Stück. An jenem Donnerstag, dem 8., hatten George Martin und Geoff Emerick eine Verpflichtung und kamen erst gegen elf Uhr ins Studio. Martin erinnert sich:

»Als wir gegen elf eintrudelten, war im Studio die Hölle los. Die Jungs hatten sich gedacht, es wäre bestimmt witzig, eine ›unkonventionelle‹ Rhythmusspur für ›Strawberry Fields Forever‹ aufzunehmen, indem sämtliche zur Verfügung stehenden Leute einfach auf allem herumtrommelten, was ihnen gerade zwischen die Finger geriet. Als wir dazustießen, hatten wir bei dem ganzen Tohuwabohu den Eindruck, in einem schlechten Tarzanfilm gelandet zu sein. John und Paul bearbeiteten die Bongos, George schlug auf riesenhafte Pauken ein; Neil Aspinall hantierte mit einem Kürbisschrapper herum, Mal Evans trommelte auf einem Tamburin, und Terry Doran, Georges Freund, rasselte mit den Rumbakugeln. Irgend jemand klimperte noch mit Fingercymbeln, und über dem Ganzen schwebte Ringo, tapfer bemüht, diese Kakophonie mit Hilfe seines vertrauten Schlagzeugs zusammenzuhalten. Noch heute klingt mir Johns schwerfälliges Geleier in den Ohren: ›Cranberry sauce, cranberry sauce ...‹ (Preiselbeersoße ...) Wieso Preiselbeersoße? Wieso nicht? Ist doch bald Weihnachten! Ein Teil dieser übermütigen Gib-ihm-Saures-Aufnahme fand sogar seinen Weg auf die offizielle Schallplatte, und wenn man aufmerksam hinhört, kann man noch verstehen, wie John diese Worte herunterleiert.«

Aber es wurde auch »ordentliche« Musik gemacht: Klanglich hervorstechend sind bei den späteren Versionen von ›Strawberry Fields Forever‹ eine Reihe von Merkmalen. So wäre als erstes Starrs hervorragendes Schlagzeug, das durch seinen vollen Sound und die teilweise »rückwärts« gespielten Becken einen sehr raffinierten Klang bekommt.

Als zweites fällt Harrisons Slide-Gitarre auf. Auf SGT. PEPPER experimentiert er zum ersten Mal konsequent mit diesem Sound, der vor allem sein erstes Soloalbum ALL THINGS MUST PASS beherrschen wird. Auch die Swarmandal, eine Art indischer Zither, die bei 1:18 ein prägnantes Glissando liefert, trägt zu dem ungewöhnlichen Sound des Songs bei, der den Klang von ›She Said She Said‹ und ›Tomorrow Never Knows‹ (beide auf REVOLVER) aufnimmt und weiterführt.

Und schließlich sei noch die ungewöhnliche Kombination eines Trompetenquartetts mit einem Cellotrio genannt. Beide Instrumentengruppen ergänzten sich in ihrer Unterschiedlichkeit perfekt: Der Blechbläsersatz kommt mit kräftigen beschwingten Stößen heraus, während ihnen die Celli getragen und streng zum Teil in Triolenphrasen gegenüberstehen.

Ergebnis der bisherigen Arbeit an ›Strawberry Fields Forever‹ waren nun, Mitte Dezember, zwei sehr unterschiedliche Versionen: der eher stillere Take 7 und das mit Klangeffekten angefüllte Arrangement von Take 20. Hier beginnt eine der wirkungsvollsten Studiomanipulationen der Popmusik. Hören wir wieder George Martin:

»Stets idealistisch und ohne jeden Sinn für handfeste Probleme sagte mir John: ›Ich mag sie eigentlich beide. Warum legen wir sie nicht zusammen? Wir beginnen mit Take 7 und blenden nach der Hälfte auf Take 20 über, um ein starkes Finish zu haben.‹ ›Brillant!‹ erwiderte ich. ›Die Sache hat nur zwei klitzekleine Häkchen: Die Takes sind erstens in ganz verschiedenen Tonarten aufgenommen, sie weichen um einen Ganzton voneinander ab. Zweitens haben sie extrem unterschiedliche Tempi. Aber ansonsten ist das kein Problem.‹ John grinste über meinen Sarkasmus

Die »Paul-is-dead«-Geschichte

Eine der bizarrsten Blüten, die die Hysterie um die Beatles trieb, war die »Paul-ist-tot«-Kampagne. Das Gerücht ging zurück auf einen obskuren Zeitungsbericht, verfaßt von Fred LaBour von der Universität von Michigan, demzufolge McCartney im November 1966 bei einem Autounfall ums Leben gekommen sei. Die Beatles seien übereingekommen, aus Gründen ihrer Karriere den Unfall ihres Mitglieds zu vertuschen und McCartney durch einen ihm ähnlich sehenden Schauspieler zu ersetzen. Dieser Blödsinn wurde von einem kleinen Teil der Fans ernst genommen, es bildeten sich einige »Spezialisten« heraus, die ihre Tage damit verbrachten, »Beweise« für McCartneys Tod zu konstruieren. In den sechziger und siebziger Jahren kamen sogar einige Spezialmagazine heraus, die diese minutiös auflisteten.
Eine kleine Auswahl:
– Lennons »Cranberry sauce, cranberry sauce« aus ›Strawberry Fields‹ hieße eigentlich »I buried Paul …«

mit der Toleranz eines Erwachsenen, der ein zeterndes Kind beschwichtigen muß. ›Nun ja‹, sagte er lakonisch, ›ich bin überzeugt, daß du das hinkriegen wirst, oder?‹ – machte auf dem Absatz kehrt und verschwand. Fakt war: Wir hatten nicht die geringste Chance, diese beiden Einspielungen irgendwie zusammenzubringen. Es sei denn …, es sei denn … Mir fiel ein, daß ich versuchen könnte, Take 20, den frenetischen Take, zu verlangsamen. Das würde nicht nur das Tempo, sondern auch die Tonhöhe herunterfahren. Ob sich das bewerkstelligen ließe? Ein ganzer Ton? Ein Unterschied wie Tag und Nacht …, fast zwölf Prozent; trotzdem, einen Versuch war es wert. Wir suchten nach einer Stelle, wo ein Soundwechsel stattfand; das würde uns helfen, den Schnitt des Jahrhunderts zu kaschieren. Nach exakt einer Minute im Song hatten wir sie gefunden.«

George Martin sprach zwar später immer wieder von einer »häßlichen Narbe« im Stück, doch hier kokettiert er heftig. Die Manipulation ist derart perfekt ausgefallen, daß

– McCartneys Stoffsticker auf der Uniform, die er auf dem Sgt.-Pepper-Cover trägt, O.P.D. (für Ontario Police Dept.) stünde für »Officially Pronounced Dead«.
– Das Sgt.-Pepper-Cover zeige symbolisch die Beerdigung McCartneys.
– Das Cover von Abbey Road zeige eine Beerdigungsprozession, McCartneys Barfüßigkeit symbolisiere dessen Tod.
– McCartneys Instrument auf dem Sgt.-Pepper-Cover ist schwarz, dies symbolisiere ebenfalls seinen Tod.
– Harrisons ›While My Guitar Gently Weeps‹ besinge McCartneys Tod, Harrison sänge »Paul, Paul, Paul« (in Wahrheit einfach nur »oh, oh, oh«).
Und so weiter, und so fort. Insgesamt wurden 41 solch schlagender »Beweise« vorgetragen.

sie de facto nicht zu hören ist, bis auf den atmosphärischen Wechsel im Sound (genau bei 1:00). Im Gegenteil, dieser Effekt läßt den ersten Teil des Songs gleichsam aus luftiger Höhe herabstürzen und eintauchen in eine unwirkliche und sehr dringliche Schicht.

›Strawberry Fields Forever‹ ist ein Lennon-Song par excellence. Er selbst sprach in einem späteren Interview einmal davon, daß er nur zwei »echte Songs« geschrieben habe: ›Help!‹ und ›Strawberry Fields Forever‹. Vielleicht kontrastiert das Stück gerade auch deshalb so wunderbar mit McCartneys ›Penny Lane‹.

Auch ›Penny Lane‹, nicht auf SGT. PEPPER genommen, geht zurück auf Jugenderinnerungen. Am Liverpooler Smithdown Place gab es ein Bushäuschen, das als »Penny Lane Roundabout« bezeichnet wurde. Auch McCartney und Lennon warteten hier gemeinsam auf den Bus. McCartney trug die Idee zu dem Song wohl schon eine ganze Weile mit sich herum, doch es bedurfte offenbar des Anstoßes von ›Strawberry Fields Forever‹, um das Stück nicht nur zu schreiben, sondern es wie sein Pendant zu einem der besten Beatles-Songs zu machen.

Dies gilt zunächst für die Musik: Wo ›Strawberry Fields Forever‹ sich kunstvoll um wenige Noten rankt, springt ›Penny Lane‹ optimistisch durch die Oktaven. Alles, was oben über das Komponistengespann Lennon/McCartney allgemein gesagt wurde, findet sich in diesen beiden Stücken. Die Beatles waren zweifelsohne auf dem Gipfel ihrer Kreativität.

Doch vielleicht noch wichtiger ist die inhaltliche Anlage der Stücke. Lennon bleibt bei sich, spiegelt seine Selbstzweifel (seinen Höhepunkt findet dies 1969 auf ›Cold Turkey‹, wo er seine Verzweiflung über seine Heroinsucht fast wie ein Tier in die Welt hinausbrüllt). McCartney dagegen entwirft malerische Skizzen, porträtiert mit wenigen Strichen ganz alltägliche Menschen.

McCartney: »Es gibt eine Bushaltestelle namens Penny Lane. Da war früher mal ein Frisörgeschäft, Bioletti's; im Schaufenster hingen Abbildungen von den Haarschnitten, die man sich verpassen lassen konnte. Ich habe das genommen und ein wenig ausgeschmückt, damit es so klingt, als habe es dort im Schaufenster richtige Bilderausstellungen gegeben. Der Song war in der Wirklichkeit verankert. An einer Straßenecke gab es eine Bank. Den Rest stellte ich mir dann einfach vor: den Bankier – das war keine wirkliche Person –, sein ziemlich merkwürdiges Benehmen, die kleinen Kinder, die ihn auslachen, und den strömenden Regen. Die Feuerwache stand etwas weiter unten in der Straße, wir brauchten aber noch eine dritte Strophe. So nahmen wir einfach das, und ich war mit der Zeile ›It's a clean machine‹ ziemlich zufrieden. Ich mag diesen Satz heute noch.«

Man hört der endgültigen Aufnahme nicht mehr an, wieviel Mühe in die Produktion des Titels gesteckt wurde. So besteht – nur als Beispiel – allein der Klavierteil aus vier Aufnahmen: Die erste Basisspur wurde vermutlich zu einem Metronom gespielt, das zweite Klavier durch einen Vox-Verstärker mit starkem Nachhall geleitet, das dritte in abweichender Geschwindigkeit aufgenommen (um die Obertöne zu beeinflussen) und schließlich ein viertes wieder konventionell eingespielt.

Bei der Version, die auf ANTHOLOGY 2 veröffentlicht wurde, findet sich eine interessant abweichende klangliche Variante. Außerdem ist dort jene Schlußkadenz zu hören, die eine speziell für Diskjockeys angefertigte Demoversion enthielt, welche aber später getilgt wurde.

Am letzten Tag der Aufnahme, als der Song eigentlich schon fertig war, kam noch ein Element dazu, das zu einem der markantesten Erkennungszeichen des Stücks wurde: McCartney erinnert sich, daß er ein paar Tage vor der Session eine BBC-Übertragung der ›Brandenburgischen Konzerte‹ von Johann Sebastian Bach gehört hatte und von dem Klang einer sehr hohen Trompete begeistert war. David Mason, der diese Piccolo-Trompete in B spielte, wurde schließlich ins Studio eingeladen, wo ihm McCartney und Martin beschrieben, was sie haben wollten. »Paul sang vor, George Martin notierte es, ich versuchte es«, erinnert sich Mason. Nach einigen Übungsdurchläufen schlossen sie die Aufnahme ab.

›Strawberry Fields Forever‹ und ›Penny Lane‹ waren eigentlich als die Paradenummern auf dem neuen Album gedacht, doch EMI und auch Brian Epstein drängten auf eine vorgezogene Single-Veröffentlichung. Damit aber gingen diese beiden Songs für SGT. PEPPER verloren, denn es galt damals als ungeschriebenes Gesetz, daß bereits als Single veröffentlichte Stücke nicht auf regulären Langspielplatten erscheinen sollten. (Wären ›Strawberry Fields Forever‹ und ›Penny Lane‹ auf SGT. PEPPER gewesen, hätten ihnen vermutlich ›When I'm Sixty-four‹ und ›Lovely Rita‹ weichen müssen.)

Am 13. Februar 1967 erschienen beide Songs auf einer Single mit zwei A-Seiten, die beste einzelne Schallplatte der Beatles, für viele die herausragende Single der Popgeschichte überhaupt. Einen Fehler machten George Martin und die EMI-Strategen aber doch: Zwar war der Absatz der Single hervorragend und überflügelte alle Konkurrenten um Meilen, doch durch das Novum zweier A-Seiten wurden die Verkäufe auf beide Titel verteilt. So kam es, daß ausgerechnet dieses Prunkstück der Beatles nicht Nummer eins in den Charts wurde, sondern die Plätze zwei und drei belegte (als erste Single seit ›Love Me Do‹), während auf Platz eins mit knappem Vorsprung das triviale ›Release Me‹ von Engelbert Humperdinck lag.

Was in puncto Kreativität für die Meilensteine ›Strawberry Fields Forever‹ und ›Penny Lane‹ galt, traf nicht für die beiden anderen Titel zu, die im Rahmen der SGT.-PEPPER-Sessions aufgenommen wurden, aber nicht den Weg auf das Album fanden.

Am 14. Februar kam George Harrison mit seinem ersten Song für SGT. PEPPER ins Studio, doch schon sehr schnell mußte er erkennen, daß die anderen und vor allem auch George Martin ›Only A Northern Song‹ entschieden ablehnten. Martin: »Ich stöhnte innerlich leise auf, als ich das Stück zum ersten Mal hörte. Wir haben dann tatsächlich eine Aufnahme gemacht, aber ich wußte schon damals, daß der Song es nie auf die Platte schaffen würde. Ich mußte George einfach sagen, daß meiner Meinung nach dieses Lied nicht gut genug für SGT. PEPPER war, von dem bereits jetzt im Frühstadium abzusehen war, daß es sich zu einem sehr starken Album mausern würde. Ich schlug ihm vor, es mit einer etwas besseren Nummer zu versuchen.«

Harrison setzte seine verständliche Gekränktheit in Kreativität um und schuf das wunderbar mystische ›Within You Without You‹.

In der Tat ist das langweilig-lethargische ›Only A Northern Song‹ ein sehr schwaches Stück. Der Song wurde dennoch neun Wochen nach der ersten Roheinspielung im Februar nach Abschluß der Arbeiten an SGT. PEPPER im April fertiggestellt und erblickte auf dem Soundtrack-Album YELLOW SUBMARINE zusammen mit – man muß es so deutlich sagen – einigen ähnlich schrecklichen Stücken schließlich doch noch das Licht der Öffentlichkeit.

Außer einigen Mitarbeitern des Apple-Zirkels hat noch niemand das obskure avantgardistische Beatles-Stück ›Carnival Of Light‹ gehört, und nachdem McCartney mit seinem Vorschlag gescheitert ist, den Titel auf ANTHOLOGY 2 zu veröffentlichen, wird das wohl auch so bleiben. Erstaunlicherweise ist auch auf keinem Bootleg zumindest ein Auszug des Songs erschienen.

Immerhin merkt MacDonald ironisch an, ein Betrüger mit Unternehmergeist könnte ohne weiteres eine Schwarzmarktversion unter die Leute bringen, da eben niemand das Stück kenne und sich das Original in keiner Weise nach den Beatles anhören würde. Wir wissen in jedem Fall nur aus den offiziellen Studioprotokollen und den Erinnerungen derer, die an der Aufnahme beteiligt waren, etwas über ›Carnival Of Light‹.

Nach einer Overdub-Session zu ›Penny Lane‹ am 5. Januar 1967 nahmen die vier Beatles unter der Leitung von McCartney eine knapp vierzehnminütige Klangkollage auf, ein Stück ohne Form, Takt, Tonart und Melodie. Die vier Spuren des Tonbandgeräts waren so besetzt: Spur 1 stark verzerrtes Schlagzeug und Orgel, Spur 2 stark verzerrte Sologitarre, Spur 3 Kirchenorgel, Geräusche wie Gurgeln, Stimmen und Spur 4 elektronische Geräusche, Bandschleifen und Tamburin. Die Beatles droschen alle gleichzeitig einfach nur drauflos und overdubbten das Ganze ohne großes Nachdenken. So ist es nicht verwunderlich, daß das Ergebnis nicht unbedingt ein Ohrenschmaus gewesen sein muß. George Martin jedenfalls antwortete, als er gefragt wurde, ob er das Stück im nachhinein beschreiben könne: »Nein, es klang so, daß ich das wirklich nicht will.«

Bemerkenswert ist jedoch, daß 18 Monate vor Lennons avantgardistischer Klangkollage ›Revolution 9‹ bereits von McCartney der Versuch absolut freier Klangformen gemacht wurde. Vielleicht war es nur die mangelnde Disziplin bei der Aufnahme von ›Carnival Of Light‹, die diesen Titel offenbar so unsäglich werden ließ, während die Band an ›Revolution 9‹ immerhin fünf Tage im Studio feilte.

Die zweite Seite des Albums

Within You Without You

Sieht man einmal von ›Revolution 9‹ vom weißen Doppelalbum der Beatles ab, so ist ›Within You Without You‹ der Titel der gesamten Beatles-Diskographie, der am weitesten vom Sound einer Beatband entfernt ist. Dabei hat der Song, bei dem von den vier Beatles nur sein Komponist George Harrison zu hören ist, einen für SGT.-PEPPER-Verhältnisse überdurchschnittlich konventionellen Aufbau: Einleitung – zwei Strophen – Refrain – Instrumentalbreak – dritte Strophe – Schlußrefrain.

Das Besondere des Stücks liegt zum einen in einer Reihe von komplizierten Rhythmuswechseln zwischen 4/4 und 5/8, vor allem aber in der ungewöhnlichen Mischung unterschiedlichster Elemente: Zunächst hat es keine harmonische Bewegung, es besteht nur aus einer quasi-indischen Melodie, die auf der mixolydischen Tonleiter aufbaut (c-d-e-f-g-a-b-c).

Die Instrumentierung, die Harrisons Gesang trägt, setzt sich zusammen aus einem Klangteppich, der mit traditionellen indischen Instrumenten geschaffen wurde – Sitar, Dilruba, Svarmandal, Tabla und Tambura –, und einem klassischen Streichensemble, bestehend aus acht Violinen und drei Celli. Die Dilruba ist eine Laute, die mit einem Bogen gespielt wird, der Svarmandal sind wir schon bei ›Strawberry Fields Forever‹ begegnet; bei ›Within You Without You‹ ist sie gut zu hören im Glissando in der Einleitung und am Ende des Instrumentalbreaks bei 3:31,

- Harrison: Gesang, Sitar
- Ungenannte indische Musiker: Dilrubas, Svarmandal,
- Tabla, Tambura
- Erich Gruenberg, Alan Loveday, Julien Gaillard, Paul
- Scherman, Ralph Elman, David Wolfsthal, Jack Rothstein,
- Jack Greene: Violinen
- Reginald Kilbey, Allen Ford, Peter Beavan: Violoncelli
- Neil Aspinall: Tambura
- Aufnahmedatum: 15./22. März, 4. April 1967
- Abbey Road Studio 2
- 3. April 1967, Abbey Road Studio 1
- Länge 5:04, Tempo 62

kurz bevor man Harrison bei 3:46 dem Tablaspieler leise vorzählen hört.

Diese bizarre Kombination, die im Instrumentalteil durch den Dialog beider Instrumentenfamilien ihren Höhepunkt findet, verleiht dem Song seine Exzentrik und seine Einmaligkeit.

Inspiriert wurde Harrison durch ein langes, mitternächtliches Gespräch über den Sinn des Lebens mit Klaus Voormann. Dieser, ein Graphiker und daneben damals Bassist bei Manfred Mann, war ein guter Freund der Beatles und hatte im Jahr zuvor das REVOLVER-Cover gestaltet. Harrison entwarf eine traurig-hypnotische Melodie mit einer in ihrer Art in der Popmusik noch nie dagewesenen metaphysischen Bilderwelt, die nur sehr schwer zu fassen war.

Nachdem Harrisons erste Komposition für SGT. PEPPER, ›Only A Northern Song‹ durchgefallen war, steckte er seine ganze Konzentration in den Entwurf eines völlig ungewöhnlichen Sounds. Diese Linie verfolgte Harrison in seinen Soloprojekten im übrigen weiter und schrieb Ende

1967 ein ganzes Album mit »indischer« Musik als Sound-track für den gleichnamigen Film WONDERWALL.

Schon bald war klar, daß die anderen drei Beatles Harrisons Klangvorstellungen nicht erfüllen konnten, und so wurden einige Musiker des Asian Music Circle zur Produktion von ›Within You Without You‹ eingeladen. George Martin erinnert sich an das ganz besondere Studioflair an jenem 15. März 1967:

»Kaum waren die indischen Musiker aus dem exotischen Finchley bei uns im Abbey-Road-Studio eingetroffen, da verwandelten sie unsere Umgebung – kahle Wände, nackter Boden, wenig einladender Kühlschrank – ziemlich dramatisch. Sie breiteten Teppiche auf dem Boden aus, hingen Wandbehänge auf, hockten sich nieder und machten es sich überhaupt erst einmal so richtig gemütlich. Plötzlich hatten in unsere sonst so kalten und unwirtlichen Räume Farben, Leben und Wärme Einzug gehalten. George zündete in einer Ecke Räucherstäbchen an. Die anderen Beatles waren zwar auch da, aber mehr so zum Spaß. Keiner spielte oder sang auch nur einen Ton. Um den Musikern zu vermitteln, was sie spielen sollten, sang George ihnen vor oder zupfte ab und zu ein paar Töne auf der Sitar. Seine Musik schuf eine seltsam freundliche Atmosphäre, und so begannen wir mit den Aufnahmen.«

Besondere Schwierigkeiten ergaben sich bei der Aufnahme der Tabla, denn Harrison wollte den eigentümlichen Klang vor allem der tiefen Töne dieses Rhythmusinstruments so plastisch wie möglich herausbringen. Der Toningenieur Geoff Emerick entwickelte also eine spezielle Methode der Mikrofonanordnung und ist noch heute von der Aufnahme begeistert: »Es war eine große Nummer. Noch nie zuvor wurde eine Tabla auf unsere Weise aufgenommen. Jeder war überrascht, wie durch unsere ganz

nahe Positionierung der Mikros die Tabla im oberen Ton-
bereich singend und in den tiefen Frequenzen weich pulsie-
rend klang.«

Die Produktion des Titels wurde eine Woche später mit
zahlreichen Overdubs fortgeführt, wozu wiederum einige
indische Musiker eingeladen wurden. Am 3. April, also
nach dem Einspielen des letzten Titels für das Album, wurde schließlich die Streichersektion aufgenommen. Nach den
Erinnerungen von George Martin befürchtete Harrison am
Ende, der Song könnte allzu ernst geworden sein, und
suchte nach einem entsprechenden Schlußgag. Schließlich
fanden die beiden ein Stück Band, auf dem die Beatles am
Vorabend während einer Aufnahme schallend lachten, und
klebten es an das Ende von ›Within You Without You‹. Auf
diese Weise wurde zugleich der heftige Stimmungswechsel
hin zum fröhlich hopsenden ›When I'm Sixty-four‹ abge-
mildert.

Die Reaktionen auf Harrisons Song waren in der Öffentlichkeit zunächst ablehnend. Lange ging sogar das Gerücht
um, auch George Martin und die anderen Beatles hätten
das Stück nicht geschätzt, doch Martin versichert glaub-
haft, daß alle von dem Song, seiner Stimmung und seiner
Ausstrahlung begeistert waren.

Harrisons Text ist im Grunde eine meditative Litanei:
»Wir sprachen von dem Raum zwischen uns, der uns
trennt, und von Menschen, die sich hinter Traummauern
verstecken und keine Ahnung haben ... Versuche zu be-
greifen, daß alles nur in dir selbst liegt, niemand sonst kann
dich verändern, und sieh ein, daß du wirklich nur sehr klein
bist ... Wenn du über dich hinausgeblickt hast, wirst du
vielleicht spüren, daß innerer Frieden auf dich wartet, und
es wird die Zeit kommen, wo du einsiehst: Wir alle sind
eins, und das Leben fließt dahin, in dir drinnen und auch

ohne dich.« MacDonald schreibt dazu: »Harrison sah die Welt aus der metaphysischen Perspektive der indischen Philosophie. Sein Wehklagen, die Menschen könnten die Welt retten, ›wenn sie nur wüßten‹, war da nur natürlich. Der erhobene moralische Zeigefinger des Stücks ist ein Zeichen dafür, daß man damals spürte: Eine Revolution bahnt sich an, eine innere Revolution gegen den Materialismus.«

Viele Kritiker waren musikalisch von dem Titel gelangweilt und bezeichneten Harrisons Reflexionen als selbstgerecht und scheinheilig, wenn sie vor jenen warnen, die die Welt gewinnen und ihre Seele dafür verlieren (»gain the world and loose their soul«). Für manche Kommentatoren waren ja gerade die Beatles ein treffliches Beispiel für ein solches Geschäft. Außerdem wurde dem Stück Überheblichkeit vorgeworfen für Zeilen wie »with our love, we can save the world« (mit unserer Liebe können wir die Welt retten).

Doch diese Wogen glätteten sich mit der Zeit, und der musikalisch wie textlich am schwersten zugängliche Song des Albums wurde als das anerkannt, was er ist: ein im Hinblick auf die Weltanschauung von SGT. PEPPER zentrales Stück.

When I'm Sixty-four

Der stilistische und atmosphärische Schnitt zwischen ›Within You Without You‹ und ›When I'm Sixty-four‹ könnte größer nicht sein und ist ein beredtes Beispiel für die enorme Vielseitigkeit der Beatles. Keiner ihrer großen Konkurrenten – weder die Rolling Stones noch die Kinks oder die Beach Boys – konnten ihnen in diesem Punkt auch nur annähernd das Wasser reichen.

- Lennon: Gesang, Gitarre
- McCartney: Lead-Gesang, Klavier, Bass
- Harrison: Gesang
- Starr: Drums, Glocken
- Robert Burns, Henry MacKenzie, Frank Reidy: Klarinetten
- Aufnahmedatum: 6./20./21. Dezember 1966
- Abbey Road Studio 2
- 8. Dezember 1966, Abbey Road Studio 1
- Länge 2:37, Tempo 140

Das kleine Lied im Vaudeville-Music-Hall-Stil hat McCartney in wesentlichen Zügen schon in den fünfziger Jahren geschrieben und wurde von der Band in ihrer frühen Vor-Cavern-Zeit immer dann auf akustischen Gitarren vorgetragen, wenn wieder einmal die Verstärkeranlage ausfiel.

McCartney erinnerte sich seines Stücks wahrscheinlich anläßlich des 64. Geburtstages seines Vaters im Juli 1966. Dieser spielte nach dem Krieg in einer Tanzkapelle, deren Repertoire hauptsächlich aus Varieté-Nummern und kitschigen Popschnulzen bestand – eine Musik, die Paul McCartney im Grunde ablehnte. Insofern ist ›When I'm Sixty-four‹ zunächst vielleicht als nostalgische, satirische Hommage an seinen Vater zu verstehen.

McCartney nahm jedenfalls den alten Stoff und schliff ein wenig am Text und an der Melodie. Die Struktur des Stücks besteht aus einem denkbar einfachen Wechsel zwischen Strophe und Bridge, wobei jede Strophe aus zweimal acht Takten und jede Bridge aus acht plus neun Takten besteht; man stelle sich hierzu den letzten Takt jeweils einfach doppelt so lang vor (bei »I could stay with *you*« und bei »Vera, Chuck and *Dave*«). Die Harmoniewechsel folgen einer der Standardsequenzen aus dem Ragtime. Das Besondere an dem Song ist seine akribische und schlichtweg perfekte Darbietung – ein weiteres Beispiel dafür, wie die Beatles aus im Grunde eher belanglosem Liedmaterial einen hervorragenden Song machten.

Als erstes fällt McCartneys Lead-Gesang auf. Besser kann man das Stück nicht singen. Dabei bringt er seinen Part so locker über die Bühne, daß er sich noch kleine parodistische Einwürfe (»grandchildren on your-r-r-r knee«) gestattet und ein deutlich hörbares Grinsen (bei 2:29) nicht korrigiert. Es läßt sich nicht mehr rekonstruieren, was ihn so erheiterte, es muß jedenfalls irgend etwas in der Kommunikation zwischen George Martin und ihm gewesen sein, denn bei der Aufnahme der Gesangsspur waren die beiden allein im Studio. Zwei Wochen später unterlegte Lennon die letzten Takte des Stücks (2:17 bis 2:29) mit einer fröhlich hopsenden Folk-Picking-Gitarre, so daß es im nachhinein so aussieht, als amüsiere sich McCartney über ihn.

Neben dem hervorragenden Gesang ragen die frechfröhlichen Klarinettenklänge heraus, die mit McCartneys schwerem und ruhigem Bass auf wunderbare Weise kontrastieren. McCartney: »Ich wollte einen speziellen Sound für diesen Song, und ich liebe Klarinetten. Also fragte ich George [Martin]: ›Können wir das mit einem Klarinettenquintett unterlegen?‹ Und er antwortete: ›Selbstverständlich.‹ Ich erläuterte ihm meine Vorstellungen, und George schrieb dann die entsprechende Partitur, denn das konnte ich nicht. In dieser Hinsicht war er eine große Hilfe. Und als George Martin dann 64 wurde, habe ich ihm natürlich eine Flasche Wein geschickt.«

Zu McCartneys Erinnerungen bleibt anzumerken, daß das Klarinettenquintett bei der Aufnahme auf ein Trio (zwei Klarinetten, eine Baßklarinette) schrumpfte – gemäß der Philosophie Martins, daß weniger Stimmen oft mehr sind. Außerdem irrte sich McCartney bei seinem »birthday greeting, bottle of wine« um ein Jahr und schickte den Wein erst zu Martins 65. Geburtstag.

Weiterhin ist Starrs sensible Percussion zu erwähnen. Zum einen tauschte er für dieses Stück die Drumsticks gegen harte Jazzbesen ein, daneben verwendete er sehr geschickt verschiedene Glocken. George Martin: »Eine der letzten und auch exotischsten Zutaten zu ›When I'm Sixty-four‹ waren die Klänge der Glocken. In den Abbey-Road-Studios lag stets eine große Auswahl von Percussions-Instrumenten herum, und Ringo konnte nicht umhin, eines nach dem anderen auszuprobieren.«

Nach Lennons und Harrisons Hintergrundgesang erfuhr das Stück schließlich noch einen letzten Clou. McCartney: »Ich sang den Song in einem altmodischen Varieté-Stil, wie ein schmalziger Jazz-Sänger der zwanziger Jahre. George Martin schreibt in seinem Buch, daß ich mein Tempo bei der Aufnahme künstlich beschleunigen ließ, weil ich jünger klingen wollte, doch ich glaube, wir haben das gemacht, damit es irgendwie einen altmodischen Touch hatte. Wir veränderten die Tonart, denn die Sache hörte sich vorher einfach zu schwülstig an.« Diese raffinierte nachträgliche Bandmanipulation trägt wesentlich zum witzigen Charakter des Songs bei und läßt sich bei den etwas scheppernden Klavierpassagen leicht heraushören.

Es entstand ein musikalisch perfekter Song, der nur durch seine täuschende Schlichtheit auf den ersten Blick als einfaches Trällerliedchen daherkommt. Doch auch auf der textlichen Ebene ist das Stück inhaltsschwerer, als es zunächst scheinen mag. George Martin bringt es auf den Punkt: »Betrachtet man den Text des Liedes genauer, wird man feststellen, daß zwischen jenen ulkigen Zeilen etwas ganz anderes geschrieben steht: ›Banalität, Langeweile, Nichtigkeit, Armut, Gewohnheit. Ist das Alter nicht entsetzlich?‹ Das ist Paul, wie er leibt und lebt, mit seinem satirischen Stahlhelm auf dem Kopf – ein bißchen so wie in Richard Attenboroughs Filmsatire OH! WHAT A LOVELY WAR. Die zugrundeliegende trostlose Vision erscheint uns in Gestalt eines sehr freundlichen, aufregenden und bezaubernden Fabelwesens.«

Wir dürfen nicht vergessen, es war der Aufbruch der Jugend in jenen Tagen. Wirtschaftlich und finanziell abgesichert ging sie unbeschwert und frei auf Entdeckungssuche, experimentierte mit neuen und alternativen Lebensformen. Alles, was konformistisch, eingefahren oder starr erschien, mußte als Ausdruck eines überkommenen Lebensstiles betrachtet werden, den es kompromißlos zu überwinden galt. Insofern greift das Lied zwar das musikalische Ambiente der älteren Generation auf, strotzt aber auf der inhaltlichen Seite geradezu vor jugendlicher Frechheit. Vielleicht ist es diese Mischung, die ›When I'm Sixty-four‹ zu einem der beliebtesten Beatles-Songs gemacht hat.

Lovely Rita

Auch ›Lovely Rita‹ ist ein gutes Beispiel, wie aus im Grunde simplem Ausgangsmaterial durch Witz und Raffinesse ein guter Song wird. Manche, wie zum Beispiel MacDonald, nennen ›Lovely Rita‹ ein in vieler Hinsicht »dämliches Lied«, das aber durch seine gute Laune und seine überschäumende Art am Ende doch begeistert.

McCartney erinnert sich daran, wie er das Stück geschrieben hat: »Es war in Liverpool, und ich klimperte gerade auf dem Klavier herum, da erzählte mir jemand, daß sie in Amerika die Politessen, die die Parkuhren überwachen, ›Meter Maid‹ nennen. Das fand ich toll, und ich

- Lennon: Gesang, akustische Rhythmus-Gitarre, Kamm und Papier
- McCartney: Lead-Gesang, Bass, Kamm und Papier
- Harrison: Gesang, elektrische Slide-Gitarre, akustische Rhythmus-Gitarre, Kamm und Papier
- Starr: Drums, Kamm und Papier
- George Martin: Klavier
- Aufnahmedatum: 23./24. Februar, 7./21. März 1967
- Abbey Road Studio 2
- Länge 2:41, Tempo 85

kam gleich auf ›Rita Meter Maid‹, und ich dachte mir so vage, daß es ein Haßlied werden sollte, so in der Art: ›Du hast mein Auto abgeschleppt, jetzt bin ich ganz traurig …‹ Aber schon bald fand ich, es wäre viel besser, sie zu mögen und sie liebenswürdig darzustellen. Irgendwie ausgeflippt, so wie ein Soldat mit einer Schultertasche. Klar, so eine zackige Type, aber eine nette.«

Hört man sich ›Lovely Rita‹ mit einem Kopfhörer an, fällt sofort die ungewöhnliche Aufteilung der Instrumente auf dem Stereopanorama auf: Auf dem linken Kanal sind nicht nur Lennons und Harrisons Gitarren sowie McCartneys Klavier versammelt, auch Starrs Schlagzeug wurde noch nach ganz links gezwängt. Der rechte Kanal dagegen ist – abgesehen von dem kurzen Barrelhouse-Klaviersolo – nur von McCartneys ungemein pulsierendem und treibendem Bass besetzt.

In frühen Beatles-Aufnahmen hört man oft, daß alle Instrumentalspuren auf einen Kanal gelegt sind, alle Gesangsspuren auf den anderen – eine Aufteilung, die heutigen Hörgewohnheiten völlig widerspricht. Stereo steckte damals noch in den Kinderschuhen, und die Produktion verwendete oft mehr Mühe auf die sehr viel häufiger verkauften Mono-Platten (viele Schallplatten erschienen noch bis Ende der sechziger Jahre in zwei Ausgaben: in Mono und in Stereo). Dies ist wahrscheinlich auch der Grund dafür, daß EMI bei der Neuausgabe der Musik der Beatles auf CD die ersten vier Alben nur in Mono veröffentlichte – manchen Protesten zum Trotz.

Bei ›Lovely Rita‹ war die Gedrängtheit auf der linken Seite natürlich ein beabsichtigter Effekt. Genau in der Mitte des Panoramas liegt McCartneys Lead-Stimme, quer über das Panorama verteilt waren die Harmoniestimmen und allerlei merkwürdige Geräusche.

Die Studioarbeit an dem Stück war recht aufwendig und ging über vier Tage, denn die Beatles arbeiteten und experimentierten wieder viel mit leicht variierenden Bandgeschwindigkeiten. Vor allem das Klaviersolo, das ausnahmsweise von George Martin gespielt wurde, mußte heftig manipuliert werden. Er wollte einen altmodischen Honky-Tonk-Piano-Klang erzielen, dazu verlangsamte er für die Aufnahme das Band von 50 Hertz auf 41,25 Hertz (entsprechend einer Tonverschiebung um eine kleine Terz). Ein angenehmer Nebeneffekt war, daß er den recht anspruchsvollen Klavierpart nun etwas langsamer spielen durfte.

Wenn eine Klavierstimme schneller abgespielt wird, als sie aufgenommen ist, wird der Klang klimpriger, allerdings leider auch etwas steriler und trockener. George Martin: »Bei sehr schlechten Klavieraufnahmen leiern die Töne oft und haben eine Art Wow-Effekt, besonders wenn die Aufnahme mit einem alten Tonbandgerät gemacht wurde. Dieser Klang schwebte mir vor, doch bei EMI war alles Top-Qualität. Wie konnte ich also die Geräte überlisten? Ich klebte ein kleines Stückchen Editierband auf die Antriebsrolle, dadurch wurde der Tonstreifen um etwa einen Millimeter angehoben, wenn er um die Rolle lief. Er wurde so ein wenig gespannt und leierte und dehnte sich ein winziges bißchen, wenn er am Tonkopf vorbeigezogen wurde. Die erwünschte Wirkung war erzielt: Das Klavier hatte den altmodischen Honky-Tonk-Klang bekommen.«

Als alle Instrumente und Gesangsstimmen eingespielt waren, hatten alle das Gefühl, daß dem Song noch etwas fehlte. Unabhängig von Lennons genereller Kritik an Stücken dieser Art: »Diese Geschichten über langweilige Leute, die langweilige Dinge machen, solche Songs über Dritte interessieren mich nicht. Ich will über mich schreiben, denn mich kenne ich.« Unabhängig davon monierte er das Fehlen von Überraschungsmomenten. Also begannen er und McCartney, völlig ausgelassen in Blödelgesängen herumzuimprovisieren. Diese Gesänge und Geräusche – Stöhnen, Hecheln, Schreie, Zischen, Cha-Cha-Cha- und sonstige rhythmische Mundlaute – wurden mit starkem Hall und mit Echo unterlegt zum Teil der Aufnahme beigefügt und sind vor allem während der letzten dreißig Sekunden des Stücks ab 2:11 zu hören. Es muß eine außergewöhnlich lustige Studiosession in jener Nacht des 7. März gewesen sein.

Harrison hatte schließlich die Idee, auf Kämmen zu blasen. Schon lange hatte er gegen das offenbar wohl äußerst unangenehme Toilettenpapier im Studio protestiert und gemeint, es wäre höchstens gut zum Kammblasen. (Jedes einzelne Blatt trug, wie Harrison in der Video-Edition süffisant anmerkte, lächerlicherweise den Aufdruck »Eigentum der EMI«.) So begannen alle, wie eine Quasi-Blechbläsergruppe auf ihren Kämmen zu tröten. Auch hiervon sind Teile auf der endgültigen Aufnahme zu hören.

Geoff Emerick ist überzeugt, daß dieser Nonsens die Wirkung des Songs enorm verbessert hat. Leider hat man beim ANTHOLOGY-Projekt die Möglichkeit nicht wahrgenommen, zum Vergleich einen früheren Mix ohne diese Geräusche zu veröffentlichen. Vielleicht liegt das daran, daß George Martin – der ja auch die ANTHOLOGY-CD-Edition produzierte – ›Lovely Rita‹ nicht besonders schätzte und den Song von allen Stücken auf SGT. PEPPER wohl am wenigsten mochte.

Eine letzte Kuriosität am Rande: McCartney erinnert sich, daß die Figur der Rita rein fiktiv war, »doch dann meldete sich jemand, wie es des öfteren vorkam, und behauptete, tatsächlich diese Person zu sein, in diesem Fall ein Mädchen namens Rita, das zufällig Politesse war und mir einmal einen Strafzettel geschrieben hatte. Das stand dann in allen Zeitungen.«

Diese Dame hieß Meta Davies und behauptete einige Jahre nach dem Erscheinen von SGT. PEPPER, sie habe in der Nähe von McCartneys Haus in St. John's Wood dessen Auto einen Strafzettel verpaßt. McCartney sei hinzugekommen, habe ihre Unterschrift gelesen und sie gefragt, ob sie wirklich Meta heiße, denn der Name würde sich gut in einem Song machen. McCartneys Biograph Barry Miles schreibt dazu: »Obwohl diese Frau nicht Rita hieß, könnte das Zusammentreffen von ›Meta‹ und ›Meter‹ ein unbewußter Auslöser für die Idee zu diesem Song gewesen sein. Andererseits ist es möglich, daß der Song bereits geschrieben war und Paul einfach nur höflich sein wollte.«

Good Morning Good Morning

Auch wenn Ringo Starr seine beste Schlagzeugleistung erst in ›A Day In The Life‹ präsentieren wird, so wird doch gerade bei ›Good Morning Good Morning‹ deutlich, wie unglaublich sicher und intuitiv er sein Instrument be-

- Lennon: Lead-Gesang (double-tracked), Rhythmus-Gitarre
- McCartney: Gesang, Bass, Lead-Gitarre
- Harrison: Gesang, Lead-Gitarre
- Starr: Drums, Tamburin
- Barrie Cameron, David Glyde, Alan Holmes: Saxophone
- John Lee: Posaune
- unbekannt: Posaune, Horn
- Aufnahmedatum: 8. Februar, 13./28./29. März 1967
- Abbey Road Studio 2
- 16. Februar 1967, Abbey Road Studio 3
- Länge 2:41, Tempo 121

herrschte. Denn dieser Song gehört zum rhythmisch Unregelmäßigsten und Kompliziertesten, was die Beatles je eingespielt haben. Man verfolge dazu nur einmal die erste Strophe (0:11 bis 0:34): Auf drei Takte in 5/4 (»Nothing to do to safe his life call his wife in. Nothing to say but what a day«) folgt ein 3/4-Takt (»how's your boy«), dann ein 4/4-Takt (»been.«), wieder ein 5/4-Takt (»Nothing to do it's up to you«), darauf ein 4/4- (»I've got«) und zwei 3/4-Takte (»nothing to say but it's o. k. Good«), schließlich zwei 4/4-Takte (»morning good morning.«). Damit nicht genug. Die Bridges (»Everybody knows …« und »People running round …«) sind ausschließlich auf Triolen aufgebaut.

Diese Unregelmäßigkeit bleibt das ganze Stück hindurch erhalten und wirkt unbändig treibend. Auf einer frühen Demo-Aufnahme, die auf verschiedenen Bootlegs kursiert, hört man, wie Lennon sich mit seinen vielen Wechseln am Klavier herumschlägt. Auf der perfekt eingespielten Schlußaufnahme dringt vielen die rhythmische Unregelmäßigkeit gar nicht mehr bewußt ins Ohr.

›Good Morning Good Morning‹ basiert auf einem recht konventionellen Arrangement aus Schlagzeug, Bass,

Rhythmus- und Sologitarre und Gesang. Die rudimentäre Ausgangsbasis ist gut auf ANTHOLOGY 2 zu hören. In der Folge wurde diese Aufnahme zunächst aufgedonnert durch einen Bläsersatz aus drei Saxophonen, zwei Posaunen und einem Horn. Dazu engagierte George Martin Musiker der Gruppe Sound Incorporated, einer Band, die ebenfalls von Brian Epstein gemanagt wurde und mit der die Beatles befreundet waren. Diese Session, einige Wochen nach Aufnahme der Basisspuren, war nicht ganz unproblematisch, wie sich Martin erinnert:

»Sie mußten sich ihr Geld sauer verdienen. Johns Rhythmus erwies sich für die sechs Musiker als die reinste Hölle, denn sie mußten wie die Wahnsinnigen mitzählen, um ihren Bläsertusch jeweils im richtigen Augenblick zu erwischen. Es war verteufelt schwer, hier den Einsatz nicht zu verpassen, und noch viel schwerer war es, den Tusch dann wie mit einer Stimme zu spielen.«

Schließlich wurden der Aufnahme noch zahlreiche Tiergeräusche hinzugefügt. Da ein TV-Reklamespot für Cornflakes Lennon zu diesem Lied inspiriert hatte, sollte der Song mit einem Schrei von Kelloggs Kampfhahn beginnen. Um dieses Geräusch zu ergänzen, schlug Lennon vor, in der Ausblende ab 1:58 weitere Tiergeräusche einzubauen und diese so anzuordnen, daß jedes Tier das jeweils vorangehende fressen oder zumindest vertreiben könnte. Die Geräusche hierzu stammten aus dem unerschöpflichen Tonarchiv der EMI. Auf diese Weise entstand nicht nur eine bizarre Soundmasse, es ermöglichte auch einen geradezu genialen Übergang zum nächsten Stück, ›Sgt. Pepper's Lonely Hearts Club Band (Reprise)‹.

George Martin: »Bei der Endabmischung fiel mir plötzlich auf, daß das Hühnergackern fast genauso klang wie das Geräusch, das wir vor der Reprise von ›Sgt. Pepper's

Lonely Hearts Club Band‹ aufgenommen hatten, als die Jungs ihre Gitarren stimmten. Während des Zusammenschneidens änderte ich deshalb das Gegacker der Hühner in das Geräusch einer Gitarrensaite um, die beim Stimmen unter Spannung gerät. Aus dem Huhn wurde also eine Gitarre. Es hörte sich toll an und verknüpfte die beiden Songs miteinander, aber das war ja nicht mein Verdienst gewesen, sondern ein glücklicher Zufall.«

An ›Good Morning Good Morning‹ wird deutlich, was Lennon mit seiner abfälligen Bemerkung über Songs wie ›Lovely Rita‹ meinte. ›Good Morning Good Morning‹ ist reinster Lennon, bitter-zynisch und kompromißlos rauh. John Lennon führte damals mit Ehefrau und Sohn ein zunehmend unglückliches bürgerliches Familienleben in seiner Villa im noblen Londoner Vorort Weybridge. Die spießige Upperclass-Atmosphäre führte zu einem sehr engen Lebensradius, der geprägt war von vorstädtischer Trägheit und exzessivem Fernsehkonsum. Auch seine Ehe wurde zunehmend schlechter.

Im Gegensatz zu ihm lebte der unverheiratete McCartney wie ein Bohemien, der in Galerien und Klubs mit avantgardistischen Künstlern verkehrte. Dies stellte insofern die Dinge auf den Kopf, da McCartney, wie Starr anmerkte, »sich mit allerlei unkonventionellem Volk umgab, er selber aber konventionell war. Wogegen John in seinem trauten Heim sehr unkonventionell lebte.«

George Martin erinnert sich: »Weybridge war nicht auf Johns Mist gewachsen, und er wußte wahrhaft nicht mehr, welcher Teufel ihn geritten hatte, als er sich von Brian Epstein hier ein Haus hatte suchen lassen. Es war ein Ghetto für Reiche und ist es noch: sehr sicher, extrem gut bewacht und extrem unbehelligt ... Ein Teil von ihm hielt

ständig Ausschau nach etwas anderem, Aufregenderem.«
Diesen Frust packte Lennon in seinen kraftvollen Text.
Beziehungslosigkeit, Langeweile und Routine werden zu
Merkmalen seines unbefriedigenden Lebensstils: »Jeder
weiß, daß nichts passiert. Alles ist fest verschlossen wie eine
Ruine. Jeder, den man sieht, ist halb am Einschlafen. Ich
habe nichts zu sagen, aber das ist schon in Ordnung. Guten
Morgen … Die Leute laufen herum. Es wird dunkel in der
Stadt, jeder, den man sieht, ist voller Leben. Höchste Zeit
für eine Tasse Tee und ›Meet the Wife‹.« (»Meet the Wife«
war eine außerordentlich banale und triviale TV-Soap-
Opera.) Sarkastischer kann man saturierte Ödheit nicht
darstellen.

MacDonald meint dazu: »Keiner fluchte in der Popmusik so unterhaltsam wie Lennon, und nur ein Toter könnte
sich ein leises Lachen verkneifen, wenn er hört, wie Lennon
hier mürrisch-schmissig austeilt.« Geradezu angeekelt
stapft Lennon hier durch den Dreck und durch die Niederungen des menschlichen Hühnerhofs.

Sgt. Pepper's Lonely Hearts Club Band (Reprise)

Nach über einer halben Stunde, angefüllt mit einer Vielzahl
von zum Teil noch nie gehörten Klängen und mit einem
wahren Feuerwerk an musikalischen Ideen, kehrt die
Schallplatte zum ursprünglichen Idiom des ersten Stückes
zurück. Die Idee, ›Sgt. Pepper's Lonely Hearts Club Band‹
als Reprise am Ende des Albums noch einmal aufzugreifen,
stammte von Neil Aspinall, dem »Mädchen für alles« der
Beatles. Lennon quittierte dies zwar breit grinsend mit
»Klugscheißer mag keiner!«, doch im Grunde waren alle
von der Idee begeistert.

- Lennon: Gesang, Rhythmus-Gitarre
- McCartney: Gesang, Orgel, Bass
- Harrison: Gesang, Lead-Gitarre
- Starr: Gesang, Drums, Tamburin, Maracas
- Aufnahmedatum: 1. April 1967
- Abbey Road Studio 1
- Länge 1:18, Tempo 116

Es herrschte eine ausgelassene Stimmung im Studio – George Martin vergleicht sie mit der Situation kurz vor den Schulferien –, schließlich waren, bis auf ein paar Overdubs zu ›Within You Without You‹ und dem Kauderwelschfetzen in der Auslaufrille, alle neuen Titel eingespielt. Den Beatles war klar, daß sie ein hervorragendes Album geschaffen hatten.

Entsprechend schwungvoll wurde die kurze Reprise in weniger als einem Tag eingespielt. In vielerlei Hinsicht übertrifft sie die erste Version des Titelsongs: Sie ist schneller, rockiger, vitaler, sie vermittelt mehr Live-Atmosphäre, was sicherlich auch an dem großen Studiosaal 1 der Abbey Road lag. Normalerweise nahmen die Beatles im kleineren und intimeren Studio 2 auf.

Die Basisspur aus Rhythmus-Gitarre, Lead-Gitarre, Bass und Schlagzeug wurde in einem Zug neunmal eingespielt. Viermal gab es Fehlstarts, die anderen fünf Versionen unterschieden sich nur minimal. Als bester wurde Take 9 genommen, auf ANTHOLOGY 2 ist zum Vergleich Take 5 zu hören.

Ein wichtiger Unterschied zum Originalsong liegt darin, daß es in der Reprise keine Lead-Stimme gibt. Alle vier Beatles singen gemeinsam. Dagegen kann man zwischen McCartneys Sologitarre in der ursprünglichen Version und jener Harrisons in der Reprise nicht unterscheiden. Auch

97

sind hier keine zusätzlichen Instrumente wie etwa die Hörner der ersten Fassung verwendet worden. Beibehalten wurde allerdings der Effekt mit den Publikumsgeräuschen im Hintergrund, so daß das knapp über eine Minute lange Stück wie eine sehr authentische Live-Aufnahme wirkt.

Nachdem das Hühnergegacker von ›Good Morning Good Morning‹ wie oben von George Martin beschrieben in den Klang einer E-Gitarre übergegangen ist, zählt McCartney in lockerem Conférencier-Ton das Stück ein, ergänzt mit Lennons verschmitztem »byee«. Nach einer ausgedehnten Schlagzeug- und Instrumentaleinleitung singen die Beatles zwei Durchgänge, in denen sich die »one and only Lonely Hearts Club Band« von ihrem Publikum verabschiedet. Dabei wird das harmonische Gerüst des Songs spielerisch variiert. Das Ganze kulminiert in einem gewaltigen Klang, in dem Orgel, Gitarren und Publikumsgeräusche nicht mehr zu unterscheiden sind. Aus dieser Klangmasse kämpft sich fast schüchtern eine akustische Gitarre, womit der mit Abstand herausragende und wichtigste Song von SGT. PEPPER beginnt.

A Day In The Life

Wenn Sie sich zehn Stunden Zeit nehmen wollen, um die Musik der Beatles kennenzulernen, würde ich Ihnen empfehlen, alle Original-CDs durchzuhören. Wenn Sie dafür nur eine Dreiviertelstunde aufbringen wollen, lege ich Ihnen selbstverständlich SGT. PEPPER ans Herz. Wenn Sie aber nur fünf Minuten Zeit haben, dann schlage ich vor: Hören Sie sich ›A Day In The Life‹ an. In diesem Geniestreich kommt alles zusammen, was die Beatles zu dem in ihrer Zeit so überragenden musikalischen Phänomen ge-

- Lennon: Lead-Gesang, akustische Gitarre, Klavier
- McCartney: Lead-Gesang, Klavier, Bass
- Harrison: Maracas
- Starr: Drums, Bongos
- Erich Gruenberg, Granville Jones, Bill Monro,
- Jurgen Hess, Hans Geiger, D. Bradley, Lionel Bentley,
- David McCallum, Donald Weekes, Henry Datyner,
- Sidney Sax, Ernest Scott: Violinen
- John Underwood, Gwynne Edwards, Bernard Davis,
- John Meek: Violas
- Francisco Gabarro, Dennis Vigay, Alan Dalziel,
- Alex Nifosi: Violoncelli
- Cyril MacArthur, Gordon Pearce: Kontrabässe
- John Marston: Harfe
- Basil Tschaikov, Jack Brymer: Klarinetten
- Roger Lord: Oboe
- N. Fawcett, Alfred Waters: Fagott
- Clifford Seville, David Sandeman: Flöten
- Alan Civil, Neil Sanders: Hörner
- David Mason, Monty Montgomery, Harold Jackson: Trompeten
- Raymond Brown, Raymond Premru, T. Moore: Posaunen
- Michael Barnes: Tuba
- Tristan Fry: Pauke, Percussion.
- Aufnahmedatum: 19./20. Januar, 3./22. Februar 1967
- Abbey Road Studio 2
- 10. Februar 1967, Abbey Road Studio 1
- Länge 5:33, Tempo 77 > 82/164

macht hat: ein geradezu unglaubliches Gespür für musikalische Stimmungen, eine perfekte Darbietung und eine überschäumende Experimentierfreude, die vor keiner klanglichen Konvention haltmacht.

Lennon erinnerte sich in seinen PLAYBOY-Interviews kurz vor seinem Tode an SGT. PEPPER als »Höhepunkt in der

Karriere der Beatles, eine Zeit, in der Paul und ich tatsächlich zusammenarbeiteten, besonders bei ›A Day In The Life‹«. In der Tat zeigt dieses Stück, wie sich Lennon und McCartney als Songschreiber in ihrer ganzen Unterschiedlichkeit doch perfekt ergänzten.

Der Hauptteil des Liedes stammt von Lennon. Die erste Strophe handelt von einem Glückspilz, der es in jeder Hinsicht geschafft hatte (»a lucky man who made the grade«), der aber wegen eines banalen Fahrfehlers (»he didn't notice that the lights had changed«) bei einem Autounfall ums Leben kam. Wahrscheinlich – die Erinnerungen von George Martin, McCartney und anderen gehen hier auseinander – berichtete Lennon von Tara Browne, einem Millionärssohn und Szenegänger, mit dem die Beatles recht gut befreundet waren. Am 18. Dezember 1966 fuhr er mit hoher Geschwindigkeit bei Rot über eine Ampel (andere Quellen berichten, er wollte einem entgegenkommenden Fahrzeug ausweichen), prallte auf einen Kleinbus und starb bei dem Unfall. In reportageartig kühler Distanz – Lennon verarbeitet einen entsprechenden Zeitungsbericht (»I read the news today oh boy«) – berichtet er von dem Fall und spiegelt darin die voyeuristische Haltung der Öffentlichkeit, die lediglich an der Berühmtheit des Toten interessiert war (»nobody was really sure, if he was from the House of Lords«).

In der zweiten Strophe zeigt sich Lennon als teilnahmsloser und abgestumpfter Betrachter, der zusieht, wie die englische Armee den Krieg gewinnt. Inwieweit Lennon hier auf den Vietnamkrieg eingeht, läßt sich heute nicht mehr klären. Mit ziemlicher Sicherheit wurde diese Strophe aber durch Richard Lesters Filmsatire HOW I WON THE WAR angeregt, in der Lennon drei Monate zuvor mitgespielt hatte.

Strophe drei schließlich bezieht sich wie Strophe eins wieder auf einen Zeitungsbericht. Es geht um die bürokratische Banalität, daß aufgrund irgendeiner Anweisung alle Schlaglöcher im Bereich von Blackburn, Lancashire, aufgelistet werden sollten. Der Bericht in der DAILY MAIL vom 17. Januar 1967 sprach davon, daß es zirka 4000 Löcher waren, wonach laut Schätzungen des Landrates ein Loch auf 26 Personen kam. Lennon griff die Absurdität dieses Vergleiches auf: Gott sei Dank wisse man jetzt, wie viele Löcher man brauche, die Royal Albert Hall zu füllen.

Zwischen Strophe zwei und drei schiebt sich ein kleines Fragment McCartneys, eine kleine freche Skizze eines von Routine beherrschten Lebens: Aufgewacht, aus dem Bett gefallen, frisiert, Morgentee, gerade noch den Bus erwischt, angekommen, irgendwer sagt irgendwas – abschalten! (McCartney erinnert sich, daß er hier wohl hauptsächlich an seine Schulzeit dachte.) Neben drei gesellschaftlichen Events der Lennon-Strophen steht also der Alltag des Durchschnittsbürgers.

Hertsgaard faßt dies sehr treffend zusammen: »McCartneys Jedermann scheint alles außer den eigenen kleinen Sorgen kaltzulassen – seine Tasse Tee, die schnelle Zigarette auf dem Weg zur Arbeit –, ohne daß er einem deshalb unsympathisch würde. Er hat einfach schon genug Mühe damit, sein eigenes Leben unter Kontrolle zu halten, und muß sich nicht auch noch mit den moralischen Problemen auseinandersetzen, die in Lennons Songteil angesprochen werden. Er steht für jeden von uns, der vor einem richtigen Engagement im Leben zurückscheut; wie wir gehört er in ›I'd love to turn you on‹ zu den ›you‹.«

Gerade dieses Gegenüber von großer Außenwelt und intimer Innensicht macht diesen Song so authentisch, was sich auch in der Musik widerspiegelt.

Zunächst schlängelt sich aus dem gewaltigen Schlußakkord von ›Sgt. Pepper's Lonely Hearts Club Band (Reprise)‹ eine akustische Gitarre, bald begleitet von Maracas,
Bass und Klavier. Doch vor allem Lennons Stimme, die mit
viel Hall und Echo verfremdet worden war, drückt dem
Lied von Anfang an ihren Stempel auf. Lennon singt in
einer Eindringlichkeit, die George Martin in dem Dokumentarfilm THE MAKING OF SGT. PEPPER noch 25 Jahre
später feuchte Augen bescherte. Ab 0:47 kommt ein weiteres, den Song prägendes Moment ins Spiel: ein phanta-
stisch gespieltes Schlagzeug. Starr verwendet sein Instrument wie bei einem Solo, er läßt den Grundrhythmus bei
den Maracas und spielt lediglich Fill-ins. Phil Collins meinte im selben Film, daß es auch heute nur eine Handvoll
Drummer gäbe, die Starrs ungemein intuitives Spiel auf
eine ähnlich gute Weise wiederholen könnten.

Nach Strophe zwei sollte McCartneys kleine Skizze folgen, doch war die Verbindung mit Lennons Teil problematisch, da sowohl die musikalische Stimmung als auch die
Tonarten weit auseinander lagen. Weil die Beatles bei der
Aufnahme der Basisspuren noch keine Idee hatten, wie diese Verbindung aussehen sollte, ließen sie einfach 24 Takte
frei, um sie später zu füllen. Es war allen klar, daß dieser
Teil mit etwas ganz Besonderem aufgefüllt werden mußte.
Beim frühen Take 2, der auf ANTHOLOGY 2 veröffentlicht
wurde, hört man, wie der Road-Manager der Beatles, Mal
Evans, die 24 Takte zählt. Seine Stimme ist mit immer stärker werdendem Echo unterlegt, und im Hintergrund häm-
mert McCartney wie wild auf seinem Klavier. (Auch auf der
endgültigen Version kann man an einigen Stellen Evans
Stimme durchhören.)

Auf derselben frühen Aufnahme auf ANTHOLOGY 2, die
auch etwas von dem Studiogeplauder am Beginn des Songs

bringt, zählt Lennon das Stück ein mit »Sugar plum fairy«, eigentlich »Zuckerfee«, doch im Drogenjargon bringt diese Fee natürlich alles andere als Zucker. Lennons Einzählen bestand niemals aus »Eins – zwei – drei – vier«, sondern er verfiel stets auf witzige oder lautmalerische Wortspiele, insofern sollte man nicht unbedingt von einer bewußten Drogenanspielung ausgehen.

Zurück zum Song: Nach den 24 noch zu füllenden Takten folgte McCartneys kleiner Teil. Damit niemand den Einsatz verpaßte, ließ Evans einen Wecker läuten, der zufällig im Studio herumstand. Dieses Klingeln stellte sich als herrliche Ergänzung zu McCartneys Text (»Woke up, fell out the bed ...«) heraus, und so blieb es auf der Aufnahme. Bei Take 2 versingt sich McCartney und kommentiert dies mit einem herzerfrischenden Fluch.

Eine Folge von Harmonien führt wieder zurück zu Lennon und seiner dritten Strophe. Danach sollte jene Passage wiederholt werden, die als Verbindung von Lennons und McCartneys Teil erst noch entstehen mußte. Als Schluß war schließlich das gemeinsame Summen des Finalakkordes durch alle im Studio befindlichen Leute vorgesehen.

Es war die damals typische Arbeitsweise der Beatles, wenn ihnen eine Idee fehlte, eine Lösung nicht zu erzwingen, sondern das Stück so lange liegenzulassen, im Vertrauen darauf, daß ihnen schon das Passende einfallen würde. So auch hier. Schon bald war ihnen klar, daß sie hier ein ganzes Symphonieorchester haben wollten, das für einen bislang noch nie gehörten Klang sorgen sollte. Den Anspruch, die Orchesteridee als erster gehabt zu haben, erhoben sowohl Lennon als auch McCartney. In Martins Erinnerungen war es letzterer, der zu ihm kam und ihn um ein Orchester bat.

»›Unsinn, Paul‹, antwortete ich, ›du kannst doch für eine Handvoll Akkorde kein ganzes Symphonieorchester anheuern. Das ist reine Geldverschwendung. Ich meine, wir sprechen hier von neunzig Musikern! Das ist hier EMI und nicht der Rockefeller-Trust!‹ Da sprach der verantwortungsbewußte Firmenlakai, der tief in mir sein verborgenes Dasein führte. Aber schon war meine Phantasie entfacht. Ein Symphonieorchester! Und auf einmal sah ich es ganz deutlich vor mir: was für ein herrlicher Klang.«

So kam es am 10. Februar 1967 zu einer der denkwürdigsten Sessions in den Abbey-Road-Studios. Zwar verkleinerte Martin das Orchester auf vierzig Musiker, doch da für den Soundcluster vier Einspielungen miteinander gemischt wurden, hatten die Beatles auf dem endgültigen Band schließlich den Klang von 160 Instrumenten. Die Musiker der Londoner Philharmoniker wurden von George Martin und Paul McCartney folgendermaßen instruiert: Sie sollten mit der tiefsten Note auf ihrem Instrument beginnen – und zwar so leise wie möglich – und auf dem höchsten möglichen Ton, der Bestandteil des E-Dur-Dreiklanges ist, enden – diesmal so laut, wie es irgend ging.

Dieses freie Spiel ist für Orchestermusiker, die in der Regel nicht improvisieren, sehr schwierig. Sie, die von ihren Maestros gelernt hatten, als Einheit zu klingen, sollten nun gewissermaßen gegeneinander spielen. George Martin bat sie, nicht so zu spielen, wie es der jeweilige Nachbar tat. »Wenn Sie auf das hören, was Ihr Nebenmann spielt, und merken, daß Sie die gleiche Note spielen, dann spielen Sie die falsche Note. Ich möchte, daß Sie sich ganz auf sich verlassen und alles andere ignorieren; machen Sie einfach Ihre eigene Musik.«

Diese Session hatte noch weitere Denkwürdigkeiten. So hatten sich die Beatles von Martin, dem Studiopersonal und dem Orchester gewünscht, daß alle im Abendanzug erscheinen sollten. Sie selbst wollten dies gleichfalls tun. Was sie darunter verstanden, zeigte sich bald. McCartney etwa erschien mit einer langen roten Küchenschürze, die sich farblich kräftig mit seinem purpur-schwarzen Paisley-Hemd biß. Die Band wollte aus der Session eine Party machen und lud dazu einige Freunde (Martin: »Nur so um die vierzig«) ein, darunter Mick Jagger, Brian Jones, Graham Nash oder Marianne Faithful. Alle waren in vielfarbig leuchtenden fließenden Hippie-Gewändern erschienen.

George Martin: »Rund zehn Minuten war ich im Kontrollraum. Als ich zurück ins Studio kam, war die Party in vollem Gange. Die Beatles hatten sich unter die in Abendgarderobe erschienenen Orchestermusiker gemischt und teilten ihnen die neuesten Karnevalsartikel zu. Erich Gruenberg, am ersten Pult in der zweiten Violine, spielte mit einer Affenpranke auf seiner Bogenhand und trug eine rote Pappbrille. David McCallum, der Konzertmeister, trug eine sehr lange rote Nase. Am Ende des Fagotts baumelte ein Luftballon, der auf und nieder wippte, während der Fagottspieler seinem Beruf nachging. Es war zum Totlachen, aber im Hinterkopf hatte ich die ganze Zeit die Gewißheit, daß dies eine verdammt kostspielige Methode war, die Sau rauszulassen.« Doch es hat sich gelohnt. Hertsgaard hat vollkommen recht, wenn er sagt, »dieser Stich ins Kühne katapultiert ›A Day In The Life‹ über das Niveau einer hervorragenden Leistung hinaus und macht es zu einem bleibenden Kunstwerk«.

Als es an die Aufnahmen selbst ging, setzten sich die Blumenkinder abseits, und Martin und McCartney dirigierten das Orchester. Nach einem Probedurchgang spielte das Orchester alles fünfmal durch. Martin erinnert sich, daß sich alle fünf Aufnahmen grundlegend voneinander unterschieden. Das gesamte Happening wurde übrigens mit einer 16-mm-Kamera aus der Hand gefilmt, Teile daraus sind in der Video-Edition Folge 6 zu sehen.

Der Orchesterteil, der jeweils an die zweite (»love to«, bei 1:39) und dritte Strophe (bei 3:44) anschließt, beginnt zunächst mit Lennons schwebendem »I'd love to turn you on«, hinter dem sich, zunächst kaum hörbar grummelnd, schließlich aber zu einem unglaublichen Getöse wachsend, das Instrumentengewirr erhebt. Außerdem erklingen Teile des Orchesters bei der Kadenz zwischen McCartneys Szene und der dritten Strophe, dort aber in bewährter tonaler Manier.

Nun fehlte noch der Schluß. Die Beatles wollten einen überwältigenden Akkord, etwas sehr Nachschwingendes und Nachdrückliches. Ursprünglich war geplant, diesen Effekt nur mit gesummten Stimmen zu erzielen, doch das Ergebnis war wohl zu dünn. Auch hatte keiner genug Atem, um den Ton über dreißig Sekunden zu halten. So kamen sie auf die Idee, statt Stimmen Klaviere zu verwenden, da sie besonders obertonreich sind. Im Studio wurden also drei Klaviere nebeneinandergestellt, und McCartney, Lennon, Martin und Mal Evans hämmerten denselben Akkord so laut wie möglich.

Diesen Klavierdonner wirkungsvoll auf das Band zu bringen war nicht ganz einfach. Martin: »Wenn man einen schweren Akkord wie unseren Klavierakkord ohne jede Kompression aufnähme, würde man zu Beginn einen extrem lauten Ton hören, der am Schluß sehr leise ausfiele. Wir wollten die anfängliche Wucht des Akkords durchaus so laut haben (wenn er auch nicht übersteuert werden durfte), aber der Ausgang sollte ebenfalls sehr laut sein. (Die Kompression nimmt dem Ton die Wucht, absorbiert ihn wie ein Stoßdämpfer und schraubt zum Ausgleich rasch die

Lautstärke hoch.) Als der Akkord anfing auszuklingen, drehte Geoff Emerick gleichmäßig die Lautstärke hoch, um sie auf einem konstanten Niveau zu halten. Am Ende der Note, 45 Sekunden später, war die Lautstärkeanzeige des Studioverstärkers in einem unglaublich hohen Bereich. Jeder von uns mußte sich mucksmäuschenstill verhalten. Wenn einer nur gehustet hätte, wäre das in unseren Ohren einer Explosion gleichgekommen.« George Martin erwähnt, daß auf der speziellen Ultra-High-Quality-Edition die Klimaanlage von Abbey Road zu hören ist.

Damit ist die Reise von SGT. PEPPER (fast!) zu Ende. Wir sprachen bei dem ersten Song, ›Sgt. Pepper's Lonely Hearts Club Band‹, von den etwas beschwerlichen Studiobedingungen, die durch die akustisch zwar hochwertigen, technisch aber veralteten Vierspur-Bandmaschinen in der Abbey Road hervorgerufen wurden. Bei ›A Day In The Life‹ war durch die zahlreichen Stimmen und Overdubs vor allem das Problem des Akustikmülls vorherrschend. Kein anderes Stück auf SGT. PEPPER weist so viele Geräusche und ein derart hohes Grundbandrauschen auf wie gerade dieser Song. Der künstlerischen Bedeutung hat dies allerdings keinen Schaden zugefügt.

Über ›A Day In The Life‹ ist mehr als über jedes andere Lied der Beatles geschrieben worden – auch mehr Unsinn. Schon die Bezeichnung »Zugabe aller Zugaben«, die dem Song oft anhängt, ist insofern falsch, da das Stück bereits als zweiter Titel für das Album begonnen wurde, noch vor ›Sgt. Pepper‹. Doch die Interpretationen gingen viel weiter. Von der »trunkenen Verherrlichung eines LSD-Trips« war die Rede, aber auch von der »Beschwörung eines schlechten Trips« – ja, sogar von der »morbiden Verherrlichung des Todes« wurde gesprochen.

Wir wollen uns an solchen Überlegungen nicht auch noch beteiligen, deshalb sollen die Schlußsätze zu ›A Day In The Life‹ den beiden vielleicht profundesten aktuellen Beatles-Kennern gehören, Ian MacDonald und Mark Hertsgaard.

MacDonald: »›A Day In The Life‹ repräsentiert die Spitze im Werk der Band. Der Text gehört zum Überlegtesten und Überzeugendsten, was die Beatles je schufen, der musikalische Ausdruck des Songs ist atemberaubend, seine Struktur gleichzeitig ungeheuer originell und absolut natürlich. Die Einspielung ist ebenso herausragend. Eine brillante Produktion durch Martins Team, das mit Beschränkungen arbeiten mußte, die die meisten heutigen Studios vor unlösbare Probleme stellen würde, vollendeten ein Stück, das eine der eindringlichsten und innovativsten künstlerischen Reflexionen seiner Zeit bleiben wird.«

Hertsgaard: »Kurz nachdem SGT. PEPPER'S LONELY HEARTS CLUB BAND erschienen war, verglich der Kritiker Jack Kroll ›A Day In The Life‹ mit Elliots ›Waste Land‹, dem vielleicht bedeutendsten Gedicht englischer Sprache, das im 20. Jahrhundert entstanden ist. Eine Bemerkung George Martins, daß die Beatles eigentlich Bilder mit Tönen gemalt hätten, legt einen weiteren Vergleich nahe: mit dem Gemälde ›Guernica‹. Picassos Meisterwerk von 1937 schildert die Schrecken des spanischen Bürgerkriegs. Wie ›Guernica‹ und ›Waste Land‹ zeichnet sich auch ›A Day In The Life‹ durch seine Ästhetik, seine Kraft und gesellschaftliche Bedeutung aus, um zu den bedeutendsten Werken in der Kunst des 20. Jahrhunderts gezählt zu werden. ›A Day In The Life‹ berührt uns, der Song sprüht heute noch genausoviel Leben aus wie 1967, als er herauskam. Warum sollte er also nicht auch in den kommenden Jahrzehnten die Hörer bewegen und inspirieren?«

Sgt. Pepper als Gesamtkunstwerk

Als alle Songs eingespielt waren, mußte ihre Reihenfolge für das Album festgelegt werden. Wie George Martin in dem Beiheft zur CD ausführt, war die Songfolge für Seite eins zunächst anders geplant: Nach ›Sgt. Pepper's Lonely Hearts Club Band‹ und ›With A Little Help From My Friends‹ sollte ›Being For The Benefit Of Mr Kite!‹ folgen, darauf ›Fixing A Hole‹, ›Lucy In The Sky With Diamonds‹, ›Getting Better‹ und ›She's Leaving Home‹. Erst im letzten Moment wurden die Stücke so angeordnet, wie sie schließlich auf dem Album erschienen. Grund dafür war Martins Philosophie, daß jede Albumseite mit einem krachenden »Hammer« beginnen und auch enden sollte. Insofern wäre ›She's Leaving Home‹ sicherlich ein etwas verhaltener Ausklang der Seite eins gewesen.

Von den Songs, die ja nicht in der Reihenfolge ihres Erscheinens aufgenommen wurden, stand im Grunde nur bei fünf Titeln die Position fest: Natürlich mußte der Titelsong das erste Lied auf der Platte sein. Danach folgte zwingend ›With A Little Help From My Friends‹, weil die beiden Stücke ineinander übergingen.

Ebenso stand fest, daß die Reprise von ›Sgt. Pepper's Lonely Hearts Club Band‹ das Album eigentlich hätte beenden sollen, aber ›A Day In The Life‹ hat ein so starkes Finale, daß dahinter kein anderes Lied denkbar war. Also mußte die Reprise das vorletzte Stück werden. Unmittelbar davor sollte auf jeden Fall ›Good Morning Good Morning‹ kommen, da die Tiergeräusche so spielerisch in den Gitarrensound übergingen.

Ein Problem war ›Within You Without You‹, das so andersartig klang, daß es im Grunde nirgends einen passenden Platz hatte. Der einzige Platz war letztlich der Auftakt zur zweiten Seite, und das Lachen am Ende des Stückes führte eigentlich zwangsläufig zu ›When I'm Sixty-four‹. Der klanglich wildeste der noch verbliebenen Songs war mit Sicherheit ›Being For The Benefit Of Mr Kite!‹, so daß dieser Titel sich als Schlußpunkt für Seite eins anbot. Außerdem kontrastierte das lethargische ›Lucy In The Sky With Diamonds‹ so wunderbar mit dem swingenden ›With A Little Help From My Friends‹, daß auch Platz drei der ersten Seite belegt war.

Vieles sprach dafür, auf ›Lucy In The Sky With Diamonds‹ das optimistische ›Getting Better‹ folgen zu lassen. Auch die Reihenfolge der beiden nächsten Titel, ›Fixing A Hole‹ und ›She's Leaving Home‹, ergab sich aus der Stimmung der Songs fast automatisch. Nun mußte nur noch das von Martin eher ungeliebte ›Lovely Rita‹ untergebracht werden. Hier bot sich am besten der Platz zwischen ›When I'm Sixty-four‹ und ›Good Morning Good Morning‹ an. So war ein atmosphärisch und klanglich höchst abwechslungsreiches Album zusammengestellt.

Die Beatles hatten das Bedürfnis, nach dem mächtigen Schlußakkord von ›A Day In The Life‹ noch etwas Witziges und Ungewöhnliches zu bringen. Sie verfielen schließlich auf die Idee, in der Auslaufrille der Schallplatte eine kurze Klangkollage aus zusammengeschnipselten Wortfetzen zu stellen, die sich wie ein Mantra ständig wiederholt, solange der Tonarm des Plattenspielers auf der Schallplatte liegt. (Dieser Effekt wurde zwar auf die CD übernommen – bei ›A Day In The Life‹ von 5:10 bis 5:33 –, wirkt hier aber etwas unnatürlich und gekünstelt.)

SGT. PEPPER erhielt 1967 vier Grammy Awards: für das beste Album des Jahres, die beste Popplatte, für die beste Plattenhülle und die beste Tontechnik.

Am 21. April trafen sich die Beatles also nochmals im Studio, um die definitiv letzte Session für SGT. PEPPER zu absolvieren. Aus einer Menge von Bandschnipseln bastelten sie eine kurze Kollage, die sich so ähnlich anhörte wie: »Couldn't really be any other band – Couldn't really be any other band – Couldn't really be any other band ...« Dies schien ein Slogan zu sein, der auf SGT. PEPPER wunderbar zu passen schien. Entsprechend überrascht war McCartney, als man ihn fragte, warum die Beatles denn diesen »Schweinkram« an das Ende der Platte gelegt hätten. Wenn man nämlich die kurze Sequenz rückwärts abspiele, höre es sich an wie »We'll fuck you like supermen ...«

Dies auszuprobieren war bei einem Plattenspieler natürlich einfach (auch wenn man dabei dem Motor nicht unbedingt Gutes tat), heute im Zeitalter von CD und Kassette ist das ungleich komplizierter. Doch in der Tat klingt das rückwärts gespielte Resultat so, wie behauptet wurde. McCartney: »Solche Dinge passieren halt. Doch die Sache war völlig verrückt. Wir hatten das garantiert nicht geplant, aber wenn man etwas rückwärts abspielt, wird man dabei wohl immer irgendwas heraushören können ... wenn man es darauf anlegt, läßt sich vermutlich aus allem irgendwas machen.«

Das Cover

Der letzte Ton der Platte war noch nicht aufgenommen, da stellte sich natürlich auch die Frage, wie das Album verpackt werden sollte. Den Beatles war klar, daß sie eine hervorragende Platte eingespielt hatten, also wollten sie sich auch beim Cover auf keine halben Sachen einlassen. Die Käufer sollten voll auf ihre Kosten kommen, und das Cover mußte wie die Musik einzigartig und revolutionär sein.

Zur damaligen Zeit wurde nur wenig Gewicht auf die Gestaltung der Plattenumschläge gelegt. So betrug das durchschnittliche Budget für ein Cover einer Langspielplatte etwa 25 englische Pfund (damals knappe 300 Mark). Die Verantwortlichen von EMI staunten nicht schlecht, als ihnen die Rechnung für das SGT.-PEPPER-Cover präsentiert wurde: Die Summe betrug insgesamt 2867 Pfund – ein mittleres Vermögen!

Am Anfang stand ein Entwurf von McCartney, der eine Wand zeigte, die über und über mit Bildern von Freunden, Vorbildern und Idolen der Beatles behängt war. Passend zum Blaskapellen-Image von SGT. PEPPER sollten die vier Beatles in Militärkapellenjacken und mit typischen Blasinstrumenten – Tuba, Klarinette, Horn oder Trompete – vor dieser Wand posieren.

Als McCartney die Idee dem Galeristen Paul Robert Fraser schilderte, schlug dieser sofort vor, daß ein solches Arrangement von einem »richtigen« Künstler gestaltet werden müßte. Er schlug Peter Blake vor, einen der Begründer der Popart-Bewegung.

Die Beatles besuchten ihn und zeigten ihm ihr Konzept. Blake wandelte das Ganze etwas ab, indem er die statische Fotowand durch eine quasi »echte« Kulisse mit den entsprechenden Personen ersetzte. Zunächst stellten die Beatles eine Liste jener Figuren zusammen, die sie gerne auf dem Album hatten. Darunter waren diverse Yogis und Mahavishnus, Marquis de Sade, Dylan Thomas, Johnny Weissmüller, Karlheinz Stockhausen, Lenny Bruce, Fred Astaire, Karl Marx, René Magritte, Albert Einstein, Oscar Wilde, Lewis Carroll, Edgar Allen Poe, W. C. Fields, Tony Curtis, Sonny Liston, Shirley Temple und viele andere, auch – ein »Gag« von Lennon – Adolf Hitler. Nun mußten passende Fotografien dieser Personen gefunden, vergrößert und auf entsprechend lebensgroße Holz- oder Pappfiguren geklebt werden. Daneben wurden einige Wachsfiguren aus Madame Tussauds berühmten Kabinett in die Szenerie gefügt.

Blakes Frau Jann Haworth war ebenfalls eine bekannte Künstlerin. Sie hatte 1963 in einer zeitgenössischen Kunstausstellung Gruppen von Stofftieren und -figuren aufgebaut, einige davon sind auf SGT. PEPPER verewigt. Dazu kamen noch allerlei andere Figuren und Requisiten, etwa Lennons Fernseher als Symbol für McLuhans Credo »Das Medium ist die Botschaft«, das von Joe Ephgrave phantasievoll bemalte Trommelfell der Baßtrommel und das Blumenbukett mit dem Schriftzug der Beatles und der Blumengitarre.

Im Blumenfeld sieht man auch noch eine Reihe anderer Pflanzen, die sofort den Verdacht auf Drogenanspielungen schürten. Doch George Martin kennt die wahre Geschichte: »Mitten zwischen den berühmt-berüchtigten ›Marihuanapflanzen‹ steht eine Büste von T. E. Lawrence. Diese Pflanzen, die kleinen grünen genau vor der Trommel und dann wieder rechts unten im Bild, haben seinerzeit für ungeheuren Wirbel gesorgt. Diese gezackten kleinen Kerlchen wurden weithin beschuldigt, Cannabispflanzen zu sein. Tatsächlich sind sie ein wohlgehüteter Privatwitz. Der korrekte lateinische Name ist nämlich – Peperomia! Seltsamerweise kann sich heute niemand mehr daran erinnern, wem das damals eingefallen ist.«

Ein großes Problem war die Frage der Fotorechte. Den Leuten bei EMI war die ganze Coveridee ohnehin suspekt, doch die Beatles beharrten darauf. Also mußte sich Brian Epstein um die Rechtefrage kümmern.

Seine Rolle bei den Beatles war inzwischen zunehmend schwieriger geworden. Als die Beatles beschlossen hatten, nicht mehr aufzutreten, verlor Epstein eine wichtige Basis seiner Arbeit. Er durchlebte eine Sinnkrise, die ihn tief in die Drogenszene abrutschen ließ. Während SGT. PEPPER aufgenommen wurde, war er meist im »Priory«, einer exklusiven Rehabilitationsklinik für Drogenabhängige. Nur zur berühmten Party in seinem Haus anläßlich der Veröffentlichung des Albums verließ er die Anstalt. Deshalb bat er Wendy Hanson, sich um die Fotorechte zu kümmern. Sie war jahrelang seine Assistentin, hatte allerdings Anfang des Jahres gekündigt, weil Epstein aufgrund seines Drogenkonsums zunehmend unausstehlicher geworden war. Es gelang ihm jedoch, sie als freie Mitarbeiterin für diese Arbeit zu gewinnen.

Die ganze Angelegenheit wuchs allerdings zu einer wahren Herkulesarbeit heran, die noch dazu Wendy Hanson am Ende schlecht gedankt wurde: Die Bezahlung war lausig, und Peter Brown, Epsteins neuer Assistent, stellte die Sache in der Öffentlichkeit so hin, als habe er sich um die Bildrechte gekümmert.

Doch fast alle von den Beatles gewünschten Figuren konnten verwendet werden. Lediglich Leo Gorcey von den Dead End Kids verlangte ein Honorar und flog prompt raus. Mahatma Gandhi mußte auf Druck von EMI vom Cover genommen werden, weil man befürchtete, Indien damit zu beleidigen. Auch Hitler fand aus verständlichen Gründen schließlich nicht den Weg auf das endgültige Bild.

Lange Zeit galt es als beliebtes Gesellschaftsspiel zu raten, wer alles auf dem Coverbild zu sehen ist, nicht nur Jugendzeitschriften veranstalteten entsprechende Preisausschreiben. Heute ist das Geheimnis gelüftet, denn auf der CD-Ausgabe sind im Beiheft alle Figuren aufgelistet und zugeordnet.

Ein paar Kuriositäten:

Ganz rechts trägt eine Puppe die Aufschrift »Welcome The Rolling Stones«. In der Öffentlichkeit spalteten die Beatles und die Stones die Fangemeinde in zwei unvereinbare Lager – wie Fanblöcke zweier Fußballmannschaften. In Wirklichkeit waren die Beatles und die Rolling Stones aber eng miteinander befreundet, und der Schriftzug ist ein kurzer Gruß an die etwas rauheren Kumpels.

Shirley Temple als Kinderstar ist nur aus Versehen zweimal aufgestellt worden.

Auch die Beatles sind zweimal zu sehen: einmal als Wachsfiguren in dem Stil, wie man sie von ihren Auftritten her kannte, und einmal als »Sgt. Pepper's Lonely Hearts Club Band«. Dies war bewußt als Zeichen gedacht: »Wir sind nicht mehr die Beat-Band der früheren Tage, wir sind eine neue Gruppe mit ganz anderen künstlerischen Ambitionen und Ansprüchen.«

Anstelle von Diana Dors ganz rechts sollte nach dem Willen der Beatles eigentlich Brigitte Bardot stehen, doch Blake war ein Fan der Dors und tauschte die Damen einfach aus.

Über Diana Dors ist ein freier Raum, in den ein Palmwedel ragt. Hier war Gandhi postiert, der dann im letzten

Moment aus genannten Gründen aus dem Foto retuschiert wurde. Auf den Sessionfotos im Beiheft zur CD ist er noch zu sehen, ebenfalls die Hitlerfigur.

Die fünfstündige Fotositzung fand am 30. März statt, der Fotograf war der hauptsächlich für VOGUE arbeitende Michael Cooper, der einige Monate später auch das Coverfoto für THEIR SANTANIC MAJESTIES REQUEST von den Rolling Stones machte, das allseits als müder Abklatsch von SGT. PEPPER empfunden wurde.

Eine respektlos gewagte Persiflage des Coverbilds stammte von Frank Zappa und seinen Mothers Of Invention. Da deren Plattenfirma MGM-Verve jedoch befürchtete, EMI könnte sie mit dem Vorwurf des Plagiats gerichtlich belangen, wurde das Frontbild zu WE'RE ONLY IN IT FOR THE MONEY auf die Innenseite des Klappalbums gesetzt. Erst spätere Ausgaben präsentierten das Album dann analog zu SGT. PEPPER.

Nun war also das spektakuläre Coverbild im Kasten, doch die Beatles waren bei weitem noch nicht zufrieden. Sie wollten als Cover einen Umschlag mit weiteren Zutaten, etwa Gratisbeilagen und Abziehbilder.

McCartney: »Wir wollten den Leuten nicht irgendeine Platte geben, sondern eine richtig gute, eine Scheibe mit einem strapazierfähigen Cover, das viele Jahre halten würde und das man immer wieder lesen konnte, mit tollen Sachen drin, mit einer Reihe von Extras, und das alles ›für den Preis einer herkömmlichen‹! Genau das schwebte uns vor. Die Leute von EMI sagten: ›Nein, das würde den Preis nach oben treiben‹, und aus dem Umschlag mit den Sachen zum Ankleben, sagten sie, müsse etwas weniger Aufwendiges werden. Das Resultat war der ins Cover gesteckte Ausschneidebogen mit diesen SGT.-PEPPER-Sachen: den

Abzeichen, dem Schnurrbart, der Bass-Trommel und so weiter.« Um diesen Bogen unterzubringen, mußte SGT. PEPPER ein Cover zum Aufklappen bekommen. Es waren also noch die Innenseiten und die Rückseite zu gestalten. Auf letzterer wollten Lennon und McCartney ihre Songtexte abgedruckt sehen. Ihr Musikverleger legte zwar sofort Protest ein, da er verständlicherweise befürchtete, daß der Verkauf der Notenhefte mit den Beatles-Songs darunter leiden könnte, doch die Band setzte sich durch.

Für die Innenseiten wurde eine Künstlergruppe mit dem Namen The Fool beauftragt, ein Bild zu malen. Das waren Simon Posthuma und Marijke Koger, zwei Amsterdamer Künstler, die in London lebten. Barry Miles erinnert sich an das Ergebnis: »Es war eine Traumlandschaft mit angedeuteten Bergspitzen und phantastischen Vögeln, die wie ein unter LSD entstandener Entwurf für ein chinesisches Weidenmotiv wirkte. Den Himmel überspannten zwei regenbogenförmige, für eine spätere Beschriftung vorgesehene Streifen, von denen einer mit Sternen und Kometen übersät war. Ein weiterer leer gelassener Abschnitt hatte einen Rahmen aus Blumen und Blüten, auf dem ein Pfau mit ausgebreitetem Schwanz thronte. Winzige Figuren der Beatles lugten unter dem Blattwerk hervor. Der Stil war europsychedelisch. Unglücklicherweise hatten sich die beiden bei der Perspektive vertan, und selbst nach Hinzufügung einer Umrandung wirkte ihr Werk irgendwie amateurhaft.«

Also entschieden sich die Beatles für ein Gruppenfoto. Um einen besonderen Ausdruck in ihre Gesichter zu bekommen, beschlossen die vier, beim Blick in die Kamera sehr intensiv »Ich liebe dich!« zu denken. McCartney: »Wir sagten: ›Wir wollen versuchen, an nichts anderes zu denken und wirklich Liebe zu empfinden. Wir senden unsere

Liebe aus. Sie soll und wird zu spüren sein. Das ist bloß eine Frage des Willens. Und genau das haben wir dann auch versucht. Wenn man sich das Foto genau ansieht, kann man an unseren Augen ablesen, wie wir uns dabei ins Zeug gelegt haben.«

Die Wirkung

Als SGT. PEPPER schließlich erschien, kam dies einer musikalischen Bombe gleich. Im Kreise ihrer Musikerkollegen lösten die Beatles höchste Bewunderung aus, beim Publikum fand das Album reißenden Absatz (allein in Großbritannien wurden in der ersten Woche 250 000 Exemplare und im ersten Monat mehr als eine halbe Million verkauft).

Nahezu alle Kritiker waren voll des Lobes für dieses Meisterwerk, allein Richard Goldstein nahm in der NEW YORK VILLAGE VOICE eine negative Haltung ein:

»Wie schon das Cover, so ist auch der Gesamteindruck der Platte überladen, hip und wirr. Im gesamten Album liegt das Schwergewicht viel zu sehr auf der Produktion, und dazu kommt noch die überraschend schäbige Qualität der Kompositionen. Eine Packung, die nur aus Spezialeffekten besteht, bestechend zwar, aber letztendlich doch eine Mogelpackung.« Goldstein konzedierte trotzdem immerhin, daß SGT. PEPPER »besser ist als achtzig Prozent all dessen, was auf dem Popmarkt erscheint«. (Die Zitate stammen wie alle folgenden Rezensionen aus der Sammlung in George Martins Buch SUMMER OF LOVE.)

Doch Goldsteins Verriß blieb die Ausnahme. So schrieb der Musikkritiker der TIMES, William Mann unter der Überschrift »Beatles geben Fortschrittshoffnung in der

1978 wurde von Robert Stigwood im Gefolge von SATURDAY NIGHT FEVER der Film SGT. PEPPER'S LONELY HEARTS CLUB BAND produziert, der bei der Kritik und dem Publikum gleichermaßen völlig durchfiel. Im Film wurden 29 Beatles-Titel gecovered, darunter bis auf ›Lovely Rita‹ und ›Within You Without You‹ auch alle Stücke von SGT. PEPPER'S. Als Interpreten traten auf: The Bee Gees, Paul Nicholas, Peter Frampton, Sandy Farina, Diane Steinberg, Stargard, Donald Pleasance, Jay MacIntosh, John Wheeler, Steve Martin, Earth, Wind and Fire, Frankie Howard, George Burns, Alice Cooper, Aerosmith und Billy Preston.

Popmusik neue Nahrung«: »Jeder dieser Songs zeigt mehr echte Kreativität als alles, was man im Augenblick in den Popsendern so zu hören bekommt. Aber im Vergleich zur Arbeit anderer Gruppen in letzter Zeit ist SGT. PEPPER hauptsächlich deswegen so wichtig, weil es konstruktive Kritik ist, eine Art Meisterklasse der Popmusik, die verschiedene Trends untersucht, die Ungereimtheiten und undiszipliniertes Arbeiten korrigiert oder ordnet.«

Im NEW STATESMAN ergänzte Wilfred Mellers: »Die neue Beatles-LP SGT. PEPPER'S LONELY HEARTS CLUB BAND führt einen Trend fort, der bereits mit REVOLVER und ›Penny Lane‹ begonnen hat. Sie fängt zwar nach allen Regeln der Popmusik an, wird aber zunehmend Kunst – eine immer subtilere Kunst. Zunächst ist diese wunderschön produzierte Platte nicht nur einfach eine Ansammlung von Musiktiteln, sondern ein Ganzes, dessen Teile, obwohl sie bemerkenswert verschieden sind, doch in einem Zusammenhang stehen.«

Und Derek Jewell bemerkte in der SUNDAY TIMES: »Das neue Album SGT. PEPPER ist bemerkenswert. Angesichts seiner seltsamen Kadenzen, der Sitar-Musik, der beinahe atonalen Tendenzen könnte der gebildete Kritiker leicht in Versuchung geraten, hier Einflüsse von der englischen Musik des 17. Jahrhunderts bis hin zu Richard Strauss zu konstatieren ... Aber es sind eher die Einflüsse der Music Hall der letzten 25 Jahre und die Erinnerungen, die sich Lennon und McCartney aus ihrer Kindheit in Liverpool bewahrt haben. PEPPER stellt einen ungeheuren Schritt nach vorne dar, sogar in der zunehmend experimentierfreudigen Entwicklung der Beatles. Einige Texte sind hervorragende Großstadtlyrik, musikalisch ist das Album stets anregend. Tanzen wird man zu PEPPER allerdings eher nicht. Die Beatles produzieren jetzt Musikvorstellungen, keine Musik, zu der man herumhüpfen kann.«

Und so weiter und so fort. Für kurze Zeit kam es zu einem Mißklang zwischen der Band und ihrem Produzenten. In zahlreichen Rezensionen hieß es: »George Martins bislang bestes Album« oder »George Martin, der Svengali der Beatles« und ähnliches.

McCartney: »Wir fühlten uns wie vor den Kopf geschlagen, denn wir hatten unser Herz und unsere Seele in diese Sache gesteckt. Wir hatten uns für dieses Album förmlich zerrissen. Ohne George Martins Beitrag schmälern zu wollen, fanden wir es ziemlich ungerecht, daß er die ganzen Lorbeeren einheimsen sollte. Sosehr uns George dabei geholfen haben mag, und bei diesem Album kann seine Hilfe gar nicht hoch genug veranschlagt werden – SGT. PEPPER war ganz allein unser Ding gewesen. Ich glaube, daß es auf unserer Seite einen gewissen Groll gab: Das gilt für jeden von uns, für Ringo, für George, für mich und auch für John, in seinem Fall auf eine besonders lautstarke Weise. Er sagte: George Martin war ein toller Typ, ein wirklich netter Bursche, und wir haben ihn alle gemocht, aber keiner darf sich auch nur eine Sekunde lang einbilden, George Martin

habe PEPPER gemacht. Okay, er war der Produzent, na
schön, und die Arbeit des Produzenten muß natürlich entsprechend gewürdigt werden, aber mit Gerry and the
Pacemakers hätte er dieses Album nie machen können.«

Doch die Wogen glätteten sich rasch, und der Freundschaft der Beatles mit ihrem Produzenten tat dies letztlich
keinen Abbruch.

Der Traum geht vorüber

Im Sommer 1966 waren die Beatles kurz davor, sich zu trennen, nun hatten sie ein halbes Jahr später ihren künstlerischen Zenit erreicht. Vor allem McCartney fürchtete, daß der enorme Schwung, den die Gruppe gerade besaß, verlorengehen könnte. Deshalb drängte er unmittelbar nach den letzten Aufnahmen für SGT. PEPPER die Band zu einem neuen Projekt. Er hatte mittlerweile von Lennon die Führung der Beatles in gewisser Weise übernommen, war dieser doch zu sehr mit seinen Drogenexperimenten beschäftigt.

McCartney hatte die Idee zu einem psychedelischen Underground-Musikfilm, und er überredete die anderen drei Beatles, noch im April mit den Aufnahmen zum späteren Titelsong ›Magical Mystery Tour‹ zu beginnen. Später räumte er ein, es wäre wohl klüger gewesen, allen ein paar Monate Pause zu gönnen. Wie begeistert die anderen an dem neuen Projekt teilnahmen, zeigt sich allein schon darin, daß nach den ersten Aufnahmen die ganze Geschichte bis zum Herbst liegengelassen wurde.

Ein nächster Höhepunkt in der Karriere der Beatles folgte sehr unmittelbar: am 25. Juni 1967. An diesem Tag strahlte die BBC eine Live-Sendung aus, »Our World«, die per Satellit in 24 Länder übertragen wurde. Die Beatles sollten den britischen Beitrag leisten.

Es begann eine künstlerische Rivalität zwischen Lennon und McCartney, wer den dafür zu schreibenden Song liefern sollte. McCartney verfaßte ›Hello Goodbye‹, ein eingängiges fröhliches Lied, optimistisch zwar und als Single im Winter auch sehr erfolgreich, doch im Grunde banal.

Lennon dagegen schuf einen der stärksten Einzeltitel, den die Beatles je einspielten: ›All You Need Is Love‹. Vor einem Publikum von geschätzt 300 Millionen Menschen trugen die Beatles ihre Love-and-Peace-Hymne in die Welt und legten auch hier wieder einen Beweis ihrer Position als unangefochtene Helden der Hippie-Kultur ab.

Dann bekam nur einen Monat später die steil nach oben führende Erfolgskurve der Band ihren wohl entscheidenden Knick: Brian Epstein starb am 27. August 1967 an einer höchstwahrscheinlich unbeabsichtigten Überdosis Tabletten. Als die Beatles ihren Tourneebetrieb einstellten, hatte er einen wesentlichen Teil seiner Aufgaben verloren. Dem ohnehin hypersensiblen, im Grunde einsamen und fragilen Menschen glitt aus den Händen, was er als seine Lebensaufgabe angesehen hatte. Er begann zunehmend, sich überflüssig zu fühlen, und geriet in eine Alkohol- und Tablettenabhängigkeit, die ihn schließlich das Leben kosten sollte.

Am 1. September setzten sich die vier Beatles in McCartneys Haus zusammen, um zu beraten, wie es weitergehen sollte. Alle Trennungsgerüchte wurden heftig dementiert, aber es war wohl allen im tiefsten Inneren klar, daß dies der Anfang von einem sehr langen und zum Teil quälenden Ende war. Doch bis dahin sollten noch zweieinhalb Jahre ins Land gehen, in denen die Beatles einige wunderbare Titel schufen.

Die Band griff McCartneys Filmprojekt wieder auf und produzierte im Herbst den knapp fünfzigminütigen TV-Film MAGICAL MYSTERY TOUR. Als der Film am zweiten Weihnachtsfeiertag in der BBC ausgestrahlt und von Kritikern und Publikum in seltener Übereinstimmung zerrissen wurde, war klar: Die Beatles hatten den ersten groben Schnitzer in ihrer Karriere begangen. (Aus heutiger Sicht kann man eigentlich nicht sagen, daß der Film schlecht ist. Für die damalige Zeit war er einfach nur zu übermütig, zu ungewöhnlich, zu grell und zu frei. Die Musik ist allerdings bis auf ›The Fool On The Hill‹ und vor allem das herausragende ›I Am The Walrus‹ eher dürftig.)

Wie zum Trotz schrieben und produzierten die Beatles in der Folgezeit einige sehr starke Songs: Harrisons ›The Inner Light‹, McCartneys ›Lady Madonna‹, auch Lennons ›Across The Universe‹. Doch dann legten sie eine mehrmonatige Pause ein und fuhren mit ihren Frauen zur Meditation nach Indien. Das war eine kreative Zeit der Regeneration, und sie brachten mehr als dreißig neue Songs mit, als sie in der letzten Maiwoche 1968 wieder die Abbey-Road-Studios betraten, um ihr neuestes Album einzuspielen. Die Aufnahmen sollten schließlich bis Mitte Oktober dauern und das Material ergeben, das schließlich auf THE BEATLES, dem sogenannten »weißen Doppelalbum« veröffentlicht wurde.

Dieses Doppelalbum ist außerordentlich uneinheitlich, sowohl was den Stil der einzelnen Titel angeht als auch was deren Qualität betrifft. George Martin hatte sicher recht, als er dafür plädierte, nur die wirklich sehr guten Songs zu nehmen und ein einfaches Album – es wäre ein phantastisches geworden! – zu veröffentlichen, doch die Beatles beharrten auf ihrem Doppelpack. John Lennon sagte in einem seiner ROLLING-STONE-Interviews später, das weiße Doppelalbum sei seine Lieblingsplatte der Beatles, auch wenn er zugab, daß SGT. PEPPER künstlerisch reifer war.

Die Stärke des Albums ist zugleich seine Schwäche: die enorme Vielseitigkeit, die zwar das ganze Panorama populärer Musik durchschreitet – von Country und Folk hin zu schwerem Bluesrock, vom albern hüpfenden Tanzliedchen

hin zur atonalen Klangkollage, von der sentimentalen Schla-
gerschnulze zum überhaupt ersten Heavy-Metal-Stück der
Popmusik. Das Ganze erreicht aber keine musikalisch ge-
schlossene Aussage wie etwa SGT. PEPPER und läuft stets
Gefahr auseinanderzufallen.

Ein weiteres Charakteristikum von THE BEATLES: Die
Band hört hier auf, als Gruppe aufzutreten. Es spielen Lennon und drei Beatles oder McCartney und drei Beatles und
so fort, es ist die Musik von Individualisten, aber die vier als
Kollektiv sind kaum mehr zu spüren. Dies schaffen sie erst
wieder auf ihrem wunderschönen Schwanengesang, dem
Abschiedsalbum ABBEY ROAD.

Trotzdem finden sich eine Reihe von sehr starken Songs
auf den zwei Platten. Es kann an dieser Stelle nicht das
ganze weiße Doppelalbum detailliert gewürdigt werden,
herausgehoben gehören aber schon einige Nummern: etwa
der Eröffnungstitel ›Back In The U.S.S.R‹, einem außergewöhnlich explosiven Rocksong in bester Beatles-Manier;
oder Harrisons weiche Ballade ›While My Guitar Gently
Weeps‹, die auch durch die sensible und zugleich kraftvolle
Sologitarre – gespielt von Eric Clapton – besticht.

Ungemein fesselnd und zum Teil regelrecht schmerzhaft
ist ›Happiness Is A Warm Gun‹, ein Song, der mit allen
metrischen Regeln bricht. In ›Blackbird‹ nimmt McCartney die neueste Entwicklung im Folkgitarrenstil auf und
präsentiert, wie aus dem Ärmel geschüttelt, einen der
prägnantesten akustischen Gitarrenriffs. ›Julia‹ ist ein sehr
berührendes Liebeslied Lennons an seine längst verstorbene
Mutter, eines seiner Schlüsselwerke zum Verständnis seiner
Persönlichkeit.

Es folgen einige sehr harte Rocksongs, von denen durch
seine Energie, Aggressivität und Wildheit vor allem ›Helter Skelter‹ von Paul McCartney heraussticht.

Einer der kontroversesten Songs ist ›Revolution 1‹, in dem Lennon die Proteststimmung an den europäischen Hochschulen aufarbeitet. Dieses inhaltlich wohl wichtigste Stück des ganzen Albums bezieht Stellung sowohl gegen das Establishment als auch gegen blinden revolutionären Aktionismus und wurde so von beiden Lagern heftig angegriffen. Doch vielen Leuten sprach der Titel durch seine erfrischende Offenheit sehr aus dem Herzen.

›Revolution 9‹ ist kein Stück im eigentlichen Sinn, sondern eine Kollage verschiedenster Klänge – das Extremste, was die Beatles im Bereich avantgardistischer Zufalls»musik« je produzierten: eine Partitur aus Bandfetzen, vorwärts und rückwärts gespielten Tonschleifen und Geräuschen. Das Ganze ist ohne jegliche musikalische Struktur aufgebaut, klanglich allerdings sehr sorgfältig aufbereitet, und wurde zum meistverkauften Avantgarde-Artefakt der Musik (auch wenn sich die meisten Leute das über achtminütige Spektakel nur einmal in ihrem Leben anhören).

Den Abschluß des Albums bildet ›Good Night‹, ein äußerst langsames und verträumtes Schlaflied für Lennons Sohn Julian, mit Streichern, Bläsern und einem Chor sehr süßlich arrangiert. Das Stück klingt ein bißchen nach ›True Love‹ und ähnlichen Hollywood-Titeln, aber nicht nach den Beatles und schon gar nicht nach seinem Komponisten John Lennon.

Außerdem nahmen die Beatles während ihrer Sessions zum weißen Doppelalbum ihre hymnische Ballade ›Hey Jude‹ auf, eine ihrer erfolgreichsten Singles.

Trotz ihrer enormen Produktivität wurden die menschlichen Risse innerhalb der Gruppe zunehmend deutlicher. Vor allem McCartney wurde allmählich isoliert, da er seine Führungsrolle wohl etwas zu forciert vorantrieb. Ringo

Starr verließ zum Beispiel für einige Zeit die Band, weil er sich von ihm gemaßregelt fühlte. Lennon und McCartney nahmen einige der Stücke alleine auf, eifersüchtig gehütet vor dem Partner. Irritierend war zudem die ständige Präsenz von Yoko Ono im Studio, die von jedem – außer natürlich von Lennon – als sehr anstrengend erlebt wurde. Wie weit die Nerven irgendwann blank lagen, zeigt sich etwa in einem lächerlichen Eklat, als Ono einen Keks von Harrison aß, ohne diesen zu fragen.

Dies alles trug sicherlich zum Eindruck der Uneinheitlichkeit des Albums bei, allerdings konnte durch die geschickte Zusammenstellung der Songs, ihrer Reihenfolge, der Überleitungen und der Stimmungskontraste mehr Geschlossenheit suggeriert werden, als de facto noch vorhanden war.

Angesichts der zwischenmenschlichen Spannungen verwundert es nicht, daß nach Ende der Aufnahmen zu THE BEATLES jeder der vier ab Mitte Oktober für einige Monate im wesentlichen seiner eigenen Wege ging. Wieder war es McCartney, der Ende Januar 1969 die Gruppe zusammentrommelte. Nach all den vielschichtigen studiotechnischen Spielereien der letzten Alben wollten die Beatles eine Platte nur live einspielen – ohne jegliche Overdubs. Das Besondere daran: Die Aufnahmesessions sollten am 28., 29. und 30. Januar vor laufender Kamera stattfinden, und aus dem Filmmaterial sollte schließlich ein Dokumentarfilm entstehen.

Dies war der Beginn des sogenannten »›Get-Back‹-Fiaskos«, denn die Beatles waren nicht mehr in der Lage, ihre alte Kompaktheit als Gruppe wiederherzustellen. Zu unterschiedlich waren die Interessen und Vorstellungen. Keiner der drei noch lebenden Beatles findet heute rückblickend ein gutes Wort für das ganze Projekt.

Der Film LET IT BE macht sehr augenfällig, wie gelangweilt sich Lennon, Harrison und Starr durch die Aufnahmen
quälten, genervt von McCartney, der ein zum Teil geradezu
pedantisches Oberlehrergehabe an den Tag legte. Unbe-
strittener Höhepunkt der Sessions war am 30. Januar ein
unangekündigtes Konzert der Beatles auf dem Dach ihres
Bürogebäudes. In kürzester Zeit brach in den umliegenden
Straßen der Verkehr zusammen, und nach ein paar Nummern erschien die Polizei und brach das Konzert ab.

Insgesamt war das Material recht dürftig, auffallend
waren am ehesten: ›I've Got A Feeling‹, seit ›A Day In The
Life‹ wieder die erste richtige Lennon-McCartney-Kopro-
duktion, die beiden als Single veröffentlichten ›Get Back‹
und ›Don't Let Me Down‹ und das trotz einer gewissen
Blässe doch sehr beliebte und erfolgreiche ›Let It Be‹. Ansonsten schien sich das Material nicht so recht für eine
Veröffentlichung aufzudrängen. (Die Aufnahmen wurden
nach dem eigentlichen Abschiedsalbum ABBEY ROAD zusammengestellt, um Harrisons ›I Me Mine‹ erweitert und
dann 1970, als sich die Band bereits getrennt hatte, parallel
zum Film auf dem Album LET IT BE herausgebracht.)

Zur künstlerischen Unzufriedenheit über das zunächst
gefloppte Projekt trat kurz nach den Sessions im Februar
1969 ein tiefer Riß in der Beziehung der Beatles auf, der
sich nicht mehr kitten ließ. Lennon, Harrison und Starr
beauftragten Allen Klein, den Manager der Rolling Stones,
die finanziellen Angelegenheiten der Gruppe zu übernehmen. McCartney hielt jedoch an seinem Vorhaben fest, dies
der Familie seiner Frau Linda zu übertragen. Es kam zum
juristischen Bruch, der in eine jahrelange häßliche gerichtli-
che Schlacht mündete.

Es ist ein Phänomen, wie tief die Bindung zwischen
McCartney und Lennon trotzdem noch blieb. Als letzterer

sein äußerst selbstverliebtes ›Ballad Of John And Yoko‹ aufnahm, half ihm McCartney und trug erheblich zur Qualität – und zum Erfolg – des Stückes bei. Als Dank führte ihn Lennon bei seiner ersten Solonummer nach dem Ende der Beatles als Koautor auf: bei ›Give Peace A Chance‹.

Die Beatles waren am Ende, und sie wußten es auch. Allerdings wollte sich die Band zwei Jahre nach SGT. PEPPER nicht mit einem derart mißratenen Flop verabschieden. Also beschlossen sie, ein neues Album aufzunehmen. Es sprach keiner aus, was wohl allen klar war: Die letzten Sessions der Beatles standen bevor. Vielleicht war es diese Aussicht, jedenfalls fanden sie zu alter Geschlossenheit zurück und spielten Musik ein, die zum Besten ihrer ganzen Karriere gehört. Gottlob war inzwischen auch EMI auf einen studiotechnisch aktuelleren Zug aufgesprungen und hatte die Abbey-Road-Studios mit neuen Achtspur-Bandmaschinen ausgestattet. (In Amerika war inzwischen allerdings schon 16-Spur üblich.) Insofern hat MacDonald recht, wenn er von ABBEY ROAD als vom »technisch vollendetsten Album der Beatles« spricht. Die enthusiastische und bilderstürmerische Kreativität von REVOLVER oder SGT. PEPPER konnten sie allerdings nicht mehr aufbringen. Doch ABBEY ROAD besticht durch eine Reihe sehr guter Songs.

Das beginnt mit Lennons letztem großem Beatles-Titel ›Come Together‹, ein Stück, das Partei nimmt für die Gegenkultur und das zu einem Schlüsselsong der Studenten- und Undergroundbewegung wurde. Unmittelbar darauf folgt Harrisons schönstes und erfolgreichstes Lied für die Beatles, ›Something‹, von dem allein über fünfzig Coverversionen eingespielt wurden. Von der gesamten Beatles-Diskographie hat nur ›Yesterday‹ mehr Fremdversio-

In ›You Never Give Me Your Money‹ auf ABBEY ROAD hat McCartney seinen finanziellen Streit mit seinen Kollegen verarbeitet. Für ihn persönlich ist der Song-Titel allerdings nicht gerade charakteristisch. Wie die Fachzeitschrift MUSIKEXPRESS im Januar 2000 berichtete, ist McCartney der bei weitem reichste Popstar der Welt. Sein Vermögen beträgt umgerechnet rund 1,5 Milliarden Mark. Mit erheblichem Abstand folgen auf Platz zwei Elton John (450 Millionen) vor Mick Jagger von den Rolling Stones (375 Millionen).

nen erreicht. Am Ende der ersten Plattenseite steht Lennons ›I Want You (She's So Heavy)‹, von dem MacDonald sagt, es sei »das emotional Extremste, was je auf eine Beatles-Platte gepreßt wurde«.

Die zweite Plattenseite wird dominiert von einem langen Medley ab ›You Never Give Me Your Money‹. Dieses Medley war eine Idee McCartneys, der auch den größeren Teil der Titel dazu beitrug, um einige kürzere Stücke und Fragmente aus früheren Sessions verwenden zu können. Zugleich konnte sich die Band hier gleichsam mit einem spektakulären Finale von ihrem Publikum verabschieden.

Auch die Arbeit an ABBEY ROAD war nicht frei von heftigen Reibereien. Vor allem McCartneys bevormundende Art brachte die anderen gegen ihn auf. MacDonald zitiert den Bericht eines der Mädchen, die das Studio belagerten, daß McCartney einmal »»heulend aus der Tür des Studios gerannt kam, nach Hause lief und nicht mehr zurückkam. Am nächsten Tag tauchte er überhaupt nicht auf, obwohl das Studio reserviert war.‹ McCartneys Nichterscheinen damals – oder bei einer anderen Gelegenheit? – brachte Lennon so in Rage, daß er bei ihm zu Hause ans Tor hämmerte und über die Gartenmauer kletterte, um sich mit ihm eine Schreischlacht zu liefern.«

Ein anderes Mal machte Lennon den Vorschlag, alle seine Songs auf eine Albumseite zu stellen, McCartneys auf
die andere. Die Beatles waren am Ende. Im Winter beschlossen sie, die Bänder der Januar-Sessions von Phil
Spector noch einmal neu abmischen zu lassen und als LET
IT BE zu veröffentlichen. Dazu spielten sie noch ›I Me
Mine‹ ein. Daneben arbeiteten alle Beatles bereits an eigenen Soloprojekten, und am 10. April 1970 gab McCartney
die Trennung der Beatles öffentlich bekannt.

Es war keine Trennung in Frieden, noch jahrelang war
die Atmosphäre von Wut und Abwertungen geprägt, erst
Mitte der siebziger Jahre entspannte sich das Verhältnis.
Einen großen Teil der öffentlichen Schuldzuweisung bekam
Yoko Ono ab, für viele war sie die Frau, die die Beatles ge-
sprengt hatte. Doch das ist nur die halbe Wahrheit. Sicherlich hat MacDonald recht, wenn er sagt:

»Ein Teil des Problems lag am Alter. Pop und Rock ist
im wesentlichen eine Musik junger Leute. Sobald die Mit-
glieder einer Band anfangen, sich ein eigenes Leben aufzubauen, bedeutet dies normalerweise, daß die Gang-Menta-
lität ab etwa Ende Zwanzig kaum noch aufrechterhalten
werden kann.« Die Beatles waren schlichtweg erwachsen
geworden, und sie hatten auf ihrem Weg dorthin Höhen
erklommen, von denen sie wußten, daß sie sie nie mehr
erreichen würden.

Es kursierten zwar immer wieder Gerüchte, die Beatles
würden sich wiedervereinigen, doch spätestens mit Lennons Tod war dies für immer unmöglich geworden.

In den achtziger Jahren gab es eine Reihe von Prozessen,
die Yoko Ono gegen McCartney, Harrison und Starr wegen
umstrittener Tantiemenabrechnungen führte, doch Mitte
der neunziger Jahre machte auch McCartney seinen Frieden mit Lennons Witwe. Sie schenkte ihm dafür ein paar

Tonbänder, die Lennon in seiner Wohnung um das Jahr 1977 herum aufgenommen hatte.

McCartney gelang es, Harrison und Starr ins Studio zu bekommen, und sie nahmen auf der Grundlage von Lennons Bändern zwei neue Songs auf: ›Free As A Bird‹ und ›Real Love‹. Doch mit den Beatles, und wofür sie und ihre Musik standen, hatte das nichts zu tun. Es war so, wie Lennon 1970 in seinem Lied ›God‹ sang: »The dream is over« — der Traum ist vorbei.

Anhang

Glossar

Abmischung: Regelung von Lautstärke, Balance, Klang und anderer Eigenschaften bereits aufgenommener Stimmen, Fixierung deren Verhältnisse zueinander und Erzeugung des Gesamtklangs eines Songs mittels eines Mischpults.

Bandschleife, Loop: Ein Bandabschnitt wird kopiert und so aneinandergeklebt, daß er endlos läuft.

Bootleg: Illegale Schallplatten-Raubpressungen, zumeist mit unveröffentlichten Aufnahmen, abweichenden Abmischungen oder Live-Mitschnitten. Bootlegs werden in Sammlerkreisen als Raritäten gehandelt; die wichtigsten Bootlegs der Beatles wurden posthum im Rahmen des ANTHOLOGY-Projekts offiziell veröffentlicht.

Bordun: Gehaltene Stimme, zumeist im Baß.

Bridge (engl.: »Brücke«): Passage zwischen Refrain und Strophe, die eine Überleitung bildet.

Celesta: Tasteninstrument aus dem 19. Jahrhundert mit Hämmern aus Stahl und Resonatoren aus Holz.

Conga: Große, faßförmige Trommel, wird in der Regel mit bloßen Händen paarweise gespielt.

Coverversion: Neufassung eines bereits aufgenommenen Songs.

Dilruba: Indisches Instrument mit drei oder vier mit einem Bogen gestrichenen Spiel- sowie einigen Resonanzsaiten.

Double-track: Verdoppelung einer Tonspur, um den Ton voller zu machen und kleinere Schwächen zu vertuschen.

Guiro: Hölzernes Rohr, das mit einem Holz- oder Metallstäbchen geschrappt wird.

Harmonium: Orgelartiges Tasteninstrument, dessen Luftstrom durch einen pedalbetriebenen Blasebalg erzeugt wird.

Intro: Einleitung oder Vorspann eines Songs.

Kadenz: Harmonische oder melodische Fortschreitung, die einen Liedabschnitt oder den ganzen Song beendet.

Loop: Siehe Bandschleife.

Maracas: Rhythmusinstrument, ursprünglich aus Kürbissen, gefüllt mit Steinchen oder Körnern.

Mellotron: Tasteninstrument, das Bandkassetten enthält, auf denen Töne von Bläsern aufgenommen sind; jede Taste betätigt ein bestimmtes Tonband.

Overdubbing: Hinzufügen von weiteren Stimmen zu bereits aufgenommenen Tonspuren.

Refrain: Immer wiederkehrender Abschnitt eines Songs, in dem das Hauptthema – die Erkennungsmelodie – präsentiert wird.

Riff: Prägnante kurze Tonfolge, meist wiederholt, häufig unisono (also von mehreren oder sogar allen Instrumenten gleichzeitig) gespielt.

Santor: Beckenartig klingendes Schlaginstrument.

Sarod: Nordindische Laute mit vier Spiel- und zahlreichen Resonanzsaiten.

Session: Aufnahmesitzung im Studio.

Shahnai: Oboenartiges Blasinstrument mit scharfem Klang.

Shaker: Sammelbezeichnung für alle geschüttelten Rhythmusinstrumente.

Sitar: Großes gitarrenartiges indisches Instrument mit beweglichen Bünden, mit unterschiedlicher Saiten- und Resonanzsaitenbestückung.

Tabla: Klangvolles Schlaginstrument aus der klassischen indischen Musik.

Tambura: Bundloses Zupfinstrument mit vier Saiten, meist zur Erzeugung eines Borduns eingesetzt.

Triole: Zusammengehörige Gruppe von drei Noten, die im Zeitraum zweier Noten des Grundschlags gespielt werden.

Varispeeding: Manipulation der Geschwindigkeit einer Bandmaschine, um das Tempo zu verlangsamen oder zu beschleunigen beziehungsweise um damit Tonart und Tonhöhe zu verändern.

Verzerrer: Verzerrung durch elektronische Veränderung der Hüllkurve des Tons oder durch Übersteuerung.

Coverversionen

Die folgende Auflistung der Coverversionen von SGT.-PEPPER-Titeln erhebt keinen Anspruch auf Vollständigkeit.

Sgt. Pepper's Lonely Hearts Club Band:
Jimi Hendrix
Bill Crosby

With A Little Help From My Friends:
Joe Cocker
Sergio Mendes and Brazil 66
Santana
Richie Havens
Ike and Tina Turner
Barbra Streisand
Herb Alpert and the Tijuana Brass
The Beach Boys
Wet, Wet, Wet

Lucy In The Sky With Diamonds:
Elton John
Hugo Montenegro
The Hooters
Bela Fleck and The Flecktones

She's Leaving Home:
Nilsson
Al Jarreau

Billy Bragg
Syreeta
Richie Havens

When I'm Sixty-four:
Claudine Longet
John Denver
Archie and Edith Bunker

A Day In The Life:
Wes Montgomery
Lighthouse
Eric Burdon and War
Sting
Shirley Bassey

Gesamtes Album:
Big Daddy: Sgt. Pepper's

Zeittafel

7. 7. 1940	Ringo Starr – Richard Starkey – geboren
9. 10. 1940	John Lennon geboren
18. 6. 1942	Paul McCartney geboren
24. 2. 1943	George Harrison geboren
Anfang 1956	Lennon gründet die Backjacks, bald umbenannt in The Quarry Men
6. 7. 1957	Lennon und McCartney treffen sich zum ersten Mal
6. 2. 1958	Lennon und Harrison lernen sich kennen
Ab 1958	Nur sporadische Auftrittsmöglichkeiten der Quarry Men

Mai 1960	Namensänderung in Silver Beetles
Ab August	Namensänderung in Beatles, ständige Engagements in St. Pauli, Hamburg (Indra Club, Kaiserkeller, Top Ten). Sie freunden sich mit Ringo Starr an (Drummer bei Rory Storm and the Hurricans)
9. 2. 1961	Debüt der Beatles im Liverpooler Cavern Club
22. 6. 1961	Erste Schallplattenaufnahmen als Begleitung von Tony Sheridan unter dem Namen The Beat Brothers
9. 11. 1961	Brian Epstein besucht einen Mittagsauftritt der Beatles im Cavern Club
10. 12. 1961	Epstein wird Manager der Beatles
1. 1. 1962	Vorspielen bei Decca, Beatles fallen durch
13. 2. 1962	Vorspielen bei Parlophone, George Martin
9. 5. 1962	Schallplattenvertrag mit Parlophone
September 1962	Aufnahmen ›Love Me Do‹, ›P.S. I Love You‹ Erste Fernseh- und Rundfunkauftritte
Oktober 1962	Erste Single ›Love Me Do‹/›P.S. I Love You‹
5. 10. 1962	Die zweite Single ›Please Please Me‹/›Ask Me Why‹ erscheint und wird im März der erste Nummer-eins-Hit der Beatles
11. 1. 1963	
22. 3. 1963	Die erste LP der Beatles, PLEASE PLEASE ME erscheint (im Mai ebenfalls Nummer eins der LP-Charts)
11. 4. 1963	Single ›From Me To You‹
3. 8. 1963	Letzter Auftritt im Cavern Club
23. 8. 1963	Single ›She Loves You‹
13. 10. 1963	»Sunday Night at the London Palladium« – »offizieller Beginn« der Beatlemania
4. 11. 1963	»Royal Command Performance«
22. 11. 1963	LP WITH THE BEATLES
29. 11. 1963	Single ›I Want To Hold Your Hand‹

27. 12. 1963	Die TIMES bezeichnet Lennon und McCartney als die herausragenden englischen Komponisten des Jahres 1963
1. 2. 1964	›I Want To Hold Your Hand‹ wird Nummer eins in den USA
7. 2. bis 22. 2. 1964	Erste USA-Tournee
9. 2. 1964	Historischer Auftritt in der Ed Sullivan Show (73 Millionen Zuschauer, damals Rekord)
16. 3. 1964	Single ›Can't Buy Me Love‹
26. 6. 1964	LP und Single ›A Hard Day's Night‹
6. 7. 1964	Premiere des Films A HARD DAY'S NIGHT
19. 8. bis 24. 9. 1964	Amerikatournee
23. 11. 1964	Single ›I Feel Fine‹
4. 12. 1964	LP BEATLES FOR SALE
9. 4. 1965	Single ›Ticket To Ride‹
19. 7. 1965	Single ›Help!‹
6. 8. 1965	LP HELP!
29. 8. 1965	Filmpremiere HELP!
26. 9. 1965	Beatles erhalten im Buckingham Palast den MBE-Orden
Dezember 1965	Letzte Großbritannientournee
3. 12. 1965	Single ›We Can Work It Out‹/›Day Tripper‹ LP RUBBER SOUL
21. 2. 1966	Single ›Nowhere Man‹
4. 3. 1966	Der EVENING STANDARD veröffentlicht Lennons »Jesus-Interview«
1. 5. 1966	Letztes Konzert in Großbritannien
30. 5. 1966	Single ›Paperback Writer‹
23. 6. bis 4. 7. 1966	Tournee durch Deutschland, Japan und Philippinen
29. 7. 1966	Lennons »Jesus-Interview« wird in den USA

	nachgedruckt und sorgt für heftige Proteste gegen die Beatles
5. 8. 1966	Single ›Eleanor Rigby‹/›Yellow Submarine‹ LP REVOLVER
29. 8. 1966	Letztes Konzert der Beatles im Candlestick Park, San Francisco
24. 11. 1966 bis 20. 4. 1967	Aufnahmen und Abmischungen von SGT. PEPPER'S LONELY HEARTS CLUB BAND
13. 2. 1967	Single ›Strawberry Fields Forever‹/›Penny Lane‹
11. 3. 1967	Beatles erhalten drei Grammys (für ›Michelle‹, ›Eleanor Rigby‹ und REVOLVER)
1. 6. 1967	SGT. PEPPER'S LONELY HEARTS CLUB BAND erscheint
25. 6. 1967	Weltweite Ausstrahlung von ›All You Need Is Love‹ im Rahmen der Sendung OUR WORLD (geschätzte Zuschauerzahl 400 Millionen)
7. 7. 1967	Single ›All You Need Is Love‹
27. 8. 1967	Brian Epstein wird in seiner Wohnung tot aufgefunden
24. 11. 1967	Single ›Hello Goodbye‹
8. 12. 1967	Doppel-EP MAGICAL MYSTERY TOUR
26. 12. 1967	BBC strahlt Film MAGICAL MYSTERY TOUR aus, vernichtende Kritiken
15. 3. 1968	Single ›Lady Madonna‹
15. 5. 1968	Beatles gründen Apple Corps
26. 8. 1968	Single ›Hey Jude‹
22. 11. 1968	Weißes Doppelalbum THE BEATLES erscheint
29. 11. 1968	Skandal um TWO VIRGINS, auf dessen Cover Lennon und Yoko Ono nackt auftreten
13. 1. 1969	LP YELLOW SUBMARINE
30. 1. 1969	Konzert auf dem Dach des Apple-Gebäudes in der Savile Row, London

11. 4. 1969	Single ›Get Back‹
30. 5. 1969	Single ›The Ballad Of John And Yoko‹
4. 7. 1969	Single ›Give Peace A Chance‹
26. 9. 1969	LP ABBEY ROAD
31. 10. 1969	Single ›Come Together‹/›Something‹
3. 1. 1970	Letzte Aufnahmen der Beatles
6. 3. 1970	Single ›Let It Be‹
10. 4. 1970	McCartney verkündet die Auflösung der
8. 5. 1970	Beatles
11. 5. 1970	LP LET IT BE
13. 5. 1970	Single ›The Long And Winding Road‹
2. 4. 1973	Premiere des Films LET IT BE
	Die sehr erfolgreichen Sampler-Alben »Rotes«
	und »Blaues« Doppelalbum erscheinen:
	THE BEATLES 1962 – 1966,
	THE BEATLES 1967 – 1970
8. 4. 1977	Doppel-LP THE BEATLES LIVE! AT THE STAR
	CLUB IN HAMBURG
6. 5. 1977	LP THE BEATLES AT THE HOLLYWOOD BOWL
12. 10. 1979	LP RARITIES
8. 12. 1980	Lennon wird von einem Geistesgestörten in
	New York erschossen
Ab Februar 1987	Nach und nach werden alle Beatles-Alben auf
	CD veröffentlicht
1. 6. 1987	Zwanzig Jahre nach Erscheinen des Albums
	wird SGT. PEPPER'S LONELY HEARTS CLUB
	BAND auf CD veröffentlicht und erreicht Platz
	eins der CD-Charts
31. 5. 1992	Apple kündigt eine umfangreiche Video-
	Chronologie der Beatles an
Februar 1994	McCartney, Harrison und Starr gehen
	gemeinsam ins Studio, um ›Free As A Bird‹
	und ›Real Love‹ aufzunehmen, basierend

	auf Demo-Bändern, die Lennon Ende der siebziger Jahre in New York eingespielt hatte
Dezember 1994	Doppel-CD LIVE AT THE BBC
20. 11. 1995	Doppel-CD ANTHOLOGY 1
	Sechsstündige Filmdokumentation wird in der BBC ausgestrahlt
18. 3. 1996	Doppel-CD ANTHOLOGY 2
28. 10. 1996	Doppel-CD ANTHOLOGY 3
November 1996	Zehnstündige Video-Ausgabe von ANTHOLOGY wird veröffentlicht
Oktober 2000	Der Bild- und Textband THE BEATLES ANTHOLOGY erscheint weltweit in mehreren Sprachen.

Zum Weiterlesen

Da ich weder einen der vier Beatles persönlich kenne noch bei den SGT.-PEPPER-Sessions anwesend war (bedauerlicherweise!), habe ich alle Informationen und auch Zitate den folgenden Publikationen entnommen.

Allan F. Moore: THE BEATLES' SGT. PEPPER'S LONELY HEARTS CLUB BAND, CAMBRIDGE MUSIC HANDBOOKS, (Cambridge UP, 1997) – eine musikwissenschaftliche Facharbeit, die sich allein auf die musikalische Struktur der Songs beschränkt, aber keinerlei inhaltliche oder biographische Hintergründe einbezieht.

Mark Lewisohn: THE BEATLES RECORDING SESSIONS, (Harmony Books, NY 1988) – Lewisohn gilt heute als »Beatles-Papst« schlechthin, er hat sämtliche Studioprotokolle aller Beatles-Sessions in der Abbey Road ausgewertet und sie in diesem höchst lesenswerten Buch veröffentlicht. Erstaunlicherweise hat noch kein deutscher Verlag den Versuch einer Übersetzung unternommen.

Ian MacDonald: REVOLUTION IN THE HEAD. THE BEATLES' RECORDS AND THE SIXTIES (deutsche Ausgabe bei Bärenreiter: THE BEATLES. DAS SONG-LEXIKON, Kassel 2000) – ähnlich akribisch wie Lewisohn, bezieht MacDonald stärker biographische gesellschaftliche Zeitbezüge ein. Das Buch ist ein chronologisches Song-Verzeichnis sämtlicher Beatles-Einspielungen: von ›My Bonnie‹ bis ›Real Love‹. MacDonald berücksichtigt auch alle Songs und Varianten, die auf den insgesamt sechs ANTHOLOGY-CDs veröffentlicht wurden.

George Martin, William Pearson: SUMMER OF LOVE. WIE SGT. PEPPER ENTSTAND (Henschel Verlag, Berlin 1997) – hier plaudert der Produzent des Albums aus dem Nähkästchen: sehr persönlich und charmant.

Barry Miles: PAUL MCCARTNEY, MANY YEARS FROM NOW (Rowohlt, Reinbek 1998) – die Geschichte der Beatles aus McCartneys Sicht. Das Buch bietet sehr viele Einsichten in das Innenleben der Beatles, wobei McCartney natürlich nicht immer der Versuchung widerstehen kann, einzelne biographische Details im nachhinein zu glätten (wofür übrigens auch Lennon bekannt war).

Mark Hertsgaard: THE BEATLES. DIE GESCHICHTE IHRER MUSIK (dtv, München 1996) – eine klassische Biographie der Band, wobei Hertsgaard sich in hohem Maße auf die Musik konzentriert. Er war einer der ersten Journalisten, der sich die unveröffentlichten Abbey-Road-Bänder anhören durfte.

Alan Aldridge (Hg.): THE BEATLES SONGBOOK (dtv, München 1971) – die Texte der wichtigsten Songs der Beatles mit deutschen Übersetzungen.

Hunter Davies: A HARD DAY'S NIGHT. THE BEATLES (Neuausgabe Hannibal, St. Andrä-Wörndern 1994) – die erste autorisierte Biographie der Beatles, wirkt im Vergleich zu Hertsgaard oder auch MacDonald heute etwas veraltet.

Das Buch zum Projekt THE BEATLES ANTHOLOGY (deutsche Ausgabe bei Ullstein, München 2000) glänzt vor allem durch seine rund 1300 Fotos, viele davon bislang unveröffentlicht. Textlich basiert der Band im wesentlichen auf der ANTHOLOGY-Videoserie.

Video Nummer 6 dieser achtteiligen Edition THE BEATLES ANTHOLOGY umspannt den Zeitraum von den letzten Konzerten der Band bis zur Ausstrahlung von ›All You Need Is Love‹, also jenen Zeitraum, in dem SGT. PEPPER entstand. Im Vordergrund der Dokumentation stehen allerdings biographische Aspekte der Beatles, erst in zweiter Linie wird die konkrete Arbeit im Studio behandelt.

1992 strahlte die BBC die TV-Dokumentation THE MAKING OF SGT. PEPPER aus, darin erinnern sich die Beatles und George Martin an die produktiven Tage im Studio.

Schließlich wird man auch im Internet fündig. Man sollte hier aber viel Geduld mitbringen, allein eine Suchanfrage bei der Suchmaschine Altavista mit dem Stichwort »Beatles« ergibt Verweise auf über 600 000 Einträge.